T.C. Daniels

IRON CREEK
Our Secrets

IMPRESSUM

1. Auflage
Copyright © 2023 T.C. Daniels
Covergestaltung: Catrin Sommer – rausch-gold.com
Korrektorat: Matti Laaksonen – www.mattilaaksonen.de
Veröffentlicht über Tolino Media

T.C. Daniels
c/o WirFinden.Es
Naß und Hellie GbR
Kirchgasse 19
65817 Eppstein

Alle Rechte vorbehalten.
Nachdruck, auch auszugsweise, nur mit schriftlicher Genehmigung des Autors. Personen und Handlungen sind frei erfunden, etwaige Ähnlichkeiten mit real existierenden Menschen sind rein zufällig und nicht beabsichtigt. Markennamen sowie Warenzeichen, die in diesem Buch verwendet werden, sind Eigentum der rechtmäßigen Besitzer.

Kontakt: tcdanielsautor@gmail.com · www.tcdaniels.com

Herstellung und Druck über tolino media GmbH & Co. KG, Albrechtstr. 14, 80636 München. Printed in Germany.
Fragen zu Produktsicherheit an: gpsr@tolino.media.

T.C. DANIELS

Iron Creek

OUR SECRETS

Hayden

ANMERKUNG DES AUTORS

In diesem Buch haben wir nicht nur zwei tolle Männer sondern auch Jonah, einen gehörlosen Jungen. Er kommuniziert in Gebärdensprache. Um dies zu verdeutlichen, habe ich alle Gespräche, die in Gebärdensprache geführt werden, kursiv gehalten.

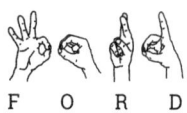

F O R D

Es gab Momente, die hatten die Macht, ein ganzes Leben zu verändern. Der Moment, in dem ein wildfremder Mann einem mitteilte, dass man seit sieben Jahren Vater sei, ohne es auch nur ansatzweise geahnt zu haben, gehörte auf jeden Fall dazu.

»Das ist doch nicht Ihr beschissener Ernst«, knurrte Turner und starrte den Anwalt durch seine Brille mit Stahlrand hindurch an. »Wo ist die versteckte Kamera? Ich schwöre Ihnen, wenn irgendein Video auf TikTok auftaucht, dann verklage ich Sie in Grund und Boden.«

Der gutaussehende junge Anwalt, der neben Ford saß, blinzelte nur, dann räusperte er sich. »Miss Millicent Davis bat mich, Sie nach Ihrem Tod, und einer angemessenen Frist, zu informieren, was ich hiermit tue.«

In Fords Hals bildete sich ein dicker Kloß. Millie war tot. Wie zum Teufel war das geschehen? Und warum zur verdammten, verfluchten Scheißhölle hatte sie ihm nie von seinem Sohn erzählt?

»Gab es jemals eine Millie?«, fragte Turner jetzt und richtete seinen stechenden Blick auf Ford. Turner war seit Jahren sein Anwalt. Er war gut. Knallhart. Genervt.

Ohne Fords Antwort abzuwarten, verdrehte er die Augen. »Schon klar. Du weißt es nicht. Zu viele Namen.«

»Es gab eine Millie«, unterbrach Ford Turner. Der Mann war sein bester Freund, aber jetzt gerade in diesem Moment hätte er ihm am liebsten den Hals umgedreht. Turners Aufregung brachte ihn durcheinander. Sie hinderte Ford daran, auch nur einen klaren Gedanken zu fassen. Millie war tot. Es war nicht so, als hätte er in den vergangenen acht Jahren besonders oft an sie gedacht, aber … Herrgott! Sie war tot!

Turner stöhnte. »Es gab eine Millie. Natürlich gab es die. Wir bestehen auf einen Vaterschaftstest, vorher kann mein Mandant keine Forderung erfüllen.«

»Es gibt keine Forderung«, sagte der Anwalt, Beau Bellmont, der aus einer winzigen Stadt aus Montana kam. Dorthin war sie also gegangen, nachdem sie die Band verlassen hatte? Sie hatte das schillernde Leben eines Groupies gegen eine Kleinstadt in Montana eingetauscht? Oder war sie zuerst noch herumgereist, wie sie es ihr Leben lang getan hatte?

»Was soll das heißen? Es gibt keine Forderung? Sie wissen, wer mein Mandant ist, oder? Es gibt *immer* eine Forderung«, sagte Turner scharf.

Ford verdrehte die Augen. »Lass gut sein, Turner.«

Turner wandte den Blick und starrte Ford aus zusammengekniffenen Augen an. »Genau. So fangen wir gar nicht erst an. Wann immer ich es gut sein lassen habe, hast du später in noch viel größeren Schwierigkeiten gesteckt. Ich werde es *nicht* gut sein lassen, und wir werden exakt nach Protokoll vorgehen, denn genau dafür habe ich es entwickelt. Es wird einen Vaterschaftstest geben, und dann entscheiden wir uns für das weitere Vorgehen.«

»Das hier ist ... anders«, sagte Ford und räusperte sich.

Millies Anwalt wandte sich nun direkt an ihn. Er öffnete den Ordner, der bisher locker in seinem Schoß gelegen hatte.

»Was ist das?«, fragte Turner, doch weder Ford noch der Anwalt beachteten ihn.

»Millie hat genaue Anweisungen hinterlassen. Ein Vaterschaftstest ist erst nach einer Frist von drei Monaten zulässig, und auch nur, wenn er Jonah kennengelernt hat.«

Ford rang die Hände ineinander. Ihn erfasste eine Trauer, mit der er nicht gerechnet hatte. Nicht heute, nicht wegen einer Frau, die seit Jahren aus seinem Leben verschwunden war. Nicht wegen verpasster Abschiede. »Warum?«, fragte er und schluckte.

»Geh nicht darauf ein, Ford, das klingt mir nach einer üblen

Falle. Geben Sie mir das Dokument, ich werde es prüfen.«

Millies Anwalt legte den Kopf schräg, ein Lächeln zupfte an seinem Mundwinkel. »Wir wissen beide, dass so eine Forderung nicht rechtsgültig ist. Wenn Mr. Benning den Vaterschaftstest machen möchte, dann kann ihn kein Gesetz der Welt daran hindern. Es ist eher …«

»… eine persönliche Sache«, warf Ford ein und erntete ein entnervtes Stöhnen aus Turners Mund.

Der Anwalt nickte zustimmend in seine Richtung, dann erhob er sich. Er schloss sein Jackett und sah kurz in Turners Richtung, ehe er wieder Ford ansah. »Alles Gute«, sagte er, wandte sich ab und verließ das Büro.

»Das ist nicht dein verdammter Ernst«, sagte Turner und lehnte sich vor. »Ich habe genug von diesen Halsabschneidern, das kann ich dir sagen. Warum lässt du mich nicht einfach kurzen Prozess mit ihnen machen?«

Ford starrte vor sich hin, dann erhob er sich.

»Wo willst du hin?«, fragte Turner.

»Packen.«

Turners Augen weiteten sich. »Verdammt, was ist los mit dir? Sonst springst du doch auch nicht sofort, wenn irgendeine Frau dir ein Kind anhängen will. Was ist bei dieser Millie anders?«

»Millie würde nicht lügen.«

HAYDEN

Du kannst nicht hier schlafen. Morgen ist ein ganz normaler Schultag, gebärdete Hayden zu Jonah. Er versuchte sehr angestrengt, ein Augenrollen zu unterdrücken, denn manchmal trieb sein Sohn ihn einfach in den Wahnsinn.

Jonah klopfte mit einer Faust auf den Tisch und starrte ihn erwartungsvoll an. Hayden schüttelte den Kopf, woraufhin Jonah aufstand und wutentbrannt davonstapfte.

Am Tisch war Schweigen eingetreten, dann sagte Abby: »Du weißt, dass es nie ein Problem für mich ist, ihn in die Schule zu bringen ...«

»Nein. Ich meine ... ich weiß, danke.« Hayden fuhr sich mit den Fingerspitzen über die Stirn. Sein Kopf pochte, und er wollte hoffen, dass er heute nicht noch Migräne bekam. »Das ist nett, aber ich denke, es ist besser, wenn wir so langsam zur Normalität zurückkehren.«

Abby zuckte mit den Schultern. »Offenbar fühlt er sich hier sehr wohl.«

Hayden konnte das nachvollziehen. Die Ranch war sein Zuhause und er fühlte sich hier auch sehr wohl, doch knapp ein Jahr nach dem Tod seiner Frau fühlte es sich an, als würden sie in einer Zeitschleife feststecken. Seine Familie unterstützte ihn, wo sie konnte. Sie nahmen ihm alle möglichen Aufgaben ab, sie organisierten ihr eigenes Leben um ihn herum. Hayden wusste, dass sie es ihm leichter machen wollten. Sie wollten ihm zeigen, dass sie an seiner Seite standen und dass er auf ihre Hilfe vertrauen konnte. Aber mit jeder kleinen Last, die ihm abgenommen wurde, verlor er auch wieder die Kontrolle über sein Leben. Während Millie an Brustkrebs erkrankt war, hatte sich sein Leben in einem Kosmos aus Arztbesuchen, Chemotherapien, notfallmäßigen

Krankenhausaufenthalten und endloser Organisation bewegt. Jetzt war Millie weg, und Jonah und er allein. Und auch wenn es schmerzte, so wollte er sein Leben endlich wieder zurückhaben. Eine Normalität, die er nie richtig zu schätzen gewusst hatte, bevor sie ihm abhandengekommen war.

Er wollte bestimmen, *er* wollte sich zusammen mit Jonah ein Leben aufbauen, das perfekt für sie war. Er liebte seine Familie, aber er brauchte jetzt gerade diese Selbständigkeit.

»Hey, was ist mit Jonah los? Er ist wie der Blitz an mir vorbei zu den Ställen gerast«, sagte Colton, der soeben durch die Tür kam. Er zog seinen Stetson vom Kopf und legte ihn achtlos auf die Kommode, während er gleichzeitig nach einer Brotstange griff, die Abby angerichtet hatte.

Abby klopfte ihm wie die ältere Schwester, die sie war, auf die Finger und warf ihm einen bösen Blick zu. »Erst kommst du zu spät und dann greifst du mit ungewaschenen Fingern nach dem Essen?«

Colton zuckte kauend mit den Schultern. »Zwei Kälber«, sagte er nur. Er ging an Hayden vorbei ans Waschbecken und wusch sich die Hände, ehe er den Rest der Brotstange verspeiste. »Soll ich nach ihm sehen?«

Hayden seufzte. »Nein, ich mach das schon.«

»Wir müssen Verständnis für ihn haben«, begann Abby.

Hayden hob eine Hand. »Nein. Bitte. Es ist ein Jahr her, und du behandelst ihn noch immer wie eine Waise. Ich bin hier, Abs. Ich bin sein Dad. Und wir müssen nach vorn sehen.«

Abby biss sich auf die Lippe, dann senkte sie den Blick. »Ich will nur, dass ihr beide glücklich werdet.«

»Wir sind glücklich«, sagte Hayden nachdrücklich. Er wusste nicht, was er in den letzten Jahren ohne die unermüdliche Energie und Hilfsbereitschaft seiner Schwester getan hätte. Sie war während Millies Erkrankung seine größte Stütze gewesen – während sie die Ranch und ihre eigene Familie am Laufen gehalten hatte. Aber sie neigte auch dazu, zu viel zu tun. Sie hatte unendlich viel Liebe und Loyalität in sich und es fiel Hayden verdammt schwer, es nicht einfach anzunehmen.

»Ich sehe nach ihm«, sagte Hayden. Er beugte sich vor, gab Abby einen Kuss auf die Wange, dann verließ er das Haus. Er hatte eine ziemlich genaue Vorstellung davon, wo Jonah hingerannt war.

Er passierte den Platz vor dem Haus, auf dem sich schon der Großteil seiner Familie und diverse Freunde versammelt hatten. Justice – Abbys Ehemann – feierte heute seinen Geburtstag mit einem Barbecue. Das war auch der einzige Grund, warum Hayden länger geblieben war. Sonst waren sie um diese Zeit längst zurück in ihrem Haus in Iron Creek. Die Stadt lag nur knapp eine halbe Stunde von der Ranch entfernt, sodass sie einander trotzdem beinahe täglich sahen.

Die Dämmerung brach herein. Hayden ging an mehreren Gebäuden vorüber, in denen sich Werkzeuge und diverse Fahrzeuge befanden. Er lauschte den Geräuschen der grasenden Rinder und dem Schnauben der Pferde, während er am Zaun entlangging.

Einer der drei Hütehunde, die sich auf der Ranch frei bewegten, kam auf ihn zu gerannt, streifte um seine Beine und verschwand dann wieder.

Hayden atmete die Stille und die nach Sommer riechende Luft tief ein. Sofort ließ ein leiser Stich sein Herz schmerzen. Millie sollte hier sein. Sie hätte es geliebt. Sie hatte nicht nur Iron Creek, sondern auch die Ranch geliebt.

Hayden erblickte Jonah, der auf den Zaun geklettert war und dort oben sitzend balancierte. Er trat neben ihn und schaute einen Moment nur auf die Herde vor ihm.

Jonah sah zu ihm herunter, mit der ganzen Wucht kindlichen Ärgers im Blick. Er mochte gerade erst sieben geworden sein, aber wenn er wütend war und sein Gesicht so verzog wie in diesem Moment, dann sah er ganz schön beängstigend aus.

Sei nicht sauer, gebärdete Hayden.

Jonah schnaubte, dann sah er wieder zur Herde hinaus.

Wir sind jeden Tag hier, Jonah. Du wirst Michael und Scotty morgen ohnehin wiedersehen.

Die Kinder von Abby und Justice waren nicht nur Jonahs Cousins, sondern auch seine besten Freunde. Im Gegensatz zu vielen anderen Kindern in seinem Alter, konnten sie ebenfalls recht gut gebärden. Außerdem störten sie sich nicht an Jonahs Einschränkungen, was unglaublich wertvoll war.

Jonah schüttelte den Kopf. *Warum können wir nicht einfach hier wohnen bleiben? Unser Haus hier ist schön.*

Es ist ein Gästehaus, das Abby und Justice an Gäste vermieten. Hayden lehnte sich gegen den Zaun.

Ich will hier wohnen und nicht in der Stadt, gebärdete Jonah mit schnellen Gesten.

Das würde bedeuten, dass wir jeden Morgen eine halbe Stunde früher aufstehen müssen.

Mir egal. Jonah konnte starrköpfig sein, wenn er etwas erreichen wollte.

Hayden seufzte. Ihm war es nicht egal.

Wir könnten am Wochenende hier wohnen, schlug Jonah jetzt vor, nicht bereit, sich geschlagen zu geben.

Dieses Kind.

Hayden unterdrückte ein Seufzen. Er konnte Jonah verstehen. An manchen Tagen war ihr Haus eben nur das, was es war. Ein Zuhause für zwei Menschen. Auf der Ranch waren sie umgeben von ihrer Familie, den Tieren, von der Weite Montanas und so viel Liebe. Er konnte es Jonah nicht verdenken, dass er sich hierher zurücksehnte.

Wir könnten das nächste Wochenende hier verbringen, willigte

Hayden ein. *Wenn Abby nicht schon eine Reservierung für das Haus hat. Wir müssen sie zuerst fragen.*

Jonahs Gesicht leuchtete auf und er nickte begeistert. Mit einer schnellen Bewegung sprang er vom Zaun herunter und lief zum Hauptgebäude zurück. Hayden folgte ihm, legte ihm die Hand auf die Schulter und brachte ihn dazu, sich zu ihm umzudrehen.

Hayden ging vor ihm in die Knie. *Nur dieses Wochenende, Jonah. Nicht jedes, okay?*

Ein störrischer Ausdruck glitt über das Gesicht seines Sohnes. Hayden liebte diesen Ausdruck mehr, als es gut für ihn war. Diese Liebe brachte ihn dazu, Kompromisse einzugehen, die er gar nicht eingehen wollte.

Okay, antwortete Jonah. Er nickte ernst. Und dann warf er sich in Haydens Arme. Einfach so.

Hayden wandte den Kopf und atmete den Geruch seines Sohnes tief ein. Er liebte dieses Kind. Von der Erde bis zum Mond, quer durch alle Galaxien und wieder zurück.

Am Feuer gibt es später Marshmallows, gebärdete Hayden Jonah, als er sich von ihm gelöst hatte. Er drehte sich um und rannte begeistert zu den anderen.

Colton, Abby, Justice und seine anderen Brüder saßen vergnügt an der riesigen Tafel, die aus mehreren Tischen, Bänken und vereinzelten Gartenstühlen bestand. Der Geruch von gegrilltem Fleisch hing in der Luft, von selbstgemachtem Brot und sehr viel Familie.

»Konntet ihr alles klären?«, fragte Abby Hayden, als sie einen vollgeladenen Teller vor ihm abstellte.

»Sag mir, dass das Gästehaus am Wochenende reserviert ist.«

Abby grinste. »Tut mir leid, leider nicht.«

Hayden seufzte. »Ich habe Jonah versprochen, dass wir das Wochenende auf der Ranch verbringen, sollte das Gästehaus frei sein.«

»Klingt nach einem tollen Plan.« Selbst wenn sie es versucht hätte, hätte Abby das breite Grinsen nicht aus ihrem Gesicht verbannen können.

Hayden griff nach einer Flasche Bier und machte sich über das Essen her. Still beobachtete er, wie sich Justice und Colton mit Jonah unterhielten. Im Laufe der Jahre, seit Jonah sein Gehör verloren hatte, hatte jedes einzelne Mitglied seiner Familie einen Gebärdensprachkurs belegt. Die andere Form der Kommunikation hatte sich wie selbstverständlich in ihr Leben gefügt

Justice lachte wegen etwas, das Jonah gebärdet hatte, dann reichte er ihm einen Stock, auf dem mehrere Marshmallows steckten. Die großen. Die leckeren.

Ein Geräusch von der Straße her kommend, ließ sie alle aufsehen. Ein Fahrzeug mit nur einem Scheinwerfer näherte sich der Farm, das Motorengeräusch durchschnitt die Nachtluft und zerriss den Frieden ihrer Gemeinschaft.

»Erwartet ihr noch Besuch?«, fragte Hayden und sah schnell zu Jonah, der aufgesehen hatte, weil er die Blicke der anderen bemerkt hatte.

»Nicht, dass ich wüsste. Vielleicht hat Beau sich doch noch umentschieden«, sagte Ash, sein jüngster Bruder.

»Klingt nach einem Motorrad«, bemerkte Hayden. »Hat Beau neuerdings eines?«

Justice und Colton erhoben sich und auch Hayden stand auf. Er hatte ein furchtbar ungutes Gefühl in der Magengegend und war froh, dass seine Brüder hier waren.

Der Fahrer parkte das Fahrzeug und stieg ab. Als er den Helm abzog, ergoss sich eine Flut dunkler Haare über seine Schultern, mehr konnte Hayden nicht erkennen.

»Entschuldigt die Störung, Leute«, rief er und hielt den Helm zur Seite.

»Können wir Ihnen helfen?«, fragte Justice und trat vor.

»Äh ... ich hoffe es. Man sagte mir, dass ein gewisser Jonah Bancroft hier sein müsste.«

Justice sah zurück zu Hayden. Hayden zuckte mit den Schultern, die sich plötzlich ganz steif anfühlten. Wer zur Hölle suchte nach seinem Sohn? Ein Typ, den er noch nie zuvor gesehen hatte.

»Wer will das wissen?«, fragte Hayden und trat nun neben Justice. Colton stellte sich an seine andere Seite.

»Ich«, sagte der Mann.

»Und wer sind Sie?«

»Ford Benning. Ich bin Jonahs Vater.«

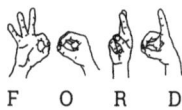

F O R D

Das Schweigen, das ihm von der Gruppe Menschen entgegenschlug, die sich dort um einen Tisch herum versammelt hatte, war ohrenbetäubend.

Vermutlich hätte es bessere Arten gegeben, die Neuigkeit herauszuposaunen. Aber es ging nicht. Er war unglaublich nervös. Er mochte inzwischen Vater von vierzehn Kindern sein, doch keines von ihnen war jemals Teil seines Lebens gewesen. Das würde sich nun ändern. Dank Millie gab es Jonah Bancroft und der musste sich hier irgendwo befinden.

»Das muss ein Irrtum sein«, sagte der Mann, der offenbar der Gesprächsführer war.

»Ist es nicht«, sagte Ford entschlossen. Er zweifelte Millies Wort nicht an. Niemals würde er das tun.

Sie war der beste Mensch gewesen, den er jemals in seinem Leben gehabt hatte. Eine Freundin, irgendwann eine Liebhaberin, bis unerwünschte Gefühle alles kaputtgemacht hatten.

Der Mann drehte sich nun zu dem anderen um, der neben ihm stand. Der Schein des Feuers erhellte seine Gestalt, doch viel erkannte er nicht von ihm. »Sie können nicht sein Vater sein, denn ich bin sein Vater«, stellte der Mann klar.

Ein ganzes Erdbeben fegte durch seinen Körper, riss die zarte Hoffnung, die er sich in den letzten Tagen erlaubt hatte, in kleine Stücke. Das konnte nicht sein. Warum sollte Millie dann behaupten, er sei der Vater? Millie hätte ihn niemals angelogen.

Vielleicht hätte er doch auf diesen Vaterschaftstest bestehen sollen, so wie er es schon mehr als ein Dutzend Mal getan hatte. Wieder und wieder. Gib denen deine DNA und du hast den Beweis, dass sie dich skrupellos anlügen.

Jeder Mensch konnte ein Lügner sein, aber nicht Millie. Millie war nur weggelaufen, sie hatte ihn verlassen, als ihr klargeworden war, dass er nie der Mann sein würde, den sie sich gewünscht hatte. Ihre Wege hatten sich getrennt, ihre Leben waren weitergegangen, Tränen waren getrocknet. Aber inmitten all dem war offenbar auch ein Kind entstanden. Und das Einzige, das er Millie wirklich vorwarf, war die Tatsache, dass es verdammte sieben Jahre gedauert hatte, bis er von seinem Sohn erfahren hatte.

Und jetzt behauptete dieser Kerl, er sei Jonahs Vater? Das war doch ein Witz. Warum sollte Millie nach ihrem Ableben dafür sorgen, dass Ford von einem Kind erfuhr, das einen anderen Vater hatte? Das ergab überhaupt keinen Sinn.

»Dann haben wir wohl ein Problem«, sagte Ford und krallte die Finger um die Verkleidung seines Motorradhelms.

»Das sehe ich auch so.«

»Ein Anwalt von hier hat mich darüber informiert.«

»Von hier?«

»Von hier«, bestätigte Ford. Im Hintergrund sah er drei Kinder, die um ein Feuer herumwuselten. Eines von ihnen lachte. Jonah?

Ford machte einen Schritt vor, doch sofort stellte sich ihm der Mann in den Weg, der vorgab, Jonahs Vater zu sein. »Wagen Sie es nicht«, zischte er.

»Und wenn doch?«

»So weit werden Sie nicht kommen.«

Ford stand Brust an Brust mit dem fremden Mann, der vielleicht etwas schmaler gebaut war als er, ihn dafür aber um einen halben Kopf überragte. Er roch gut. Nach Feuer und Bier, und für einen Augenblick war Ford abgelenkt.

Auch wenn es ihm nicht gefiel, heute Abend würde er vermutlich nicht weiterkommen. »Ich werde mit dem Anwalt sprechen.«

»Tun Sie das«, gab der fremde Mann kalt zurück.

»Wir werden das klären, und ich fürchte, das Ergebnis wird Ihnen nicht gefallen.«

»Kann es kaum erwarten.«

»Prima.«

»Prima«, knurrte der Mann zurück. »Dann steigen Sie jetzt auf Ihre Maschine und verschwinden.«

Ford sah über die schweigenden Gesichter am Tisch, erhaschte einen weiteren Blick auf die Silhouetten der Kinder, dann betrachtete er die drei Männer, die groß wie eine Wand vor ihm standen.

»Das hier ist noch nicht zu Ende.«

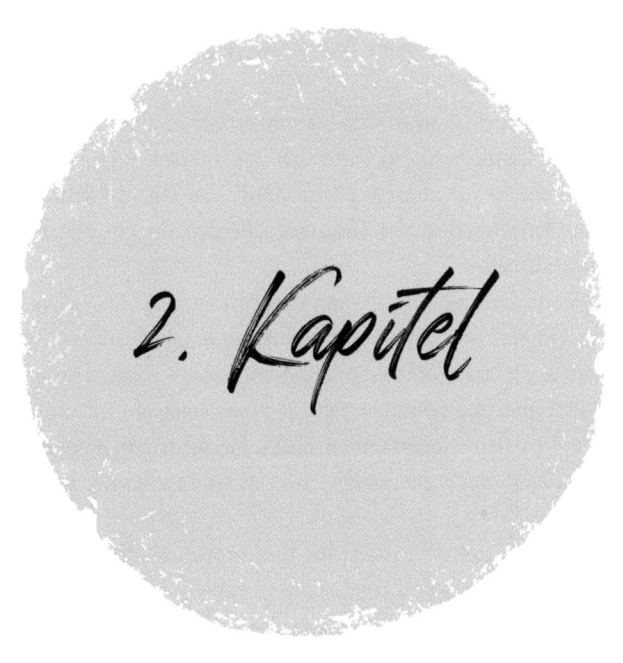

H A Y D E N

»Beau ist beschäftigt, du musst warten, bis er …«

»Ich kann nicht warten«, sagte Hayden und stieß die Tür zu Beaus Büro auf. »Was zum Teufel …« Er verstummte, als er Ford Benning erblickte.

Auch wenn es gestern dunkel gewesen war und er nur seine Umrisse erkannt hatte, so hatte sich in seinem Kopf ein Bild eingenistet, das er von diesem Mann hatte. Das lag vermutlich aber auch an den zwei Stunden Internetrecherche, die er gestern noch aufgewandt hatte.

Zu Ford Benning konnte man nämlich ganz schön viel recherchieren. Er war der Leadsänger von *Acheron*, einer äußerst erfolgreichen Rockband, und kein unbeschriebenes Blatt. Dieser Typ hatte sich über die Jahre vierzehn Kinder angelacht und war jetzt offenbar von dem Gedanken besessen, Jonah zu seiner Sammlung hinzuzufügen, doch genau das würde Hayden mit aller Kraft verhindern.

Er hielt den Zettel in die Höhe und schwenkte ihn triumphierend hin und her. »Zeit für Sie zu verschwinden«, sagte er und warf Benning einen bösen Blick zu.

»Hayden, ich habe dich noch gar nicht erwartet«, sagte Beau und sah über den Rand seiner Brille hinweg zu ihm.

»Warum nicht?«, fragte Hayden stirnrunzelnd.

»Bringst du um diese Zeit nicht Jonah in die Schule?«

»Abs hat das heute übernommen«, sagte Hayden. Dann runzelte er die Stirn. »Moment mal … was soll das bedeuten. Bist du auf *seiner* Seite?«

»Ich bin auf niemandes Seite«, stellte Beau klar und seufzte. Er legte beide Hände flach auf den Tisch und sah zwischen ihnen hin und her. »Hätte ich geahnt, in welche Lage mich Millie mit ihren

Wünschen bringt, dann hätte ich versucht, sie von einem anderen Weg zu überzeugen.«

Hayden deutete auf das Dokument. »Die Geburtsurkunde. Jonah ist mein Sohn.«

»Wir wissen beide, dass du nicht Jonahs leiblicher Vater bist, Hayden«, sagte Beau ruhig. Wie konnte er mit diesen Worten seine ganze Welt zum Einsturz bringen?

»Sollte ein Vaterschaftstest jedoch ergeben, dass Mr. Benning Jonahs biologischer Vater ist, ist die Geburtsurkunde wertlos«, fügte Beau jetzt hinzu.

»Ha!«, machte Ford Benning und grinste breit genug, um sich weitere Antipathiepunkte zu verdienen.

»Das Dokument ist also im Grunde gefälscht? Wie lange sitzt man in Montana für Dokumentenfälschung? Ich meine ... wenn er sich mir weiter in den Weg stellt, dann zeige ich ihn an und ...«

»Das hilft nicht«, brachte Beau Benning mit bestimmter Stimme zum Schweigen.

Der verschränkte die Arme vor der Brust und lehnte sich zurück. »Schade.« Er sah Hayden geradewegs in die Augen, der Blick aus seinen dunkelblauen Augen war glasklar. Seine dunkelbraunen Haare trug er heute nicht offen, stattdessen hatte er sie zu einem Man Bun nach oben gebunden. Sein Dreitagebart war mindestens fünf Tage alt und an seinen Fingern trug er sechs Ringe, verteilt auf beide Hände. Auf seinen Armen prangten Tattoos, die sich vermutlich unter den Ärmeln seines T-Shirts fortsetzten und Hayden für einen Moment ablenkten.

»Die Urkunde ist nicht gefälscht«, sagte Hayden. »Sie wollte, dass ich Jonahs Vater bin. Ich war seit seiner Geburt für ihn da, war ihm *ein Vater*.«

»Das ändert aber nichts daran, dass du nicht sein leiblicher Vater bist«, erwiderte Beau ungerührt. »In den letzten Monaten vor ihrem Tod hatte Millie das Bedürfnis, ihr Leben aufzuräumen.

Dazu zählte offenbar auch die Klärung von Jonahs Vaterschaft.«

Beau griff nach einem Ordner, der unberührt auf dem Schreibtisch gelegen hatte, und schlug ihn auf. »Millie hat mir sehr klare Anweisungen hinterlassen. Sie möchte, dass Ford Jonah kennenlernt.«

Hayden schnappte nach Luft. Wie konnte sie ihm das antun? Sie hatte nie auch nur ein Wort davon gesagt. Sie hatten sieben Jahre miteinander gehabt und er hatte nichts von ihren Wünschen geahnt.

»Des Weiteren bittet sie euch beide darum, dass ihr vorerst auf einen Vaterschaftstest verzichtet.«

»Aber …« Hayden neigte den Kopf. »Warum? Das Ergebnis des Tests würde alles ganz einfach machen.«

Ford nickte und ein siegessicheres Grinsen breitete sich auf seinem Gesicht aus. »Stimmt. Damit wäre dann alles klar.«

Hayden schoss ihm einen wütenden Blick zu. »Klappe, Arschloch.«

»Stopp, Hayden«, sagte Beau mit fester Stimme.

Dafür, dass Beau Bellmont bekannt für seine lockere Zunge war und wie entspannt er durchs Leben ging, war er jetzt ganz schön streng. Und das machte Hayden Angst.

»Aber sie hat … sie … warum?«, fragte Hayden. Er schob die Hände in die Hosentaschen, weil sie zitterten und er nicht wollte, dass Benning das sah.

»Sie hat nur versucht, das Richtige zu tun.«

»Aber … das war nicht der Plan.«

Beau seufzte. »Ich weiß. Aber offenbar hatte Millie zuletzt andere Pläne.«

»Aber …« Hayden schüttelte den Kopf.

»Scheißgefühl, betrogen zu werden, oder?«, fragte Benning. Das leichte Lächeln, das an seinen Lippen zupfte, veranlasste Hayden dazu, die Fäuste zu ballen.

»Hayden.« Beau sah ihn streng an.

Hayden trat einen Schritt zur Seite, weil er sich selbst nicht traute. Er wollte nicht zu nah neben Benning stehen, denn der Wunsch, ihm in seine blöde grinsende Fresse zu schlagen, war im Moment ausgesprochen groß.

»Also fassen wir zusammen: Ich bin Jonahs Vater, auch wenn Hayden offenbar jahrelang alle im Glauben ließ, er wäre der Vater.«

»Ich bin nicht sein biologischer Vater«, zischte Hayden. »Jeder weiß das.«

Benning zog eine dunkelbraune Augenbraue in die Höhe. »Jeder?«

Hayden schnaubte. »Ich bin nicht dumm. Nichtsdestotrotz bin ich Jonahs Vater. Ich bin so sehr sein Vater, wie du es niemals sein wirst, egal wie viele DNA-Stränge ihr euch teilt.«

»Autsch«, sagte Benning, dann sank er wieder in seinem Stuhl zurück. »Irgendwie verstehe ich jetzt gar nichts mehr.«

»Die Angelegenheit ist sehr kompliziert, und da Sie jetzt hier sind, Mr. Benning, haben wir genug Zeit, alles aufzuklären. Bis dahin wäre es vielleicht eine gute Möglichkeit, wenn Sie Jonah kennenlernen.«

Hayden schüttelte entschlossen den Kopf. Er konnte nicht glauben, was Beau da vorschlug. Nach allem, was sein Junge durchgemacht hatte, würde er ihn ganz sicher nicht in die Hände eines abgewrackten Rockers geben, der seinen Schwanz nicht in der Hose behalten konnte und gedankenlos ein Kind nach dem anderen zeugte.

»Auf keinen Fall«, sagte er.

Benning stöhnte auf. »Hör mal, ich hatte noch nicht mal einen Kaffee. Können wir die Diskussion nicht abkürzen? Ich will meinen Jungen sehen und wenn du nicht mitmachst, dann hetze ich meine Anwälte auf dich. Ich kann dich bis zum Sankt-Nimmerleins-Tag verklagen, wenn es das ist, was du willst.«

»Mr. Benning, ich appelliere an Ihr Fingerspitzengefühl. Haltlose Drohungen sind nicht das, was wir im Moment brauchen«, sagte Beau, der zu vermitteln versuchte.

Benning lehnte sich vor und lächelte. »Die Drohungen sind nicht haltlos. Sie sind genau das, was ich tun werde, wenn dieser Typ hier weiterhin meine Zeit verschwenden will.«

Mit diesen Worten erhob er sich und trat auf Hayden zu. Unerbittlich sah er zu ihm auf und nickte langsam. »Ich wohne im *Iron Will* und du hast vierundzwanzig Stunden Zeit, nach deinen Eiern zu suchen und mir meinen Jungen zu bringen.«

»Er hat einen Namen«, knurrte Hayden. »Er fängt mit J an«, sagte er. »Nur, falls du ihn vergessen hast. Wenn ich vierzehn Kinder hätte, würde mir das auf jeden Fall passieren.«

Ford schnaubte, trat an ihm vorbei, ließ es sich aber nicht nehmen, ihn mit der Schulter anzurempeln, ehe er Beaus Büro verließ.

»Auf diese Weise wird die ganze Situation in einer Katastrophe enden, und ich weiß mit Sicherheit, dass Millie das niemals wollte.«

Hayden ließ sich auf den Stuhl sinken und starrte Beau an. »Ich wusste nicht mal, dass sie Kontakt mit dir hat, oder dass ihr irgendwelche Dinger miteinander dreht.«

Beau presste die Lippen aufeinander. »Ich habe keine Dinger mit ihr gedreht. *Sie* hat *mich* aufgesucht und um Hilfe gebeten.«

»Und ist dir vielleicht einmal der Gedanke gekommen, dass mich das in eine ausweglose Situation bringt?« Hayden deutete mit dem Arm in die Richtung, in der Ford verschwunden war. »Du hast ihn gehört. Er wird mich verklagen. Dieser Kerl hat Kohle. Er kann tun, was auch immer er will.«

»Ich glaube nicht, dass er so weit gehen wird«, sagte Beau und ordnete die Unterlagen auf seinem Tisch.

Hayden lehnte sich vor und sah Beau fest in die Augen. »Glauben ist nicht wissen.«

Beau verdrehte die Augen.

»Nein. Tu das nicht. Verdreh nicht die Augen. Sag mir lieber, was zur Hölle ich jetzt tun soll. Hat Millie dafür vielleicht auch einen Plan? Hmm?«

»Nein«, sagte Beau nach einem Moment des Zögerns. »Das hatte sie wohl nicht.«

»Großartig, Beau. Wirklich großartig. Jonah und ich haben die Sache mit Millie gerade erst verdaut und jetzt kommt da dieser großspurige Rockstar um die Ecke und will was? Ihn mir wegnehmen?« Hayden konnte nichts gegen die Verzweiflung tun, die sich in seine Stimme stahl. Mit allem hätte er gerechnet, aber nicht damit, plötzlich darum bangen zu müssen, Jonah behalten zu können. Er wollte sich gar nicht ausmalen, was passieren würde, wenn …

»Sie wollte dich nicht verletzen, Hayden«, sagte Beau und seine Stimme wurde sanft. »Sie hat dich geliebt und dir vertraut. Aber Jonah hat ein Recht darauf, zu wissen, woher er kommt.«

»Denkst du wirklich, dass er …?«

»Das kann wohl nur ein DNA-Test beweisen, aber so wie ich Millie kenne, wusste sie sehr genau, mit wem sie sich eingelassen hat, und wenn sie sagt, dass Mr. Benning der Vater ist, dann wird es so gewesen sein.«

»Aber warum erst den Vaterschaftstest nach drei Monaten?«

Beau seufzte. »Ich kenne Millies Beweggründe genauso wenig wie du. Wie wäre es, wenn du Mr. Benning erstmal als einen Freund vorstellst? Ihr verbringt ein wenig Zeit miteinander, lernt euch kennen. Vielleicht hat Mr. Benning ja in kürzester Zeit kein Interesse mehr an Jonah.«

»Großartig.« Hayden kniff die Augen zusammen.

»Benning will sich an Millies Bitte halten.«

»Schön für ihn«, zischte Hayden. »Hat sie ein Mal …« Hayden hob den Zeigefinger in die Höhe, »hat sie auch nur ein verdammtes Mal darüber nachgedacht, was das für mich heißt? Ich soll diesen Typen also drei Monate in unser Leben lassen, nur damit er am Ende vielleicht gar nicht Jonahs Vater ist? Was … was ist das bitte für eine absolute Scheißidee?«

Beau seufzte. »Ich muss dir ehrlich sagen, dass ich auch nicht begeistert davon war, aber das war Millies Wunsch.«

Haydens Schultern sanken nach unten. »Und sie wusste genau, dass ich tun würde, was sie verlangt.« Er seufzte frustriert auf. »Kann er ihn mir wegnehmen? Ich meine … wenn wir so einen Test machen und sich herausstellt, dass er wirklich der Vater ist, kann er mir Jonah wegnehmen?«

Beau wich Haydens Blick aus und das versetzte ihn in Angst und Schrecken. »Er ist ein Rockmusiker. Ich habe ihn gegoogelt. Er führt kein Leben, das für einen Jungen wie Jonah geeignet ist. Beau, du weißt, was du Jonah damit antun würdest.«

»Wenn ich irgendetwas zu sagen hätte, dann würde ich dir Jonah niemals wegnehmen, das weißt du. Du bist der beste Vater, den sich ein Kind wünschen kann, egal ob es Einschränkungen hat oder nicht. Und deshalb rate ich dir, dich mit Mr. Benning gutzustellen. Wie du richtig erkannt hast, ist er ein vielbeschäftigter Mann und hat kaum Zeit, um ein Kind mit Jonahs besonderen Bedürfnissen großzuziehen, auch wenn er theoretisch das Recht dazu hat.

Gib ihm die Möglichkeit, Jonah kennenzulernen. Er wird schnell erkennen, dass der Junge bei dir am besten untergebracht ist.«

»Du denkst, indem ich ihm einen Einblick in unser Leben verschaffe, werde ich ihn am effektivsten verschrecken? Das ist grausam, Beau. Wirklich.«

Die Wangen des Anwalts röteten sich leicht. »Du weißt, dass

es nicht so gemeint ist. Aber du kannst nicht bestreiten, dass das Zusammenleben mit Jonah anders ist als mit anderen Kindern.«

»Ich kann es weder bestreiten noch bekräftigen, denn Jonah ist das einzige Kind, das ich jemals haben werde. Das sieht bei Mr. Superstar Ford Benning ganz anders aus. Ich wette, dass er nicht mal jeden Namen seiner Kinder kennt.«

Beau kämpfte vergeblich gegen ein Lächeln an. »Ich versuche neutral zu bleiben, also hör auf damit.«

Hayden seufzte. »Warum hat sie das getan? Warum hat sie mir nie von Ford erzählt, holt ihn aber jetzt in unser Leben? Hätte sie das auch getan, wenn sie nicht gestorben wäre?«

Beau räusperte sich. »Alle Anweisungen, die sie mir gegeben hat, waren für die Zeit nach ihrem Tod bestimmt.«

Hayden runzelte die Stirn. »Gibt es noch mehr Anweisungen?«

»Hayden?«

Hayden hob eine Hand. »Nein. Schon gut. Du musst nichts sagen. Nur fürs Protokoll: Ich bin wütend auf sie. Sehr wütend.«

»Das hätte sie nicht gewollt und das weißt du auch.«

»Dann hätte sie mit mir sprechen sollen, solange sie gelebt hat und mir nicht diesen Benning auf den Hals hetzen, nachdem sie verschwunden ist.«

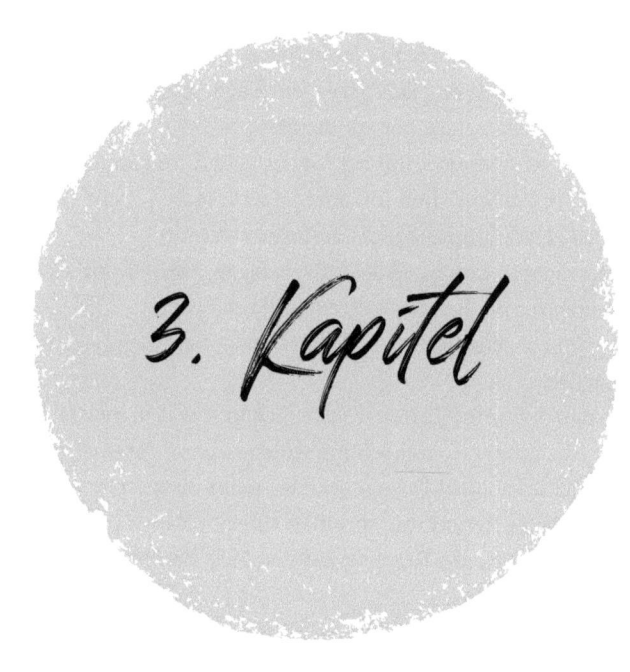

Damals

H A Y D E N

Wenn man sich für den Austritt bei der Army entschied, bedeutete das nicht nur, dass man seinen Job verlor. Man verlor auch den Großteil einer Identität, die man sich über Jahre aufgebaut hatte. Werte, die man nicht länger vertreten konnte, wurden einem genommen. Die Kameradschaft, das Gefühl, einer Gruppe zugehörig zu sein, die einen besser kannte als die eigene Familie.

Aber dann erinnerte sich Hayden daran, dass in Iron Creek eine Familie auf ihn wartete. Eine unglaublich große Familie, die zusammenhielt wie Pech und Schwefel. Sie würde ein guter Ersatz sein für das Leben bei der Army.

Trotzdem hatte er sich dazu entschlossen, mit dem Auto die Westküste hoch zu fahren und dann quer durchs Land bis zu der Kleinstadt mitten in Montana, in die er zurückkehren würde. Er mochte seine Familie vermisst haben. Trotzdem brauchte er Zeit für sich. Meile um Meile würde er die Army hinter sich lassen und sich auf ein vollkommen neues Leben vorbereiten.

Er war als junger Mann gegangen. Wer war er jetzt?

Die Hälfte der Strecke hatte er bereits hinter sich, auch wenn seine Reisegeschwindigkeit noch immer zu schnell war. Die Tankstelle mit angrenzendem Diner und einem kleinen Supermarkt, an der er angehalten hatte, obwohl er gar keinen Sprit brauchte, war sauber und gut besucht. Er reihte sich in die Schlange zu den Toiletten ein und wartete geduldig. Er ließ sogar zwei ältere Herren vor. Kostbare Minuten wurden ihm geschenkt.

Danach schlenderte er durch den Shop, ließ den Blick über die ausgestellten Waren gleiten, griff nach Kaugummis mit Pfeffer-

minzgeschmack, die den des Tabaks überdecken würden.

An der Kasse bestellte er einen Hotdog, eine Coke und eine Packung Marlboros. Als er gezahlt hatte, drehte er sich um und wäre beinahe mit der Frau hinter ihm zusammengestoßen. Sie war klein, im Gegensatz zu ihm fast schon winzig. Zierlich. Mit dunklen Haaren und riesigen braunen Augen, die ihn jetzt anstarrten. Und sie war schwanger. Himmel, sie war wirklich sehr, sehr schwanger. Ihr Bauch war gigantisch.

»Hey«, sagte er und rang sich ein Lächeln ab. »Sorry.«

Die Frau blinzelte, dann lächelte sie. »Schon gut.« Sie trat einen Schritt zur Seite, damit er an ihr vorbeigehen konnte.

»Also ... ich ... muss dann mal weiter«, sagte Hayden und hielt zur Erklärung den Hotdog in die Höhe, den er gar nicht essen wollte. Sein Blick fiel auf den einzigen Gegenstand in ihrer Hand: eine Flasche Wasser.

»Ja. Klar.« Die Frau machte nochmal einen Schritt zur Seite, sodass sie mit ihrem Bauch beinahe die Chipspackungen neben sich vom Regal gerissen hätte. Schnell griff Hayden nach ihren Schultern und hielt sie fest. »Pass auf dich auf«, sagte er. Dann ging er nach draußen.

Er setzte sich auf den Fahrersitz seines Mietwagens, drehte das Fenster hinunter und zwang sich, den Hotdog zu essen. Danach rauchte er eine Zigarette, den Kopf zurückgelegt.

Er sollte nicht im Auto rauchen.

Eine Bewegung in seinem Augenwinkel ließ ihn den Kopf drehen. Er erblickte die Frau von vorhin, die sich auf einer der Bänke niedergelassen hatte und nun an ihrem Wasser nippte. Immer mal wieder legte sie sich die Hand in den Rücken und verzog das Gesicht.

Sie war hübsch. Wirklich. Sie wirkte unschuldig, mit ihrer hellen Haut, fast schon zerbrechlich. Ihre Arme waren unglaublich dünn, genauso wie ihre Fußgelenke, deren Knochen scharf hervorstanden. Eigentlich wollte er gar nicht hinsehen, er konnte aber auch nicht damit aufhören. Sie hatte etwas an sich, das seinen Blick wie magisch festhielt.

Vielleicht weil sie genauso unentschlossen und verloren wirkte, wie er sich fühlte.

Die Frau erhob sich irgendwann und anstatt zu einem der parkenden Autos zu gehen, machte sie sich auf den Weg Richtung Ausfahrt. Hayden kniff die Augen zusammen und wartete ab, ob die Frau wirklich das tat, wovon er glaubte, dass sie es tun würde.

Als sie schließlich anhielt und sich umdrehte und dann auch noch ihren Daumen in die Höhe hielt und sich damit als Tramperin – als hochschwangere, sehr hübsche Tramperin – zu erkennen gab, fluchte Hayden. Das konnte doch nicht wahr sein.

Er startete den Wagen und schoss so schnell aus der Parkbucht, dass ein Auto hinter ihm hart abbremsen musste, um einen Zusammenprall zu verhindern.

Er fuhr in die Richtung der Frau und war froh, dass noch kein anderer Fahrer angehalten hatte. Er hielt direkt vor ihr und beobachtete, wie ihre Wangen feuerrot wurden, als sie ihn erkannte. Er bedeutete ihr, die Beifahrertür zu öffnen und lehnte sich vor. »Ernsthaft?«

»Ich …«

»Scheiß drauf. Steig ein.«

Die Frau dachte über sein Angebot nach, das konnte er ihr ansehen. Sie dachte bei ihm darüber nach, so wie sie bei jedem anderen darüber nachgedacht hätte. Und natürlich nahm sie es an. Nur Sekunden später schlängelte sie sich durch die Tür und plumpste auf den Beifahrersitz. Das leise Seufzen, das über ihre Lippen kam, sagte Hayden, dass er das Richtige getan hatte.

HAYDEN

»Du weißt, dass ich alles wissen will, oder? Im Grunde warte ich seit Tagen darauf, dass du mit mir darüber sprichst, aber du hüllst dich in Schweigen. Stattdessen läufst du mit einem miesepetrigen Gesicht herum und verbreitest schlechte Laune.«

»Das stimmt nicht«, sagte Hayden und starrte in die Kaffeetasse, die Abby vor ihm abgestellt hatte.

»Tut es doch«, beharrte Abby. Sie ließ sich auf der anderen Seite des großen alten Holztisches nieder, an dem er als Kind gegessen hatte.

Nachdem er von der Army zurückgekehrt war, hatte er zusammen mit Jonah und Millie an genau diesem Tisch gesessen.

Er hatte Abby zwar vor zwei Tagen die Kurzform von Ford und seiner Forderung erzählt, seither aber nichts mehr dazu gesagt. Er wurde wütend, wenn er nur darüber nachdachte. Er war auch so wütend. Aber darüber zu sprechen, machte es noch schlimmer.

»Hast du etwas von seinem Anwalt gehört?«

»Nicht direkt.« Hayden seufzte. Seit Tagen hatte er nicht mehr ordentlich geschlafen. Stunde um Stunde lag er wach und überlegte, was er tun konnte, um Ford nicht zu nah an Jonah heranzulassen.

»Was heißt das? Nicht direkt?«

»Es heißt, dass wir uns bei Beau getroffen haben.«

»Oh, das ist sehr gut. Beau ist auf deiner Seite. Wie seid ihr verblieben?«

»Beau versucht neutral zu sein. Er wollte zwischen uns vermitteln, aber irgendwie … hat das nicht so richtig geklappt.«

Abby legte den Kopf schief. »Weil …?«

»Weil Ford und ich festgestellt haben, dass wir nicht die gleichen Dinge wollen.«

Abby nickte, legte die Hände um ihre Kaffeetasse und schwieg einen Moment, ehe sie ihn wieder ansah. »Was will Ford?«

»Jonah.«

»Er will ihn dir wegnehmen?« Abbys Augen weiteten sich.

Hayden zuckte mit den Schultern. »Darauf wird es hinauslaufen, oder denkst du, dass ein Kerl wie Benning in die Provinz zieht, um hier seinen Sohn großzuziehen? Er lebt in L.A. und führt dort ein vollkommen anderes Leben.«

»Du denkst zu weit, Hayden«, sagte Abby sanft. »Was ist, wenn er Jonah einfach nur kennenlernen will. Denkst du wirklich, Millie hätte Ford informiert, wenn sie geahnt hätte, dass er dir Jonah wegnehmen will?«

Hayden schnaubte. An Abby vorbei sah er aus dem Fenster zu den Jungen hinaus, die die Pferde nach ihrem gemeinsamen Ausritt mit Wasser abspritzten und dabei einen Heidenspaß zu haben schienen. »Ich weiß es nicht, Abs. Ich habe keine Ahnung, was Millie sich dabei gedacht hat, als sie Beau damit beauftragt hat, Ford zu informieren. Ich weiß es nicht, ich weiß nur, dass ich diesen Typen verabscheue.«

Abby nickte. »Kann ich verstehen.«

»Warum hat sie nie mit mir darüber gesprochen? Sie hat mir nie gesagt, wer Jonahs Vater ist. Es war nicht wichtig. Wir hatten einander, und das war genug. Und plötzlich kommt dieser Rockstar daher und denkt, dass er meine Familie zerstören kann – zumindest das, was noch davon übrig ist.«

Abbys Gesichtsausdruck wurde weich. Sie streckte die Hand aus und umfasste Haydens. »Nicht. Tu das nicht. Das, was Millie und du miteinander hattet, war unvergleichlich. Sie wollte dir nicht wehtun. Ich glaube, sie wollte einfach … aufräumen. Alle offenen Enden zusammenschließen.«

»Er wird mir Jonah wegnehmen. Du weißt, dass er das kann. Er kann mich vor Gericht ziehen und mich dort so lange verklagen, bis mir das Geld ausgeht, das weißt du. Er sitzt am längeren Hebel.«

»Du musst ruhig bleiben und klug handeln.«

»Das hat Beau auch gesagt.« Hayden trank einen Schluck von seinem Kaffee, Scottys Lachen wurde durch die warme Frühsommerluft zu ihnen hereingetragen. »Er hat mir geraten, mit Ford zu kooperieren, ihm zu erlauben, Jonah kennenzulernen.«

»Wenn Beau dir das rät, dann solltest du auf ihn hören.«

»Ich soll mein Kind dem Wolf zum Fraß vorwerfen?«

Abby lächelte sanft. »Du dramatisierst, Hayden. Du bist voller Emotionen und das ist auch verständlich. Aber du musst jetzt einen klaren Kopf bewahren und nachdenken.«

»Wir haben gerade erst Millie verloren. Unser Leben ist schon außer Kontrolle«, sagte Hayden leise. »Ich spüre keinen Boden mehr unter den Füßen und das macht mir Angst. Was, wenn ich es nicht schaffe, wenn ich … nicht genug bin?«

»Und wenn doch?«, hakte Abby nach. »Du *bist* genug. Jonah vergöttert dich und ohne dich wäre er nie dort, wo er jetzt ist. Du bist im Moment der wichtigste Mensch in seinem Leben, und das wird sich auch nicht ändern, nur weil jetzt Ford da ist. Aber der Mann will offenbar sein Kind kennenlernen und das kannst du ihm nicht verwehren.«

»Er ist aber mein Kind«, flüsterte Hayden mit belegter Stimme. Sieben Jahre lang hatte niemand seine Rolle als Vater infrage gestellt. Aber jetzt …

»Er wird dein Kind bleiben. Aber glaub mir, in Jonahs Leben gibt es Platz für einen weiteren Dad. Und wir wissen ja noch gar nicht, ob Ford bleibt, ob er ein fester Bestandteil von Jonahs Leben werden will.«

»Er hat schon vierzehn Kinder, wer sagt, dass Jonah nicht gerade nur sein interessantestes Spielzeug ist, das er in wenigen Wochen einfach zur Seite wirft?«

»Das kann niemand wissen, Hayden. Ich denke, du musst Ford

einen Vertrauensvorschuss geben.«

Hayden gab ein Würgegeräusch von sich und Abby lachte.

»Wenn du nicht willst, dass er dich verklagt, dann musst du einen Schritt auf ihn zugehen.«

»Und was heißt das?«

»Unternehmt etwas zusammen. Geht reiten oder Burger essen. Dir fällt sicher etwas ein.«

Hayden verzog das Gesicht bei der Vorstellung, Zeit mit Ford zu verbringen. Mr. Arrogant, Mr. Superreich, Mr. Aus-einer-anderen-Welt, Mr. Ich-habe-bereits-mehr-als-ein-Dutzend-Kinder. Nein, Hayden verspürte wirklich eine unglaubliche Abneigung gegen Ford und er wollte auf keinen Fall Zeit mit diesem Kerl verbringen, aber so wie es aussah, blieb ihm keine andere Wahl.

―

Ich muss nachher noch kurz weg, gebärdete Hayden Jonah, der an der Theke saß und in seinen Burger biss. Weil er vermutlich den Burger nicht aus der Hand legen wollte, nickte er nur.

Ich werde nicht lange weg sein.

Wieder nickte Jonah.

Wenn etwas ist, schick mir einfach eine Nachricht.

Jonah nickte erneut.

Du kannst auch Miss Flint informieren. Ihre Nachbarin war eine gute Freundin und Jonah vertraute ihr.

Jetzt legte er den Burger nieder, wischte seine Finger an der Serviette ab und legte den Kopf schief. *Dad, ich bin sieben Jahre alt*, gebärdete Jonah zurück.

Ich weiß, ich wollte es nur ... sagen, gebärdete Hayden seufzend zurück. Es war nicht leicht, seinem Sohn dabei zuzusehen, wie er älter wurde, selbständiger und stärker.

Würde es dich stören, wenn wir morgen einen Freund mit

mitnehmen?

Morgen früh?, fragte Jonah und seine Augen glänzten. Sie hatten nur sehr, sehr selten Besuch.

Morgen früh, bestätigte Hayden.

Was für einen Freund? Kenne ich ihn?

Noch nicht.

Freunde sind immer willkommen, oder?, gebärdete Jonah und grinste. Er schob sich das letzte Stück seines Burgers in den Mund und hüpfte vom Hocker. Er war schon fast aus der Tür geeilt, als Hayden das Licht ein- und ausschaltete und sein Junge abrupt zum Stehen kam und sich zu ihm umdrehte.

Hayden nickte zu Jonahs Teller und dieses Mal zog er die Augenbrauen in die Höhe. *Hast du nicht etwas vergessen?*, fragte er.

Jonah sparte sich eine Antwort, verdrehte die Augen, räumte den Teller weg und sah Hayden dann abwartend an.

Dann gehe ich kurz, gebärdete Hayden.

Jonah nickte und eilte aus der Küche.

Hayden hörte, wie Jonah sich die Hände wusch und anschließend den Fernseher einschaltete. Sein Sohn war ein richtiger Filmfreak und konnte seinem Hobby dank der Untertitel problemlos fröhnen. Hayden würde seinen Besuch sehr, sehr kurz halten, damit er den Rest des Films noch mit Jonah sehen konnte, beschloss er.

Er winkte seinem Sohn zu, dann verließ er das Haus und eilte durch die Straßen von Iron Creek. Das *Iron Will* lag in einer schmalen Gasse direkt neben der Mainstreet und war bis auf ein leerstehendes Bed & Breakfast das einzige Hotel in der Stadt.

»Hey Vin«, sagte Hayden und klopfte auf den Tresen.

Der Rezeptionist sah auf und lächelte ihn an. »Guten Abend Hayden. Was kann ich für dich tun? Brauchst du ein Zimmer?«

Hayden verzog das Gesicht. »Natürlich nicht, Jonah ist allein zu Hause. Ich wollte kurz Ford Benning besuchen. Weißt du zufällig, ob er oben ist?«

Vin grinste breit. »Bist du etwa ein Groupie? Dann muss ich dich leider enttäuschen, denn Ford hat mich darum gebeten, keine Fans zu ihm raufzulassen. Muss ganz schön stressig sein, so ein Musikerleben.«

Hayden schnaubte. »Ich kenne nicht einen Song von ihm, er muss sich also keine Sorgen machen. Und der Tag, an dem ich ein Fan von ihm sein werde, wird der Tag sein, an dem mich der Blitz trifft.«

Vin grinste, und bei jedem Wort, das Hayden aussprach, wurde sein Grinsen etwas breiter. Hayden runzelte die Stirn, dann schloss er die Augen. »Steht er hinter mir?«

»Möglicherweise«, sagte Vin und konnte ein Lachen nicht mehr zurückhalten.

Hayden drehte sich um und vor ihm stand Ford Benning mit einem viel zu amüsierten Ausdruck im Gesicht. In der volltätowierten Hand hielt er eine Plastiktüte, auf der das Logo des Feinkostladens am Ende der Stadt prangte. Dieser Typ war also nicht nur ein Fremdkörper in Haydens Leben, sondern auch noch ein Snob. Ganz fabelhaft.

»Du hast mich gesucht?«, fragte Ford und schwenkte die Tüte langsam hin und her.

Hayden riss den Blick von den Ringen an Fords Hand und den schwarzen Linien, die sich über seine Finger, seine Hand bis zu seinem Arm hinaufzogen und unter dem Stoff seines T-Shirts verschwanden, los. »Ja, ich wollte mich kurz mit dir unterhalten.« Er unterdrückte den Impuls, Ford mit einem Griff zu strangulieren und versenkte die Hände in den Hosentaschen.

»Dann komm mit«, sagte Ford entspannt und steuerte auf die Treppe zu. Er ging vor Hayden und der konnte nicht umhin, den perfekten Hintern zu bemerken, den Ford in der Hose hatte. Himmel, war das ein netter Arsch.

Aber es war Fords Arsch und deshalb sollte er nicht mal

ansatzweise so weit denken. Stattdessen sollte er sich von diesem Kerl fernhalten, oder zumindest alles versuchen, ihn so schnell wie möglich wieder loszuwerden.

Ford blieb vor einer Tür stehen und öffnete sie mit der Chipkarte, dann trat er zur Seite und ließ Hayden den Vortritt. Offenbar gab es sogar in diesem provinziellen Hotel eine Suite, und die hatte Mr. Rockstar höchstpersönlich gemietet.

Die Suite bestand aus zwei Räumen. Während der eine als Wohn- und Arbeitsraum diente, war der andere vermutlich das Schlafzimmer. Aber da die Tür geschlossen war, konnte Hayden nichts sehen, was auch gut war, denn das letzte, was er von Ford sehen wollte, war dessen Bett.

Dem Aufenthaltsraum sah man an, dass hier jemand wohnte. Mehrere benutzte Kaffeetassen standen herum, eine offene Packung mit Erdnüssen lag auf dem Tisch, direkt daneben lag ein Block mit einem Kugelschreiber, der ziemlich vollgekritzelt aussah. Auf einem Stuhl daneben stand eine Gitarre.

Hayden suchte Hinweise darauf, dass Ford das Leben als Rockstar zu sehr genoss. Wo waren die halbleeren Alkoholflaschen und die sauber aufgeschichteten Lines mit Kokain? Wo waren die, wenn man sie *ein Mal* brauchte. Hayden hätte alles genommen, was er kriegen konnte, nur um Ford so schnell wie möglich loszuwerden.

Doch es sah nicht nach irgendwelchen Exzessen aus, weshalb Hayden wohl bei Plan A bleiben musste. Er räusperte sich und entfernte sich ein paar Schritte von Ford. Er spürte so eine tiefe Abneigung gegen diesen Mann, dass er es nicht mal aushielt, in seiner unmittelbaren Nähe zu stehen.

Fords Auftauchen brachte die ohnehin schon brüchige Existenz ihrer kleinen Familie ordentlich ins Wanken. Erst war Millie gestorben, hatte sie beide zurückgelassen, ihre Welt schmal und grau gemacht. Dann hatten sie gerade so etwas wie eine neue

Routine entwickelt, und nun kam Ford daher und stellte die größte Bedrohung überhaupt dar.

Hayden wünschte sich wirklich nur einen Tag, einen Tag mit vierundzwanzig Stunden, an dem er keine Probleme bewältigen musste. 1440 Minuten Frieden, ein normales Familienleben. 86400 Sekunden Harmonie, leckeres Essen und bezahlte Rechnungen. Das wünschte er sich, doch er bezweifelte, dass er es in absehbarer Zeit bekommen würde.

»Worum geht es?«, unterbrach Ford Haydens Gedanken. Er trat an eine kleine Küchenzeile und stellte die Tüte mitsamt ihrem Inhalt in den Kühlschrank, dann drehte er sich zu Hayden um und verschränkte die Arme vor der Brust.

Hayden fröstelte urplötzlich, denn ihm wurde klar, dass er hier gerade einen Weg beschritt, dessen Ende er nicht sehen konnte. Möglicherweise entpuppte er sich als Weg in die Hölle, und am Ende verlor er Jonah an Ford. Möglicherweise ging es aber auch so aus, wie Beau es prophezeit hatte, und Ford suchte einfach nach einer kurzen Ablenkung, bevor er auf die nächste Tour ging.

»Warum Jonah?«, stieß Hayden hervor, obwohl er das gar nicht hatte fragen wollen. Die Frage war brüsk und harsch seinem Mund entwichen, alles andere als friedlich und nett.

Ford lehnte sich an die Küchenzeile und bedachte Hayden mit einem forschenden Blick. »Weil er mein Sohn ist.«

»Was ist mit deinen anderen Kindern? Warum bist du so versessen auf meinen Jungen?«

»Das geht dich nichts an«, gab Ford zurück. »Tatsache ist: Er ist mein Sohn, und deshalb will ich ihn kennenlernen.«

»Was bedeutet *kennenlernen* in deiner Welt? Willst du seine aktuelle Kleidergröße kennen und über seine Noten informiert werden, oder …«

»Ich will alles über ihn wissen.«

Haydens Hals wurde ganz eng bei dem Gedanken daran, was

Ford ihm alles wegnehmen könnte. Jetzt gerade saß Hayden am längeren Hebel, denn er kannte Jonah seit seiner Geburt. Er hatte jeden Tag seines Lebens mit ihm verbracht und Dinge mit ihm durchgemacht, die die meisten Eltern nicht erleben mussten. Aber was, wenn es Ford gelang, all das zu zerstören?

»Er ist nicht bereit dafür«, sagte Hayden leise und meinte eigentlich *ich bin nicht bereit dafür*. »Jonah ist … ein Kind mit speziellen Bedürfnissen.«

»Inwiefern?«

Hayden seufzte. »In vielerlei Hinsicht. Wenn du erwartest, einen Sohn zu bekommen, mit dem du Zeltausflüge machen kannst oder den du zu deinen Konzerten mitnehmen kannst, dann mach dich auf eine Enttäuschung gefasst.«

»Warum?«

»Weil …« Hayden verstummte, denn es kam ihm plötzlich wie Verrat vor, über Jonah zu sprechen, ohne dass der dabei war. »Morgen früh fünf Uhr. Wir treffen uns auf dem Parkplatz direkt am Silver Lake nördlich der Stadt, du kannst ihn nicht verpassen.«

Ford hob die Augenbrauen in die Höhe und starrte Hayden an. »Um fünf Uhr morgens drehe ich mich nochmal auf die andere Seite und schlafe eine verteufelt lange Runde.«

»Nicht, wenn du Jonah kennenlernen willst«, erwiderte Hayden. Er wandte sich zur Tür und griff nach dem Türknauf. Er musste raus, weg von hier, weg von diesem Mann.

»Du wirst es mir nicht leicht machen, oder? Du wirst mir all die unangenehmen Seiten zeigen, die eine Vaterschaft so haben kann, in der Hoffnung, dass ich den Schwanz einziehe und verschwinde. Ich verrate dir ein Geheimnis: Das wird nicht geschehen.«

Hayden drehte sich zu Ford um und bemerkte, dass der näher gekommen war, nur noch wenige Schritte von ihm entfernt stand. Seine blauen Augen strahlten schon wieder mit einer Intensität, mit der kein Auge strahlen sollte. Hayden wollte das gar nicht bemerken. Das war wirklich lächerlich. Stattdessen hob er das Kinn an. »Du hast keine Ahnung, *wie* schwierig es sein kann, Vater zu sein, Ford. Absolut keine Ahnung. Und du *wirst* diese Stadt mit eingezogenem Schwanz verlassen, weil ein Leben mit Jonah das letzte ist, was ein Mensch wie du haben will.« Hayden öffnete die Tür und trat nach draußen. Fords Stimme ließ ihn erneut innehalten.

»Du kennst mich nicht. Ich gebe nicht auf. Nicht heute und auch nicht morgen. Jonah wird ein Teil meines Lebens werden, die Frage ist nur, ob du weiter an seiner Seite sein wirst oder nicht.«

Ein Schauer nach dem anderen schoss über Haydens Rücken, als er sich ein weiteres Mal zu Ford umdrehte und ihn musterte. Seine Haltung war unnachgiebig, sein Gesichtsausdruck stählern. Ford meinte jedes Wort genau so, wie er es sagte, und das machte Hayden eine riesige Angst.

»Ich werde dieses Kind nicht aufgeben. Hätte Millie das gewollt, hätte sie dich an ihre Seite geholt und nicht mich. *Ich* bin das Beste, was Jonah haben kann, und du wirst *immer* gegen die sieben Jahre ankämpfen, die ich dir voraushabe. Sieben Mal Geburtstag. Sieben Mal Weihnachten, Wackelzähne, Impfungen und erste Schritte. Egal, was du tust, du wirst immer derjenige sein, der diese Zeit verpasst hat.«

Fords Kiefer spannte sich an, doch dieses Mal schwieg er und erwiderte einfach nur Haydens Blick. Als sich die Stille zwischen ihnen ausbreitete, wandte sich Hayden ab und lief die Treppe nach unten.

Bis morgen um fünf Uhr hatte er erstmal Ruhe.

5. Kapitel

F O R D

So aufgeregt wie heute war er noch nie zuvor in seinem Leben gewesen. Nicht bei den Auditions, nicht bei seinem ersten Konzert und auch nicht bei seiner ersten Vaterschaftsklage. Noch nie zuvor, und es hatte sehr viele erste Male in seinem Leben gegeben.

Aber heute würde er Jonah treffen. Seinen Sohn. Millies Sohn. Und er würde alles dafür tun, dass die Begegnung so reibungslos wie möglich verlief.

Während ihres streithaften Gesprächs gestern Abend, hatte Ford vollkommen vergessen, nachzufragen, was sie denn um diese unchristliche Zeit miteinander unternahmen. Was machte man um fünf Uhr morgens an einem See? Was sollte er anziehen? Badesachen? Warme Klamotten? Welches Kind stand freiwillig um fünf Uhr morgens auf? Was zum Teufel wollten Hayden und Jonah um fünf Uhr morgens an einem See?

Ford entschied sich gegen Badesachen. Um diese Zeit würde ihn niemand dazu überreden können, sich einem Element zu nähern, das den Aggregatszustand flüssig besaß. Absolut niemand. Nicht mal sein Sohn.

Ford schlüpfte in einen warmen Pullover, warf sein Handy und Portemonnaie sowie eine Wasserflasche in seinen Rucksack, ehe er sich auf den Weg machte.

Er verließ die Stadt auf seinem Motorrad, entdeckte die ersten Ladenbesitzer, die dabei waren, alles für den heutigen Tag vorzubereiten, ehe er die Stadtgrenze überquerte, und genau die Route fuhr, die er gestern Abend noch recherchiert hatte.

Wie erwartet tauchte nach einer Weile auf seiner rechten Seite ein weitläufiger Parkplatz auf, der bei schönem Wetter bestimmt bis auf den letzten Platz besetzt war.

Das Ufer des Sees war so präpariert, dass Badegäste es sich dort gemütlich machen konnten. Im Moment war jedoch nichts los. Ford erkannte nur ein einzelnes Boot, das auf den sanften Wellen des Sees schaukelte. Ein Mann beugte sich darüber, dann bewegte er seine Hände.

Ford erkannte nicht genau, was Hayden dort tat, doch das würde er jetzt ändern. Er hängte den Helm an den Lenker seiner Honda und schlenderte über die Straße hinweg auf den See zu. Als er näher kam, richtete sich Hayden auf und sah ihm entgegen.

Er hasste ihn.

Hayden musste es nicht aussprechen, seine blitzenden hellgrünen Augen sagten ihm das. Sein ernster Gesichtsausdruck, die harten Linien auf seinem Gesicht, die ihn älter machten, obwohl sie beide vierunddreißig Jahre alt waren.

Ford musste nur einen Blick auf Hayden werfen und er sah all den Hass in ihm, der sich ausschließlich auf ihn richtete. Es war nicht fair. Er hatte nichts getan, hatte Hayden sogar alle Zeit der Welt gegeben und abgewartet. Es war nur so, dass Jonah sein Sohn war, und den würde er nicht aufgeben. Wie Hayden ihm das gestern so schön um die Ohren geworfen hatte: Er hatte viele Jahre im Leben seines Sohnes verpasst, und das würde er von heute an ändern.

Er selbst wusste, wie es war, ohne Vater aufzuwachsen, und das würde er seinem Kind nicht antun. Jonah mochte Hayden haben und ihn auch als seinen Vater ansehen, doch es gab einen Platz für ihn. Es *musste* einen Platz für ihn an der Seite seines Sohnes geben.

»Du bist zu spät«, sagte Hayden mit abweisender Stimme. »Das nächste Mal lege ich ab und warte nicht auf dich.«

»Müsste das nicht eher heißen: *Hey Ford, schön dass du hier bist. Oh, du hast nicht so gut hergefunden, weil du nicht von hier bist? Das tut mir leid. Nächstes Mal fahren wir einfach zusammen*«, schlug Ford mit einem Grinsen vor, ehe er an Hayden vorbeisah und seinen Blick auf den Jungen richtete, der bereits im Boot saß und neugierig zu ihm aufsah.

Als ihre Blicke sich miteinander verhakten, grinste er breit und entblößte eine ausgewachsene Zahnlücke, die einfach nur niedlich war. Ford winkte in Jonahs Richtung. »Hi.«

Jonah winkte zurück, erwiderte die Begrüßung jedoch nicht, stattdessen widmete er sich wieder seinem Rucksack, in dem er herumkramte.

Hayden stellte noch eine Kiste ins Boot, dann kletterte er vorsichtig hinein. Er setzte sich in die Mitte an die Ruder, dann sah er auffordernd zu ihm hoch. »Jetzt du.«

»Sind wir nicht etwas überladen?«

»Wir brauchen das Zeug«, entgegnete Hayden kühl.

»Was werden wir denn tun?«

»Angeln.«

»Angeln?«

»Soll ich dir die Bedeutung des Wortes noch vortanzen?«, fragte Hayden ungeduldig. »Ja. Angeln.«

»Ich bin um vier Uhr früh aufgestanden, um Fische zu töten?«

Hayden verdrehte die Augen. »Sag mir bloß nicht, dass du tief in deinem Innern ein Fischliebhaber bist.«

»Leider doch. Nicht nur Fische, auch Hummeln und Krebse und Mücken. Ich kann nichts dagegen tun, ich liebe alle Tiere.«

»Mücken? Warum sollte irgendjemand Mücken lieben? Das ergibt keinen Sinn.«

»Ich war schon immer ein Fan der verlorenen Seelen«, erwiderte Ford und kletterte an Bord. Das Ruderboot schwankte gefährlich hin und her und Ford hielt die Arme nach links und rechts ausgestreckt, um sein Gleichgewicht zu finden.

»Hinsetzen«, sagte Hayden harsch und Ford sank schnell auf die Sitzbank. Er sah über Haydens Schulter hinweg zu Jonah, der hinter ihm saß, und lächelte ihn wieder an. Er war hübsch.

Ford hatte Millie, seit sie die Band verlassen hatte, nicht mehr gesehen, aber ihre dunklen, glänzenden Augen würde er niemals vergessen. Und jetzt lebten sie in Jonah weiter.

»Hey Jonah, wie geht's dir? Ich bin Ford. Hat Hayden dir erzählt, wer ich bin?«

»Noch ein Wort und ich schubse dich ins Wasser. Ernsthaft, Benning, ich mache keine Witze«, zischte Hayden ihm zu.

»*Natürlich* habe ich ihm *nicht* gesagt, wer du bist!«

Ford sah Hayden an, der die Ruder in die Hand nahm und damit begann, das Boot auf den See hinauszusteuern. »Dir ist aber schon klar, dass er gerade direkt hinter dir sitzt, oder? Er kann hören, was du sagst«, sagte Ford. »Ich meine ... mir soll es recht sein. Wir können offen miteinander sprechen ...«

»*Wir* werden gar nichts tun. Solange ich nicht sicher weiß, ob du *wirklich* sein Vater bist und wie lange du vorhast, hier zu bleiben, werde ich auch nichts mit ihm besprechen.«

»Wie praktisch, dass es diese Dreimonats-Klausel gibt, die Millie erstellt hat. Sie ist nicht rechtskonform, das weißt du, oder? Ich könnte jederzeit einen Test machen lassen.«

»Glaub mir, das wäre mir auch lieber«, brummte Hayden.

Ford nickte wieder zu Jonah, dann lachte er. »Ich darf nichts zum Thema Vaterschaft sagen, aber du redest die ganze Zeit darüber?«

»Er ist gehörlos«, knurrte Hayden. Mit kräftigen Ruderschlägen glitten sie beinahe lautlos über die glatte Wasseroberfläche.

»Er ist gehörlos?« Ford wiederholte Haydens Worte, während er seinen Sohn betrachtete.

»Muss ich dir erklären, was das ist?«, fragte Hayden ungeduldig.

Ford sah wieder zu ihm zurück. »Du könntest damit anfangen, etwas freundlicher zu sein.«

»Es ist fünf Uhr morgens«, grummelte Hayden.

Ford lachte auf und für einen Moment trat die Information über seinen Sohn in den Hintergrund. »Wenn du so früh morgens so schlecht gelaunt bist, solltest du dir vielleicht ein anderes Hobby suchen. Häkeln oder so.«

Hayden schnaubte und warf ihm einen bösen Blick zu. »Es ist nicht das Hobby, wegen dem ich schlecht gelaunt bin. Eher die Gesellschaft.«

Ford blies die Backen auf, dann schüttelte er lachend den Kopf. »Uff.« Gott, dieser Mann war kalt wie ein Eisblock und nichts konnte ihn aus der Reserve locken. Der Blick aus seinen hellen Augen lag kalt wie Stahl auf ihm. Wenn er nicht aufpasste, würde Hayden ihn damit zu Eis erstarren lassen.

Ford sah über Haydens Schulter hinweg wieder zu Jonah, der ihn aufmerksam betrachtete und ihn jetzt wieder anlächelte. Er hob seine Hände und machte einige Bewegungen damit, dann lächelte er wieder.

»Spricht er mit den Händen?«

»Manche Menschen nennen das auch Gebärdensprache«, gab Hayden trocken zurück.

Dieser Mann hatte ein Talent dafür, ihn mit jedem einzelnen Satz, den er aussprach, inkompetent dastehen zu lassen.

Sie erreichten die Mitte des Sees und Hayden drehte sich zu Jonah um. Ford beobachtete mit gemischten Gefühlen, wie Hayden anfing zu gebärden. Jonah antwortete mit fließenden Bewegungen. Ford fiel auf, dass er gleichzeitig auch seinen Mund einsetzte. Und dann kam ihm eine Erkenntnis: Er konnte nicht mit seinem Sohn kommunizieren.

»Woher ...«, begann Ford. Hayden sah zu ihm zurück und warf ihm einen weiteren eisigen Blick zu.

»Nicht jetzt, okay? Halt einfach deine Klappe und fang mit uns einen verdammten Fisch.«

»Du bist wirklich ein unglaublich netter Mann, Hayden. Muss man sich deine Freundlichkeit erst verdienen, oder wie läuft das?«

»Du auf jeden Fall«, erwiderte Hayden. Er legte kurz den Kopf schräg, dann richtete er seinen Blick wieder auf ihn. »Wobei … nein, ich denke, dass ich für dich keine Freundlichkeit reserviert habe. Die brauche ich für den Kerl, der mein Auto anfährt. Und für den Zeitungsjungen, der die Zeitung immer so weit vorne hinwirft, dass ich *jeden Morgen* über den taunassen Rasen laufen muss, um sie zu holen. Und der Paketfahrer, der seine Pakete direkt aus seinem Wagen auf meine Wiese wirft, der bekommt auch einen Teil meiner Freundlichkeit. Aber für dich ist nichts übrig. Leider.«

Ford schnaubte. Wenn dieser Kerl nicht so eine unglaublich wohlklingende Stimme hätte und zudem auch noch einigermaßen intelligent zu sein schien, dann würde er augenblicklich dafür sorgen, dass Jonah von ihm wegkam. Aber so … war er fast ein wenig amüsiert.

Fast.

»Du benimmst dich kindisch.«

»Ich kann mich so benehmen, wie ich möchte«, erwiderte Hayden. »Sei jetzt ruhig, du verschreckst die Fische.«

Ford presste die Lippen aufeinander und richtete den Blick wieder auf seinen Sohn, der sich umgedreht hatte und nun auf der Sitzbank kniete. Er sah ins Wasser vor sich und hing so weit nach vorne, dass es ein Wunder war, dass er noch nicht hineingefallen war. Aber da Hayden ihn nicht zurückrief und Jonah eine Schwimmweste trug, sagte auch Ford kein Wort. Er wollte ja die dämlichen Fische nicht erschrecken.

Irgendwann drehte Jonah sich wieder um und sprach wieder mit seinen Händen. Nein, er *gebärdete*. Ford beobachtete es staunend, denn damit hatte er nicht gerechnet. Offenbar war es weder Hayden noch diesem Provinzanwalt in den Sinn gekommen, ihn darüber aufzuklären, dass sein Sohn eine alternative Form der Kommunikation nutzte. Er fühlte sich von Hayden vorgeführt. Wenigstens *erwähnen* hätte er es können, aber so war er vollkommen ins kalte Wasser geworfen worden.

Außerdem hatte er keine Ahnung, wie er mit seinem Sohn kommunizieren sollte. Er sprach nicht. Und Ford war der Gebärdensprache nicht mächtig. Und außerdem mussten sie ja sowieso still sein!

Ein kleiner wütender Geysir in seinem Innern erwachte zum Leben. Der Zorn darin begann Blasen zu werfen und zu blubbern, während Hayden und Jonah in aller Seelenruhe ihre Angeln auspackten. Weil Hayden sich zu Jonah umgedreht hatte, saß Ford nun hinter ihm. Hayden hatte es durch eine einzige Bewegung geschafft, ihn zum Außenseiter zu machen. Er hockte auf seiner Seite des Bootes, während Jonah und Hayden die andere besetzten. Wenn er mit Jonah irgendwie kommunizieren wollte, dann musste er erst seine Aufmerksamkeit gewinnen, und das dann auch noch um Hayden herum.

Ford saß auf seiner Seite des Bootes und fühlte sich wie das fünfte Rad am Wagen. Mit jeder Minute, die er dabei zusah, wie Jonah mit geübten Bewegungen seine Angel auswarf, wurde er ein bisschen wütender. Jedes Mal, wenn Hayden irgendetwas mit seinen Händen sagte und Jonah nickte oder lächelte oder *antwortete*, wurde er wütender.

Hayden führte ihm hier sehr deutlich vor, *was* er alles verpasst hatte. Hier ging es nicht um Geburtstage, erste Schritte oder durchwachte Nächte. Hier ging es um einen elementaren Teil von Beziehung. Kommunikation.

Hayden hatte das alles. Und Ford hatte nichts.

»Willst du auch mal?«, fragte Hayden in das entstandene Schweigen hinein und warf ihm einen Blick über die Schulter zu.

»Nein«, brummte Ford.

»Okay«, erwiderte Hayden und Ford war sich ganz sicher, dass er Vergnügen in seiner Stimme wahrnahm. Dieses Arschloch hatte das alles geplant. Er wollte Ford auf diese Weise wieder aus Jonahs

Leben katapultieren. Hinterlistig und gemein. In diesem Moment hasste Ford Hayden vom Grund seines brodelnden Geysirs.

Spritzendes Wasser, das auf seinem erhitzten Gesicht landete, riss Ford aus seinen Gedanken. Er sah dabei zu, wie Jonahs Angelleine sich immer wieder anspannte. Der Junge hielt die Angel fest umklammert und zog wie verrückt.

Hayden hatte seine Angel auf der anderen Seite des Bootes ausgeworfen und fummelte mit irgendeiner Vorrichtung herum, während Jonah immer wieder in Richtung des Wassers gezogen wurde.

»Kannst du ihm mal helfen?«, fragte Hayden ihn, streckte gleichzeitig aber eine Hand aus und versuchte, Jonah zu halten.

Ford beugte sich über ihn hinweg und versuchte nach der Angel zu greifen. Das Boot begann unter ihren Bewegungen zu schwanken und Ford wurde gegen Hayden gedrückt. Er legte die Hand auf seine Schulter, um sich selbst im Gleichgewicht zu halten. Jonah zerrte noch immer an der Angel, während Ford und Hayden gleichzeitig versuchten, nicht ins Wasser zu fallen. Es war chaotisch, nass und hätte lustig sein können, wenn Ford nicht auf einmal den großen Wunsch verspüren würde, Hayden einfach einen kräftigen Schubs zu versetzen und ihn ins eiskalte Wasser zu stoßen. Mal sehen, ob er sich da drin treibend noch immer so gut mit Jonah unterhalten konnte.

Jonah schaffte es, die Angel ganz einzuholen und den Fisch an Bord zu befördern. Das arme Tier zappelte am Boden des Bootes um sein Leben.

Hayden zog ihm beherzt den Haken aus dem Maul, dann sahen sie alle schwer atmend auf den Fisch hinunter. Jonahs Gesicht leuchtete voller Stolz und Hayden machte wieder etwas mit seinen Händen.

Ford setzte sich zurück auf seinen Platz und starrte Haydens Rücken an. Der Mann hätte sich keine bessere Methode aussuchen können, um ihm begreiflich zu machen, dass es für ihn keinen Platz im Leben seines Sohnes gab.

Widerwillen regte sich in Ford. So leicht würde er es Hayden nicht machen. Nicht auf diese Weise.

Er lehnte sich vor und fragte: »Was hat Jonah gesagt?«

Hayden sah zu ihm zurück. Leichte Irritation lag in seinem Blick.

»Nur, dass er den Fisch auch ohne deine Hilfe hätte rausholen können.«

Ford schnaubte. »Idiot«, murmelte er und sah wieder zu Jonah.

Sein Sohn wiederholte alle Tätigkeiten von vorhin und warf die Angel wieder aus. Dann herrschte wieder Schweigen, und da Ford selbst nichts zu tun hatte, ließ er den Blick schweifen. Hohe, graswachsene Berge umgaben den See, wurden zu schneebedeckten Berggipfeln, die von der aufgehenden Morgensonne in ein helles Rosa getaucht wurden. Alles war friedlich und es war wirklich sehr, sehr still.

Der Fisch zu seinen Füßen bewegte sich nicht mehr und die Endgültigkeit seiner Situation frustrierte Ford irgendwie. Bevor er darüber nachdenken konnte, bückte er sich und warf den Fisch über den Rand des Bootes, in der Hoffnung, er wäre noch nicht gestorben.

Der Fisch verschwand im Wasser und Hayden drehte sich zu ihm um. »Das hast du jetzt nicht getan.« Er klang ungläubig entsetzt. Es amüsierte Ford.

»War aus Versehen«, sagte er schulterzuckend. Dann sah er Jonah entschuldigend an. Dass der Junge ihn verstanden hatte, zeigte er, indem er ihn breit angrinste.

»Das ist nicht komisch, Ford«, sagte Hayden. »Er fängt so selten einen Fisch.«

»Er sieht nicht traurig aus. Bist du traurig, Jonah?« Ford sah Jonah an und sprach sehr deutlich und langsam.

Der Junge schüttelte den Kopf und grinste weiter. Hayden konnte ihn mal am Arsch lecken.

―

Gegen sieben ruderte Hayden sie ans Ufer zurück. Die Sonne kletterte immer höher an den Himmel und das Licht verwandelte sich von Pink über Orange zu einem strahlenden Gelb. Die morgendliche Kühle ließ nach. Sie hatten keinen weiteren Fisch gefangen, das Schweigen zwischen Hayden und Ford war schwer geworden, während er mit Jonah immer wieder freundliche Blicke ausgetauscht hatte. Offenbar konnte der Junge von seinen Lippen lesen. Wenn er langsam sprach, dann schien er ihn zu verstehen, da Ford *ihn* aber im Gegenzug nicht verstand, war die Situation trotzdem frustrierend.

Ford half Hayden, das Boot an Land zu ziehen, wo er es an einem kleinen Holzsteg vertäute.

»Bleibt es hier?«

»Ja. Das klaut niemand«, erwiderte Hayden. Er lud nach und nach die Kisten und Boxen aus, die sie zum Angeln gebraucht hatten und beachtete Ford nicht weiter. Er kam sich überflüssig vor, wie Ballast, den man loswerden wollte, was wohl auch der treffendste Vergleich war, den man in so einer Situation ziehen konnte.

Hayden drehte sich in diesem Moment zu Jonah um und gebärdete wieder. Er bewegte seine Hände so schnell und sicher, dass Ford nicht mal mitgekommen wäre, selbst wenn er die Sprache verstanden hätte, was in einer Million Jahren nicht der Fall sein würde.

Jonah nickte, griff nach einer der Kisten und machte sich auf den Weg zu Haydens Pick-up, neben den Ford sein Motorrad gestellt hatte.

Ford sah ihm hinterher, ehe er seinen Blick auf Hayden richtete.

»Bist du zufrieden?«

»Hätten wir den Fisch, wäre ich noch zufriedener.«

»Das meine ich nicht«, zischte Ford. »Bist du zufrieden damit, mich so vorgeführt zu haben?«

Hayden sah auf und runzelte die Stirn. »Ich habe keine Ahnung, was du meinst.«

Ford schüttelte den Kopf. »Oh, nein. Eigentlich sollte es doch viel eher heißen: *Tut mir leid, Ford, dass ich vergessen habe, zu erwähnen, dass dein Sohn weder hören noch auf deine Art kommunizieren kann und es deshalb schwierig wird, in einen Austausch mit ihm zu kommen.*«

Hayden legte den Kopf schief. »Du scheinst immer sehr genau zu wissen, was die anderen Leute sagen müssen, um dich zufriedenzustellen.«

Der Geysir spritzte eine Fontäne in die Luft, als Ford einen schnellen Schritt auf Hayden zumachte. Sie beide standen auf der alternden Anlegestelle. Keiner von ihnen konnte sich groß bewegen. Zumindest nicht, wenn sie nicht ins Wasser fallen wollten.

»Du hast mich absichtlich unwissend in diese Situation gestoßen. Es war dein Plan, es mir so ungemütlich wie möglich zu machen.«

Hayden hob das Kinn und sah mit einer Arroganz im Gesicht auf ihn herab, die seinen Geysir nicht nur spucken, sondern gleich auch noch Funken sprühen ließ. »Und? Ist es mir gelungen?«

»Wenn Jonah dir so viel bedeutet, warum wehrst du dich so dagegen, dass er seinen richtigen Vater kennenlernt? Bist du eifersüchtig? Denkst du, ich laufe dir den Rang ab? Dass du nicht mehr Vater des Jahres bist, nur weil du mit deinen Händen sprechen kannst?«

»Du gehst jetzt besser, bevor ich mich vergesse«, knurrte Hayden leise und dennoch unmissverständlich. In seinen grünen Augen blitzte der Ärger auf, entlud sich wie ein längst überfälliges Gewitter.

»Und wenn nicht?«, fragte Ford zurück.

»Tu es einfach«, sagte Hayden. Sein Körper war bis aufs Äußerste gespannt, sie berührten sich beinahe, so nahe waren sie einander.

»Du hättest mir von Jonahs Problemen erzählen können, dann hätte ich mich vorbereiten können!«

Hayden trat vor, baute sich in seiner vollen Größe vor Ford auf und nahm auch in Kauf, dass ihre Körper sich an den Hüften berührten. Er beugte sich weit vor und starrte Ford in die Augen.

»Ich hätte dir von seinen *Problemen* erzählt, wenn er Probleme hätte. Aber mit Jonah ist alles in Ordnung. Das Problem sind eher Menschen wie du, die alles abnorm finden, das nicht in eine vorgefertigte Hülle passt. Und das *mit den Händen reden* nennt man Gebärdensprache. Google das mal. Und wenn du irgendwann auch nur einen Satz geradeaus gebärden kannst, dann unterhalten wir uns weiter. Und bis dahin, geh mir einfach aus den Augen, du unerträglicher, arroganter …«

Ford griff nach Haydens Arm und hielt ihn zurück. Sie starrten einander an. Wütend, konkurrierend, abschätzig. »So läuft das zwischen uns?«

»Es gibt kein Uns. Es gibt ein Hayden und Jonah und ein Ford. Du bist nur hier, weil ich dich eingeladen habe. Ich habe dir eine Chance gegeben, und du hast sie versaut. Sieh es ein, du bist nicht zum Vater gemacht. Nicht für dieses Kind.«

Haydens leise gezischte Worte rissen ein paar der Wunden in Fords Innerem auf, die sich über die Jahre sorgsam verschlossen hatten, doch das würde er ihm nicht zeigen. Hayden *wollte* ihn verletzen und Ford schützte sich, wie er es immer tat. Mit einer großen Klappe und unangebrachtem Humor.

»Schieb dir deine Chance sonst wohin. Das war keine Chance, sondern eine Kampfansage. Du willst Krieg? Du kannst Krieg haben.«

Ford wandte sich ab, ließ es sich aber nicht nehmen, Hayden mit der Schulter anzurempeln. Ihre Körper prallten gegeneinander, Funken stoben durch Fords Innerstes und erhitzten ihn immer weiter, während er die Straße überquerte und auf sein Motorrad zuhielt.

Als er Jonah entdeckte, der seine Maschine musterte, schluckte er seine Wut hinunter. Er durfte nicht vergessen, warum er hier war. Er wollte ein Teil von Jonahs Leben werden und jetzt gerade konnte er damit anfangen.

Er legte Jonah die Hand auf die Schulter, woraufhin der Junge erschrocken zusammenzuckte.

Ford zwang sich zu einem Lächeln, das sich furchtbar schwer anfühlte. »Das mit dem Fisch tut mir leid«, sagte er langsam und deutlich. Er hatte keine Ahnung, ob Jonah ihn verstand, ob er die Worte von seinen Lippen lesen konnte. Es war ein Versuch. Das Einzige, was er hatte. Einen verdammten Versuch.

Jonah lächelte und machte eine lässige Handbewegung. Ford erwiderte sein Lächeln und in seiner Brust wurde es etwas ruhiger. Sein Herzschlag kam hervor, ganz warm und gleichmäßig, als er so seinem Kind gegenüberstand.

Sein Kind.

Was für ein unglaubliches Gefühl.

6. Kapitel

HAYDEN

»Das war ja eine großartige Idee«, sagte Hayden und knallte den Zettel auf den Tisch. Abby sah von der Arbeitsfläche auf, wo sie gerade einen Teig knetete.

»Hallo Hayden, es ist auch schön, dich zu sehen.«

»Ich habe keine Nerven für diesen Unfug«, schnauzte er und knallte die Faust auf den Zettel.

Abby wusch sich ihre Hände am Waschbecken und trocknete sie ab, während sie näher kam und dann den Inhalt des Briefes schweigend durchlas. Die Sekunden dehnten sich aus und Hayden verlor allmählich die Geduld. Nein, nicht allmählich. Er hatte sie längst verloren. Es hatte ihn alles an Selbstbeherrschung gekostet, nicht in dieses Hotel zu stürmen und Ford einmal kräftig durchzuschütteln. Stattdessen war er unter einem Vorwand mit Jonah hinaus auf die Ranch gefahren. Der Junge hatte sich gefreut, denn eigentlich waren sie dienstags nie bei den Pferden. Doch heute hatte Hayden eine Ausnahme gemacht. Hatte eine machen müssen, denn sonst wäre er definitiv durchgedreht.

»Ist das von Fords Anwalt?«

»Da steht Anwaltskanzlei, also ja!« Hayden ging von einem Ende der großen Wohnküche zum anderen und fuhr sich immer wieder durch die Haare, während er darauf wartete, dass Abby *endlich* den Inhalt des Briefes gelesen hatte, was eine Unendlichkeit dauerte. Zumindest kam es ihm so vor.

Als sie aufsah, wirkte sie überhaupt nicht aufgeregt.

»Und?«, fragte er empört. »Bist du immer noch davon überzeugt, dass dieser Typ Jonah kennenlernen sollte?«

»So wie ich das verstanden habe, besteht er auf ein Umgangsrecht.«

»Ja. *Alleine*. Er will allein Zeit mit Jonah verbringen.« Hayden stieß ein ungläubiges Lachen aus. »Er kann sich ja nicht mal mit ihm unterhalten.«

Abby schnalzte mit der Zunge. »Du weißt genau, wie kreativ Jonah ist. Er kann mit jedem kommunizieren, wenn er daran interessiert ist.«

»Und was, wenn er das nicht ist?«

»Hast du ihn gefragt?«

Hayden blieb abrupt stehen, dann holte er tief Luft und schüttelte den Kopf. »Natürlich nicht. Ich habe ihm erzählt, dass Ford ein Freund ist und mit uns angeln geht.«

Abby starrte Hayden so lange an, bis der schon wieder ungeduldig wurde. »Was?«

»Du warst mit ihm angeln?«

»*Du* hast gesagt, es wäre eine gute Idee, Zeit miteinander zu verbringen, also habe ich ihn zum Angeln mitgenommen. Er hat den Fisch wieder zurück ins Wasser geworfen.« Ein weiterer Minuspunkt für diesen Kerl.

Abby lachte auf. »Oh, Hayden.«

»Was hat er getan?«, fragte Justice, der in diesem Moment die Küche betrat. Er gab Abby einen sanften Kuss auf die Wange, wusch sich die Hände, ehe er nach einer Banane aus dem Obstkorb griff und sie schälte.

»Er hat Ford mit zum Angeln genommen.«

Justice runzelte die Stirn. »Ich wusste gar nicht, dass ihr jetzt schon miteinander befreundet seid.«

Hayden verdrehte die Augen. »Wir sind auch nicht befreundet. Eher das Gegenteil von befreundet. Wir sind so was wie zwei verfeindete Lager.«

Justice nickte verständnisvoll. »Kann ich verstehen. Ich meine ... er taucht einfach so auf und denkt, er hätte ein Recht auf Jonah?«

Hayden deutete auf seinen Schwager. »Exakt.«

Abby seufzte. »Und genau die Einstellung bringt euch in

Schwierigkeiten.« Sie hielt ihrem Mann das Schreiben von Fords Anwalt hin, das der in aller Seelenruhe durchlas, während er seine Banane verspeiste.

»Er will das Umgangsrecht für Jonah? Komm schon ...« Justice sah Abby an. »Er kennt Jonah nicht mal.«

»Ganz genau«, brummte Hayden und ließ sich auf einem der Stühle nieder. »Ich hasse das.«

»Es ist gar nicht so schlimm, wie du dir das jetzt ausmalst.«

»Er weiß nichts von Jonahs Epilepsie. Er *kann* nicht mit ihm allein sein.«

»Warum sagst du es ihm nicht einfach? Ich wette, er hätte Verständnis dafür, wenn du ihm all die Gründe nennst, warum es dir so schwerfällt, Jonah in seine Obhut zu geben.«

»Ich will nicht ... ich will einfach nur nicht, dass Jonah vorverurteilt wird. Was, wenn Ford die Flucht ergreift, sobald er Jonahs ganze Geschichte kennt und ihm damit das Gefühl gibt, nicht richtig zu sein?«

»Hayden, was ist eigentlich dein Problem? Auf der einen Seite willst du nicht, dass Ford Kontakt mit Jonah hat, auf der anderen befürchtest du, Ford könnte verschwinden.«

Hayden rieb sich mit den Fingern über die Stirn. Er würde Migräne bekommen. Ganz sicher. Ford-Migräne.

»Millie hat Ford informiert, also ... es war ihr Wunsch, dass Jonah seinen richtigen Vater kennenlernt. Ich kann ihr diesen Wunsch nicht verwehren.«

»Aber Millie ist nicht mehr da«, sagte Abby, pragmatisch wie immer.

»Trotzdem«, erwiderte Hayden. »Du weißt, dass ich ihr so einen Wunsch niemals abschlagen würde. Nicht im Leben und auch nicht im Tod.«

»Was, wenn Ford überhaupt kein Problem mit Jonahs Erkrankung hat?«, hakte Justice nach.

Hayden verzog das Gesicht. »Trotzdem ist er dann nicht in der Lage, Jonah anständig zu betreuen. Dieser Typ ist mit einem Motorrad hier. Er ist ein Sänger, ständig auf Tour. Er ist nicht für ein Familienleben gemacht, was vermutlich auch alles Gründe waren, aus denen Millie ihn verlassen hat.«

»Du scheinst ihn ja sehr gut zu kennen«, sagte Abby und zog eine Augenbraue in die Höhe.

»Ich habe ihn gegoogelt. Dieser Mann hat keine Ahnung, was es bedeutet, Verantwortung zu tragen. Er hat ständig wechselnde Freunde und Freundinnen, seine Kinder leben über das gesamte Land verteilt, die Frauen, die er geschwängert hat, haben ihn allesamt zu Unterhaltszahlungen verklagt. Er ist nicht der Typ Mann, dem man vertrauen sollte, glaubt mir.«

Abby holte tief Luft, dann setzte sie sich neben ihn. »Ich sehe das folgendermaßen: Ford ist Jonahs Vater und offenbar wollte Millie, dass die beiden sich kennenlernen. Und du willst Millies Wunsch entsprechen, gleichzeitig aber Jonah beschützen. Das ist gut. So was machen Eltern. Sie beschützen ihre Kinder. Also wäre es doch gut, wenn du Ford zuerst etwas kennenlernst, damit du dir sicher sein kannst, dass Jonah nicht verletzt wird.«

»Moment mal, ich habe ja versucht, ihn zu integrieren.«

»Indem du ihn zum Angeln mitnimmst. Zum langweiligsten Sport der Welt.«

»Das stimmt nicht«, protestierte Hayden. »Jonah angelt sehr gern. Wenn es Ford zu langweilig ist, dann kann er ja das nächste Mal im Hotel bleiben und ausschlafen.«

Abby lachte. »Ford hat doch überhaupt keine Gelegenheit bekommen, Jonah wirklich kennenzulernen.«

»Er war dort. Wenn er gewollt hätte, hätte er Jonah sehr wohl kennenlernen können«, sagte Hayden entschieden.

»Er kann nicht gebärden, oder?«

»Nein«, gab Hayden zu.

Justice gluckste. »Und der Preis für die passiv-aggressivste Aktion geht in diesem Jahr an Hayden.«

»Halt die Klappe«, grummelte Hayden. »Ich fand, es war eine gute Idee.«

Abby und Justice warfen sich einen Blick zu, den nur Ehepaare miteinander austauschen konnten. Er war voll geheimer Erkenntnisse und leiser Übereinstimmung. Millie und er hatten das auch gemacht.

Hayden verdrehte die Augen. Er fühlte sich wie in einem Verhör und hatte zunehmend das Gefühl, Abby und Justice waren der Ansicht, *er* hätte etwas falsch gemacht, was wirklich nicht fair war.

»Wie gesagt: Wir kennen Ford nicht und ich binde nicht jedem gleich Jonahs Lebensgeschichte auf.«

»Nein. Das finde ich gut, wenn du es nicht *jedem* erzählst. Aber *seinem Vater* kannst du so etwas erzählen.«

»Er ist nicht Jonahs Vater«, sagte Hayden und erhob sich. »Er ist einfach nur ein Typ, der Sex mit Millie hatte. Das gibt ihm kein Recht auf irgendetwas.«

»Mit dieser Einstellung wirst du verlieren.«, sagte Abby leise.

»Ist mir egal.« Hayden war wütend. Er hatte sich Rat und Unterstützung von seiner Familie erhofft, aber gerade kam es ihm so vor, als würden sie beide auf Fords Seite stehen und nicht auf seiner. Das war ein verdammt beschissenes Gefühl.

»Ich muss wieder los«, sagte Hayden und schnappte sich das Schreiben von Fords Anwalt.

»Hayden ...«, sagte Abby mit ruhiger Stimme, aber Hayden hörte nicht zu. Er wollte nicht beruhigt werden, er wollte, dass Abby zu ihm stand und ihm bestätigte, dass Ford ein Idiot war.

»Lass gut sein«, raunte er und verließ im nächsten Moment die Küche. Als er kurz darauf mit einem trotzig dreinblickenden Jonah vom Hof fuhr, der überhaupt nicht begeistert über die plötzliche Abfahrt war, fühlte er sich einsam und verlassen.

F O R D

Er war gerade erst von seinem ersten Besuch im Gebärdensprachkurs zurückgekommen, als ihm ein Besucher angekündigt wurde.

Nach dem verheerenden Ausflug mit Jonah und Hayden hatte er seine Wut und schlechte Laune hinuntergeschluckt und nach Gebärdensprachkursen gegoogelt. Eine Schule, die sich eineinhalb Stunden von hier befand, bot diese regelmäßig an.

Ford hatte nicht gezögert und sich sofort angemeldet. Er würde Hayden schon noch zeigen, dass er so nicht mit ihm umgehen konnte, und dass ihn Jonahs Gehörlosigkeit nicht davon abhalten würde, seinen Sohn kennenzulernen.

Auch wenn er keine Lust auf eine neuerliche Auseinandersetzung mit Hayden hatte – er ging davon aus, dass es sich bei seinem Besucher um Hayden handelte –, öffnete er trotzdem die Tür seiner Suite und sah sich einer Frau gegenüber, die er noch nie zuvor gesehen hatte, obwohl sie ihm merkwürdig bekannt vorkam.

Ihre honigblonden Haare hatte sie zu einem Pferdeschwanz hochgebunden, ihre goldbraunen Augen betrachteten ihn eingehend und ihre Lippen zuckten, als wollte sie etwas sagen.

»Wir müssen uns unterhalten«, stieß sie schließlich hervor, trat ohne abzuwarten durch die Tür, und wandte sich zu ihm um.

Ford runzelte die Stirn. »Wer sind Sie?«

»Ich heiße Abby und bin hier, weil ich mit Ihnen reden muss.«

Ford kannte die Art, wie manche Frauen mit ihm *reden* wollten. Es war ein Code, um mit ihm Sex zu haben, aber heute hatte er überhaupt keinen Gedanken an Sex. Die Scherereien mit Hayden zerstörten seine Libido.

Großartig.

»Schätzchen, du bist sehr hübsch anzusehen, aber heute sieht es ganz schlecht aus.«

Die Frau vor ihm verzog das Gesicht. »Hayden hatte recht. Sie sind wirklich etwas arrogant. Ich bin nicht hier, weil ich mit Ihnen ins Bett will.«

»Nicht?« Das Erstaunen lag bereits in seiner Stimme, bevor er es hätte verhindern können, was etwas peinlich war.

Diese Abby verdrehte die Augen. »Nein, will ich nicht. Ich bin hier, um zu reden. Über meinen Bruder und Ihren Sohn.«

»Oh.« Ford schluckte. Abby war Haydens Schwester. Verdammt.

Um die peinliche Situation zu überwinden, deutete er auf das Sofa, das im hinteren Teil des Raumes platziert war.

»Ich habe einen Vorschlag für Sie«, sagte Abby dann mit fester Stimme.

»Ich ... okay?«

»Mir gehört die Ranch. An Ihrem ersten Abend haben wir uns kurz gesehen, aber es war dunkel und die Themen ... hätten besser sein können, von dem her ...«

»Tut mir leid«, sagte Ford leise. Er wusste nicht mehr viel von diesem Abend, nur dass er wahnsinnig aufgeregt gewesen war, und dann auch irgendwie enttäuscht, als die drei Männer sich wie eine Wand vor ihn gestellt hatten. Sie hatten ihn daran erinnert, dass Ford allein war und sie nicht.

»Schon gut. Der Abend war ganz schön verrückt.«

Ford lächelte. »Ja.«

»Und wie ich höre, ist es nicht weniger verrückt zwischen Hayden und Ihnen geworden.«

»Ich würde es eher ... schwierig nennen.«

»Hayden fühlt sich durch Ihre plötzliche Anwesenheit in seiner Vaterrolle bedroht.«

»Wofür er gar keinen Grund hat«, warf Ford ein.

»Nun, nach dem Schreiben Ihres Anwalts ja wohl doch.«

Ford verdrehte die Augen. »Was hätte ich denn tun sollen? Ich sitze seit zwei Wochen in diesem Nest und warte darauf, dass Hayden mir die Möglichkeit gibt, meinen Sohn zu sehen und dann …«

»Ich weiß.« Die Sanftheit in Abbys Stimme ging sofort auf ihn über.

»Was hätte ich denn bitte tun sollen?«

»Ich weiß es nicht«, erwiderte Abby. »Aber ich weiß, dass es der falsche Weg ist, wenn Sie mit Ihrem Anwalt daherkommen. Auf diese Weise wird Hayden nicht kooperieren.«

»Und was schlagen Sie vor?«, fragte Ford ratlos, denn so langsam war er wirklich mit seinem Latein am Ende. Er *hatte* gewartet. Er *war* ruhig geblieben. Aber nichts von dem hatte geholfen. Hayden war stur wie ein Esel und beschützte Jonah vor ihm, als hätte er vor, ihn zu fressen.

»Ich schlage vor, dass Sie zu uns auf die Ranch ziehen.«

Ford runzelte die Stirn. »Warum?«

»Weil Hayden beinahe täglich mit Jonah dorthin kommt. Ihre beiden Pferde stehen bei uns und die beiden reiten aus. Sie hätten also täglich die Gelegenheit, Jonah zu sehen und ihn kennenzulernen.«

»Was sagt Hayden denn dazu?«

Eine sanfte Röte legte sich auf Abbys Wangen. »Er weiß noch nichts davon.«

»Er wird Sie umbringen. Und danach wird er mich umbringen.«

»Er wird nichts dergleichen tun. Er braucht nur etwas länger, um sich daran zu gewöhnen, dass Sie hier sind. Sie dürfen nicht vergessen, dass er eben erst Millie verloren hat und nun ganz allein ist mit Jonah. Er steht unter Druck und will alles richtig machen. Und plötzlich kommen Sie daher und bringen alles durcheinander.«

»Und jetzt wollen Sie mich auf Ihre Ranch holen? Ins feindliche Lager?«

Abby hob eine Hand, als würde sie einen Eid ablegen und grinste. »Ich bin die Schweiz. Ich bin neutral.«

Ford schnaubte. Auch die Schweiz würde Hayden nicht daran hindern, ihm die Eier abzureißen.

7. Kapitel

F O R D

»Du lebst jetzt auf einer beschissenen Ranch?«

»Nur Ranch«, sagte Ford und seufzte. Er hatte schon vorher gewusst, wie Turners Reaktion ausfallen würde. Und es war noch schwieriger, die eigene Entscheidung zu verteidigen, wenn man selbst nicht zu einhundert Prozent dahinterstand.

»Ford, wiederhole bitte folgende Worte für mich: Ich bin ein viel zu netter Mensch, aber das hört hier und heute auf.«

»Turner …«

»Sag es«, schnauzte sein Anwalt und bester Freund in den Hörer. »Ansonsten verliere ich so langsam nämlich echt die Geduld mit dir! Was ist eigentlich so schwer daran, meinen Rat zu befolgen. Wir hatten vereinbart, dass du Bancrofts Reaktion abwartest. Dass er sich im besten Fall einen Anwalt nimmt und wir die ganze Sache auf diese Weise klären, und jetzt tust du so was?«

»Du hast selbst gesagt, dass Hayden nicht viel Geld hat. Wer sagt dir, dass er dieses wenige Geld ausgerechnet für einen Anwalt ausgibt?«

»Mein gesunder Menschenverstand sagt mir das. Glaub mir, letzten Endes knickt jeder ein«, sagte Turner. »Das war schon immer so und wird sich auch nicht ändern. Aber du machst es ihm viel zu leicht, dich in eine schwierige Situation zu bringen. Warum eigentlich eine Ranch? Soweit ich das sehe, ist die mehr als eine halbe Stunde von Iron Creek entfernt. Ergibt das für dich auch keinen Sinn?«

»Jonah ist öfter hier. Ich kann ihn dadurch häufiger sehen.«

»Ach ja? Und das hast du mit wem besprochen? Mit Hayden ja ganz sicher nicht, oder?«

»Nein. Nicht mit Hayden. Mit seiner Schwester.«

Turner stöhnte auf. »Ernsthaft, Ford, hörst du dir selbst zu? Sie ist *seine* Schwester. Sie ist auf *seiner* Seite. Warum tust du so etwas? Du bist der schwierigste Klient, den ich jemals hatte. Ich sollte von dir das doppelte Gehalt verlangen.«

Ford lachte auf. »Fick dich, du bekommst schon das doppelte Gehalt von mir.«

Turner lachte ebenfalls, wurde dann aber wieder ernst. »Wenn es dir wirklich um den Jungen geht, darfst du nicht zu viele Kompromisse eingehen. Du bist in keiner guten Position, was das angeht. Wenn du ein Teil seines Lebens werden willst, dann solltest du bereit sein, schmutzig zu kämpfen.«

»Das will ich eigentlich vermeiden.«

»Ich weiß. Vermeidung ist dein zweiter Vorname. Aber es gibt Momente im Leben, in denen muss man die Boxhandschuhe rausholen und kämpfen, verstehst du?«

Ford hatte schon viel zu oft gekämpft, obwohl er das nicht wollte. Das Letzte, was er wollte, war sich durch billige Tricks und unsaubere Kämpfe einen Platz im Leben seines Sohnes zu erobern. Auf keinen Fall.

»Ich versuche es erstmal auf diese Art«, sagte Ford und schlug einen versöhnlichen Tonfall an. »Wenn Hayden sich dann weiter querstellt, können wir noch immer einen neuen Plan entwickeln.«

»Alles, was wir dafür brauchen, liegt hier bereit. Ich habe alles vorbereitet, okay?«

»Danke, Turner«, sagte Ford und er meinte es auch so. Über die Jahre hatte Turner genau den Kampfgeist an den Tag gelegt, der ihm selbst schon immer gefehlt hatte. Turner stand auf seiner Seite und das war ein gutes Gefühl, wenn man sich gerade in einer Situation befand, in der man sich vollkommen allein fühlte.

Er legte das Handy zur Seite, griff nach seiner Kaffeetasse und trat auf die Veranda des kleinen Gästehauses hinaus, in das er gestern gezogen war. Es war klein und zweckmäßig, besaß aber trotzdem einen Charme, den Holzhäuser eben so an sich hatten. Am

Morgen war er von den Geräuschen der Rinder geweckt worden, dann war Justice mit einem Traktor vorbeigefahren.

Die Geräuschkulisse würde ihn wohl die nächste Zeit begleiten, bis er mit Jonah und Hayden eine Lösung gefunden hatte. Soweit Ford verstanden hatte, lebte und betrieb Abby hier mit ihrem Mann Justice die Ranch.

Hayden kam regelmäßig her, um mitzuhelfen. Vor zwei Stunden war ein Truck auf die Ranch gefahren, auf dessen Seite der Name einer Tierarztpraxis stand. Monroe Bancroft.

Es gab also noch mehr Geschwister.

Ford hatte keine Ahnung, wie vielen Leuten er sich unter Umständen stellen musste. Er konnte Turners Bedenken verstehen. Gleichzeitig fühlte es sich wie die einzige Chance an, die er bekommen konnte, und die wollte er nicht ungenutzt verstreichen lassen.

Er würde schon irgendwie klarkommen, auch wenn er keine Ahnung hatte, wie es war, in so einer großen Familie zu leben. Mit Geschwistern und Kindern und unglaublich vielen Tieren. Ford war immer allein gewesen. Teile seiner Kindheit waren von seiner Mutter begleitet worden, wobei sie häufiger durch Abwesenheit geglänzt hatte, als an seiner Seite zu sein. Seinen Vater hatte er erst als erwachsener Mann kennengelernt.

Familie war ein Konzept, das er nicht verstand, weil es noch nie Teil seines Lebens gewesen war. Jonah veränderte alles.

Er sah dem Treiben auf dem Hof noch eine Weile zu, bis er seinen Kaffee geleert hatte, dann ging er nach drinnen und verbrachte den Rest des Vormittags damit, abwechselnd Gebärdensprachvideos auf YouTube anzusehen und an neuen Songs zu feilen. Trent hatte ihm ein paar Gitarrenakkorde für ein Lied des kommenden Albums geschickt und Ford bastelte an passenden Texten und Erweiterungen herum.

Nachdem er auch noch die Umzugsfirma angerufen hatte, die

einen Teil seiner Sachen hierher liefern würde, machte er sich auf den Weg ins Haupthaus. Ford hatte mit Abby einen Mietbetrag vereinbart, der tägliche Mahlzeiten beinhaltete. Er klopfte kurz an die Hintertür des Farmhauses, dann trat er ein.

Abby stand in der Küche und machte irgendwas am Herd. Sie sah kurz auf, als er eintrat.

»Ich habe Sandwiches vorbereitet. Wir essen immer erst abends warm, wenn die Kinder auch da sind.«

Ford wusste bereits, dass die Kinder morgens von Abby zur Schule nach Iron Creek gefahren wurden und erst am Nachmittag zurückkehrten. So wie er es verstanden hatte, brachte Hayden die Kinder direkt mit, was irgendwie Sinn ergab.

»Jonah und die anderen müssten in etwa zwei Stunden hier sein.«

»Okay. Das ist ja nicht mehr lange. Weiß Hayden inzwischen, dass ich hier wohne?«

Abby wich seinem Blick aus und rührte wieder in dem überdimensionalen Topf.

»Abby?«

»Ich hatte noch keine Gelegenheit, mich mit ihm allein zu unterhalten, okay?«

»Er wird ausrasten«, sagte Ford. So gut kannte er den abweisenden Mann inzwischen. Er würde es als persönlichen Feldzug von Ford betrachten. Als eine Einnistung hinter den feindlichen Linien. Gott, dieser Kampf und alle Gedanken drumherum waren so unglaublich anstrengend. Er wollte, dass es aufhörte.

»Er ist erwachsen, er wird schon damit klarkommen.«

Ford schnalzte mit der Zunge. »Traurig, dass ich deinen Bruder jetzt schon besser kenne als du.«

Abbys Schnauben begleitete ihn aus der Haustür. Er ging mit dem Sandwich in der Hand zu den Ställen, in denen sich jetzt nur wenige Pferde befanden. Die Rinder waren draußen auf den riesigen Weiden. Soweit Ford mitbekommen hatte, würde Justice in wenigen Wochen zusammen mit einer Rinderherde und ein paar Helfern in die Berge reiten und dort oben den Sommer verbringen.

Ford hatte keine Ahnung, was das für Abby bedeutete, die in dieser Zeit nicht nur eine alleinerziehende Mutter, sondern auch noch eine alleinstehende Farmersfrau war.

Er entdeckte Justice mit drei Männern und einer Frau auf einer Art Paddock. Ford sah ihnen eine Weile dabei zu, wie er die vier darin unterrichtete, die Pferde zu lenken und ihnen die Theorie des Rindertriebs näherbrachte.

Als Ford das nächste Mal auf die Uhr sah, machte sein Herz einen Satz, denn Hayden müsste demnächst mit den Kindern aus der Stadt eintreffen. Wann immer Ford an seinen Sohn dachte, wurde ihm ganz leicht ums Herz. Er konnte es noch immer nicht glauben. Er hatte ein Kind. Sein eigen Fleisch und Blut.

Das war aufregend und es war traurig, dass er es mit niemandem teilen konnte. Während er sich auf Tournee mit der Band befand, fiel es ihm meistens gar nicht auf, wie einsam er war. Er hatte die letzten acht Monate zusammengepfercht mit anderen Menschen in einem engen Tourbus verbracht. Tag für Tag war er in einer anderen Stadt aufgewacht und hatte dort die Menschen mit seiner Musik begeistert. Er war vierundzwanzig Stunden am Tag von Menschen umgeben gewesen und da konnte man auch mal leicht vergessen, dass man im richtigen Leben niemanden hatte.

Keinen Partner, keine Familie. Seine Mutter war bereits vor zehn Jahren gestorben, sein Vater war nie wirklich Teil seines Lebens gewesen. Es gab weder Geschwister noch Großeltern.

Aber jetzt hatte er einen Sohn, er war ein Teil von ihm, egal, ob sie sich kannten oder nicht. Das bedeutete doch etwas.

Das Geräusch von Autoreifen, die über die staubige Straße auf die Ranch zufuhren, ließ ihn aufsehen. Er hätte sich gern im

Hintergrund gehalten, sodass Abby vielleicht doch noch eine Gelegenheit bekam, mit Hayden zu sprechen, doch dafür war es jetzt zu spät.

Entweder hatte ihn Hayden schon gesehen, oder er würde ihn spätestens bemerken, wenn er den Rückzug antrat, also blieb er, wo er war und versuchte, möglichst ungefährlich auszusehen. Er war keine Bedrohung für Hayden, nur schien der das noch nicht verstanden zu haben.

Drei Kinder purzelten aus Haydens Pick-up, ehe der ihnen folgte. Er nahm mit einer langsamen Bewegung die Sonnenbrille herunter und starrte direkt in Fords Richtung.

Ford konnte sich nicht helfen. Er hob die Hand und winkte kurz. Dass er keine Reaktion darauf erhielt, wunderte ihn gar nicht und er versuchte es locker zu nehmen. Er konzentrierte sich lieber auf Jonah, der im Stall verschwand. Ford folgte ihm und sah dabei zu, wie er überschwänglich ein graues Pferd begrüßte, das seinen Kopf wild hoch- und runter warf. Es schien mindestens genauso begeistert zu sein, Jonah zu sehen, wie umgekehrt. Ford beobachtete ihn dabei, wie er eine Möhre auf seiner flachen Handfläche ablegte und das Pferd sie mit einer vorsichtigen Bewegung ins Maul nahm.

Ford trat näher und wartete, bis Jonah ihn bemerkte, dann lächelte er ihn an.

Das breite Lächeln seines Sohnes ließ sein Herz schmelzen.

Hallo, gebärdete Ford und hoffte, dass er die Gebärde auch richtig ausführte.

Jonah erwiderte die Begrüßung.

Auch wenn er gestern seinen ersten Kurs gehabt hatte, reichte das bei Weitem nicht für ein Gespräch aus. Es machte Ford fast wahnsinnig, dass er nicht richtig mit Jonah kommunizieren konnte. Kurzentschlossen zog er sein Handy hervor und tippte den Text ein.

Ist das dein Pferd?

Ford hielt das Handy so, dass Jonah die Frage lesen konnte. Er war sieben und ging in die Schule. Er konnte doch lesen, oder?

Zu seiner Erleichterung nickte Jonah und grinste.

Wie heißt es?

Jonah nahm ihm sein Handy aus der Hand und tippte auf dem Bildschirm herum, dann gab er es ihm zurück.

Er heißt Grey Goose. Ich nenne ihn nur Goose.

Der Name gefällt mir, antwortete Ford und erntete dafür ein freudiges Lächeln von Jonah.

»Benning.« Hayden Bancrofts Stimme konnte sogar Flüssiggas zum Gefrieren bringen. Es war unfassbar, wie gut es ihm gelang, Abneigung und Geringschätzung in ein einziges Wort zu legen.

Ford drehte sich zu Hayden um, der im Stalleingang stand und die Arme vor der Brust verschränkt hatte.

»Für mich ist es vollkommen in Ordnung, wenn du mich mit meinem Vornamen ansprichst«, sagte Ford und grinste, als er sah, wie sich Haydens Kiefer anspannte. Wäre er nicht so ein unerträglicher Spielverderber, dann hätte Ford vielleicht schon den ein oder anderen Blick auf Hayden riskiert. Er hatte eine tolle Figur, nicht zu muskulös, eher drahtig und schlank. Er war bestimmt sehr biegsam im Bett.

Na gut, das waren genau die Gedanken, die er nicht vom Ziehvater seines Sohnes haben sollte. Nur weil Hayden perfekt in sein übliches Beuteschema passte, bedeutete es nicht, dass er sich in seinen Fantasien verlieren musste.

»Was tust du hier?«, stieß Hayden hervor, ohne auf sein Angebot einzugehen.

»Ich habe Grey Goose kennengelernt. Ein wirklich hübsches Tier.«

Hayden blickte an Ford vorbei, dann machte er plötzlich ein paar Handbewegungen. Gebärden. Zu schnell für ihn. Was auch immer er zu Jonah gesagt hatte, der Junge öffnete die Box, holte Goose heraus und verließ mit ihm den Stall.

Langsam kam Hayden auf ihn zu.

»Hast du ihn rausgeschickt, damit du mich ungesehen vermöbeln kannst?«

Hayden schnalzte mit der Zunge und legte den Kopf schief. »Das ist nicht mein Stil«, sagte er leise.

Himmel, hatte er eine Ahnung, wie sexy er gerade war? Und warum fiel ihm das genau in diesem Moment auf? Er sollte jetzt besser einen klaren Kopf bewahren, denn Hayden sah wirklich sehr, sehr böse aus.

»Was. Tust. Du. Hier?«, fragte Hayden erneut. Er bewegte seine Lippen kaum, seine Augen flackerten, als würden sie brennen.

»Ich wohne in Abbys Gästehaus.«

»Warum?«

»Damit ich Jonah sehen kann?«

Hayden starrte ihn an, dann schüttelte er den Kopf. »Du wirst nicht lockerlassen, oder?«

»Das habe ich dir gesagt«, erwiderte Ford achselzuckend. »Er ist mein Sohn und ich habe bereits zu viel Zeit mit ihm verloren.«

»Er wird niemals mit dir nach L.A. gehen«, sagte Hayden und wandte sich ab.

Blinzelnd sah Ford ihm hinterher. Das war eine Aussage, mit der er nicht gerechnet hatte. Warum zur Hölle sollte er Jonah mit nach L.A. nehmen wollen? Warum … Ford setzte sich in Bewegung und stellte sich vor Hayden, bevor der den Stall verlassen konnte. Hätte er nicht so schnell reagiert und abrupt angehalten, wären sie gegeneinandergeprallt.

»Das denkst du? Dass ich ihn von hier wegbringen will?«

»Das ist die logische Konsequenz, oder? Erst bringst du ihn dazu, dich kennenzulernen, dann wirst du ihm dein Leben schmackhaft machen und dann wirst du ihn mir wegnehmen. Das ist der große

Plan. Das Anwaltsschreiben war doch nur der Anfang.«

Ford seufzte und kniff sich in die Nasenwurzel. »Das stimmt nicht. Ich meine ... du ... du gibst mir gar keine Gelegenheit, Jonah kennenzulernen. Du wirfst mir Stöcke zwischen die Beine und hältst ihn von mir fern. Was bitte soll ich denn tun?«

Hayden rümpfte die Nase. »Ich weiß, was *ich* tun würde, aber ganz offensichtlich bist du nicht ich.«

»Und jetzt ist die Verwirrung verwirrt«, murmelte Ford.

»Wie bitte?« Hayden starrte ihn verständnislos an.

Ford schüttelte den Kopf. »Nichts. Ich bin auch jetzt noch der Meinung, dass wir das ohne Anwälte regeln können, aber dafür musst du einen Schritt auf mich zu machen.«

»Dann sag mir, was du willst«, beharrte Hayden. »Sag mir, dass du ihn mir nicht bei der ersten Gelegenheit wegnehmen wirst. Sag mir, dass du mich als seinen Vater anerkennst. Sag mir, dass alles so bleiben wird, wie es war.«

»Das kann ich nicht«, erwiderte Ford leise.

Hayden schob ihn aus dem Weg und ging weiter, doch Ford würde ihn nicht vom Haken lassen. Nicht jetzt. Er stellte sich wieder vor ihn. Aus dem Augenwinkel bemerkte er Goose und er war sich sicher, dass Jonah irgendwo in seiner Nähe war, auch wenn er ihn gerade nicht sehen konnte.

»Ich bin hier, also ist nichts mehr, wie es war, oder?«, fragte Ford. Er legte eine Hand auf Haydens Schulter, um ihn am Weitergehen zu hindern.

»Offensichtlich«, zischte Hayden.

»Ich will euch nichts Böses. Ich will nichts verändern und natürlich will ich ihn dir nicht wegnehmen. Ich will nur ...«

Hayden hob das Kinn an. »Was?«

»Ich will die Möglichkeit bekommen, ihn kennenzulernen. Fuck, Hayden, er ist mein Sohn. Was erwartest du von mir?«

»Alles«, gab Hayden leise zurück und er brach damit ein ganz klein wenig Fords Herz. So wie er es sagte, glaubte er wohl, Ford wäre der nächste Höllengott. Was konnte er tun, um ihm zu beweisen, dass er keine bösen Absichten hegte?

Ford sah zu Hayden auf und der sah zurück. Keiner von ihnen sagte ein Wort, Fords Hand lag noch immer auf Haydens Schulter und der Moment dehnte sich aus. Er wurde gläsern und von Atemzug zu Atemzug zerbrechlicher.

Schließlich wischte Hayden Fords Hand von seiner Schulter. »Ich entscheide, wann er erfährt, wer du bist. Ich werde es ihm sagen. Niemand sonst. Hast du mich verstanden?«

»Solange du nicht zwei Jahre lang dafür brauchst, ihm die Wahrheit über mich zu sagen, ist das okay für mich. Wirst du mir irgendwann erzählen, warum Jonah nicht hören kann?«

»Nein, denn das würde bedeuten, dass ich ein echtes Gespräch mit dir führen müsste, und das ist wirklich das allerletzte, was ich will.«

Ford seufzte. »Gott, Hayden, du bist ein echter Arsch.« Hayden war gottverdammter Treibsand. Einen Schritt vor, vierundzwanzig zurück. Wie konnte man so verdammt verbohrt sein?

»Ich habe nie behauptet, etwas anderes zu sein«, gab der zurück, ehe er zu Jonah trat.

Voller Neid beobachtete Ford, wie er wieder gebärdete, als hätte er nie etwas anderes in seinem Leben getan. Es sah so flüssig und natürlich aus, und Ford wusste augenblicklich, dass er niemals in der Lage sein würde, auf die gleiche Weise mit seinem Sohn zu sprechen.

Ford unterdrückte den Impuls, mit dem Fuß gegen einen der Eimer zu treten, die in der Nähe aufgestapelt waren.

»Was ist, Ford, traust du dich auf ein Pferd hoch? Wir müssen die Zäune kontrollieren.«

»Abby ...« Haydens Stimme war ruhig und kontrolliert, aber sie brannte lichterloh. Man müsste schon sehr dumm sein, um das nicht herauszuhören.

»Ich …«

»Du musst keine Angst haben, unsere Pferde sind alle lammfromm. Außer Goose vielleicht.« Abby grinste in Haydens Richtung und Ford fragte sich unwillkürlich, warum er seinen Sohn auf ein offensichtlich gefährliches Pferd setzte.

»Ich habe keine Angst«, sagte Ford dann. »Ich dachte nur …«

»Dann ist ja alles klar.« Abby ließ ihn nicht mal zu Wort kommen. Sie drehte sich zu einem ihrer Jungs um, die nur wenig älter als Jonah sein konnten, und wuschelte ihm durch seine Haare. »Sei so lieb und zeig Ford, wie man ein Pferd sattelt, ja?«

»Klar, Mom«, murmelte der Junge und schlüpfte in den Stall.

Abby hob eine Augenbraue in die Höhe und nickte in die Richtung, in die ihr Sohn verschwunden war. Ford verstand den Wink und folgte ihm, obwohl er sich lieber in seinem Gästehaus verkrochen hätte, um in Selbstmitleid zu baden. Man konnte es drehen und wenden, wie man wollte. Hayden saß am längeren Hebel. An einem sieben Jahre alten Hebel und den würde Ford ihm niemals entreißen können. Es war frustrierend und es tat weh, denn er hatte etwas verloren, ohne überhaupt gewusst zu haben, dass es ihm gehörte.

Millie hatte ihn um Jahre mit seinem Sohn gebracht und nun war er hier, nicht mehr als ein Bittsteller, der hoffte, auch einen kleinen Platz im Leben seines Sohnes ergattern zu können. Vor ihm tat sich ein schmaler Grat auf, den er beschreiten musste. Er musste aufpassen, keine Grenze zu überschreiten, nichts Falsches zu sagen, keine Wünsche oder Erwartungen zu haben und am besten alles so zu lassen, wie es war.

Fuck.

———

HAYDEN

Er war sich Fords Blicke mehr als bewusst. Dieser Mann hatte eine Ausstrahlung, die man nicht ignorieren konnte. Während sie die Pferde vorbereiteten, wusste Hayden jeden Augenblick ganz genau, wo sich der Mann befand.

Er scherzte mit Michael herum und ließ sich von ihm zeigen, wie man ein Pferd sattelte. Der Junge bekam einen Lachkrampf, als Ford den Sattel verkehrt herum auf den Rücken des Pferdes setzte, was er mit Sicherheit extra gemacht hatte, weil er wollte, dass alle ihn mochten. Dieser Schleimer.

Hayden unterdrückte ein Schnauben und kontrollierte den Gurt von Goose. Ob er es nun extra getan hatte, oder einfach nur unbeholfen war, vermochte Hayden nicht zu sagen. Er wusste nur, dass er für gute Stimmung sorgte.

Jonah sah neugierig unter Gooses Hals hindurch zu Michael und Ford, dann richtete er sich wieder auf.

Wenn er ein Freund von dir ist, warum streitet ihr dann immer?, fragte Jonah.

Wir streiten nicht, gab Hayden zurück.

Jonah verzog zu Recht das Gesicht. Auch wenn ihm der Hörsinn fehlen mochte, bekam er sehr viel mit. Vielleicht sogar mehr als andere Menschen. Dass Hayden die letzten Tage mehr als schlecht gelaunt gewesen war, hatte er ganz sicher bemerkt.

Du magst ihn nicht. Warum sagst du dann, dass er ein Freund von dir ist?

Hayden seufzte. *Manchmal ist man nicht einer Meinung, und dann streitet man halt.* Früher, als Jonah noch kleiner gewesen war, hatte er nicht so viel diskutieren müssen.

Dann streitet ihr also doch, stellte Jonah fest. Dieser Junge war einfach zu klug.

Wenn du noch länger herumplapperst, sind alle anderen vor dir fertig, obwohl du als Erster im Stall warst. Michael und Scotty werden dir das wieder ewig unter die Nase reiben.

Jonah sah zu Abbys Söhnen hinüber, ehe er sich wieder auf Goose konzentrierte. Hayden ging an Ford und seinem Pferd vorbei in den Stall und holte Starfox heraus, seine Stute.

Das Pferd rieb die Nase an ihm und ließ sich einen Moment von ihm kraulen, bevor er sie mit nach draußen nahm und sie für den Ausritt vorbereitete. Er half Jonah mit den Satteltaschen, in denen sie Getränke und kleine Snacks transportierten, und ignorierte Fords Lachen, das ihm ans Ohr drang. Als er fertig war, stieg er auf.

Die anderen folgten seinem Beispiel. Hayden sah zu Ford, der sich damit abmühte, aufzusteigen. Sein Pferd, ein etwas älterer und eher gemütlicher Wallach blieb stehen und ließ Fords ungeschickte Versuche stoisch über sich ergehen.

Abby war noch mit Michael und Scotty beschäftigt, sonst wäre sicher sie diejenige gewesen, die Ford unterstützt hätte. Die heilige Samariterin. Die Verräterin.

Hayden ritt seufzend auf die andere Seite von Nero und sah zu Ford hinunter. »Brauchst du Hilfe?«

»Geht schon«, sagte Ford verbissen und versuchte, ein weiteres Mal aufzusteigen.

»Nicht mal Neros Geduld ist unendlich«, sagte Hayden. »Nimm meine Hand.«

»Nein, danke.«

»Nimm die verdammte Hand«, stieß Hayden hervor. Er hatte einfach keine Geduld mit diesem Mann.

Ford sah zu ihm auf, dann machte er *natürlich* genau das, was er nicht tun sollte. Er trat einen Schritt zurück. »Und dann?«

»Dann ziehe ich dich hoch.«

»Wie bist du denn hoch gekommen?«

»Ich bin aufgestiegen.«

»Und warum kannst du es und ich nicht?«

»Weil man manchmal eine Weile üben muss«, sagte Hayden und verdrehte die Augen. »Gott, Ford, mach kein Theater. Ich zieh dich hoch.«

»Mein Vertrauen in dich ist nicht besonders groß.«

»Das ist nun wirklich nicht mein Problem«, erwiderte Hayden.

Ford war näher getreten und musterte ihn noch immer eingehend.

»Was ist jetzt?«

»Ich gebe dir also einfach meine Hand und du ziehst mich aufs Pferd? Wie soll das gehen?«

Hayden verdrehte nochmal die Augen, weil Ford wirklich nervig war. »Du stellst deinen linken Fuß in den Steigbügel. Mit der linken Hand hältst du dich am Mähnenansatz von Nero fest. Ja, genau da. Und die rechte gibst du mir. Es ist wirklich kein Zauberwerk. Jetzt stoß dich vom Boden ab«, sagte Hayden.

Es geschah das achte Weltwunder und Ford tat wirklich, was Hayden ihm gesagt hatte. Ihre Hände umfassten sich und dann saß Ford auch schon auf Neros Rücken.

»Wow, cool«, sagte Ford.

Hayden löste seine Hand von ihm und nutzte seine Aussage, um ein drittes Mal die Augen zu verdrehen. Dieser Kerl war nervig.

»Ziemlich cool«, murmelte Hayden und lenkte Starfox von Ford weg. Er sah sich nach Jonah um, der längst auf Goose saß und über etwas lachte, das Scotty gesagt hatte. Wie immer ritt Hayden an Jonahs Seite und dann machte sich die Gruppe auf den Weg.

Im Gegensatz zu den ersten Ausritten, die er vor Jahren mit Jonah unternommen hatte, konnte er sich inzwischen beinahe vollständig entspannen. Alle hatten Millie und ihm damals davon abgeraten, Jonah auf ein Pferd zu setzen.

Viel zu gefährlich.

Er könnte stürzen und sich verletzen.
Unverantwortlich.
Im Laufe seiner Karriere als Elternteil hatte Hayden sich schon so viele Vorwürfe anhören müssen, das war wirklich nicht mehr feierlich. Doch inzwischen berührte die Kritik anderer ihn nicht mehr. Er kannte Jonah am besten und deshalb entschied er mit ihm zusammen, wie sie ihr Leben gestalteten.

Alles okay?, fragte er Jonah, der daraufhin nickte.

Alles wie immer, nur dass heute Ford dabei war. Und auch wenn der hinter ihm ritt, spürte er die ganze Zeit seinen Blick auf sich und konnte sich deshalb viel weniger entspannen.

Er versuchte, ihn zu ignorieren, unterhielt sich mit Jonah, den anderen Jungen oder Abby, doch immer wieder nahm er Fords Lachen wahr oder seine dunkle Stimme, wenn er irgendetwas sagte. Denn im Gegensatz zu Hayden, schienen die anderen ziemlich angetan von Ford zu sein.

Bis sie den Zaun erreichten, den sie heute kontrollieren wollten, war eine Unterhaltung zwischen den anderen entstanden, während Hayden und Jonah schweigend auf ihren Pferden saßen.

Seit seiner Rückkehr von der Army half Hayden regelmäßig auf der Ranch mit. Er und auch seine Brüder. Auch wenn bis auf Abby und Colton keines seiner Geschwister mehr hier lebten, waren sie trotzdem noch immer ein Teil des Farmbetriebes. Wenn die Kälber entwurmt, gekennzeichnet und gebrandmarkt wurden, half die ganze Familie mit. Genauso bei Rindertrieben auf andere Weiden. Auch später, wenn Justice in den Bergen wäre, würden Hayden und seine Brüder Abby helfen. So funktionierte das nun mal. Sie waren eine Familie.

Die Reparatur und Instandhaltung der Zäune waren inzwischen größtenteils Haydens und Jonahs Aufgabenbereich geworden. Auch neue Flächen einzuzäunen gehörte dazu. Es war eine Tätigkeit, die sie ohne großen Zeitdruck erledigen konnten.

Außerdem war sie ein wichtiger Punkt in Jonahs und seinem Alltag geworden. Sie hielten sich an der frischen Luft auf und gingen einer sinnvollen Arbeit nach.

Hayden stieg irgendwann ab und ging am Zaun entlang, kontrollierte mit routiniertem Blick die Drähte und suchte nach Schwachstellen, durch die das Vieh entkommen könnte.

Michael, der ältere und auch ernstere Sohn von Abby, leistete ihm Gesellschaft.

»Den Pfahl müssen wir morgen auswechseln«, sagte Hayden und Michael nickte.

Hayden zog den Draht an, so gut es ging. Das dürfte reichen, bis er morgen mit einem neuen Holzpfahl zurückkehrte.

Als er sich nach Jonah umsah, stellte er fest, dass Ford in der Zwischenzeit neben ihn geritten war. Jonah hielt nun sein Handy in der Hand und starrte auf den Bildschirm.

Leise Eifersucht regte sich in Hayden. Er wollte Jonah mit niemandem teilen. Millie, Jonah und er waren ein tolles Team gewesen. Jetzt gab es nur noch Jonah und ihn, und das reichte. Sie brauchten keinen weiteren Mitspieler.

Wenn Jonah nicht hätte lesen können, hätte Ford keine Chance gehabt. Der Gedanke war winzig, aber monumental gemein in seinem Kopf. Er war immer unglaublich stolz auf Jonah gewesen. Der hatte bereits mit vier Jahren Interesse am Lesen gezeigt. Er wollte sich Filme ansehen, das war nur mit Untertiteln möglich. Also lernten Hayden und Millie mit Jonah lesen und schreiben.

Jonah sah in diesem Moment auf und lächelte Ford an, dann nickte er. Der Anblick versetzte ihm einen Stich in die Brust. Gott, Jonah hatte Fords Lächeln. Das war Hayden bisher noch nicht aufgefallen, aber so war es. Es war unbestreitbar, dass Ford Jonahs Vater war.

»Hey, alles in Ordnung?«, fragte Abby, die neben ihn getreten war und ihn aus seinen Gedanken riss.

»Du meinst abgesehen davon, dass *er* hier ist?«

»Er scheint sich gut mit Jonah zu verstehen«, erwiderte Abby, ohne auf seine Frage einzugehen.

»Er ist hier. Du hast ihn hergeholt.« Hayden warf Abby einen Seitenblick zu. »Wie konntest du das tun?«

»Ihr seid in einer Sackgasse gelandet und euer Stolz hindert euch daran, auch nur einen Schritt aufeinander zuzugehen. Ich habe einfach … sagen wir, ich habe etwas nachgeholfen.«

»Du hast dich eingemischt«, erwiderte Hayden. Er konnte Abbys Beweggründe nachvollziehen, trotzdem roch es ziemlich streng nach Verrat.

»Und ich würde es wieder tun. Sieh dir die beiden an. Sie verstehen sich gut. Gib ihnen eine Chance.«

Hayden presste die Lippen aufeinander und sagte nichts dazu. Er wollte die beiden nicht ansehen. Er wollte nicht sehen, wie sie sich anlächelten und wie eine kleine Verbindung zwischen ihnen wuchs.

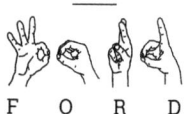

»Läuft doch ganz gut, oder?«, fragte Abby, die plötzlich neben ihn geritten kam und den Blick über die anderen schweifen ließ. Schnell sah Ford in eine andere Richtung. Er wollte nicht, dass Abby ihn dabei erwischte, wie er Hayden anstarrte.

Eigentlich starrte er nicht. Er hatte sich nur gefragt, was diese langen Beine … nein. Keine gute Idee. Wenn es um Hayden ging, dann durfte er einzig und allein an Jonah denken. Haydens Beine oder sein fester Hintern oder seine großen Hände oder seine hellen Augen, all das war ihm vollkommen gleichgültig.

»Tragt ihr Cowboys immer alle einen Hut? Wo bekomme ich so einen her? Die Sonne brennt mörderisch runter.«

Und sein Arsch tat ihm weh. Das Schaukeln, dem er auf dem Rücken des Pferdes ausgesetzt war, war unangenehm. Ging es den anderen auch so? Ford hätte viel dafür gegeben, absteigen zu können, aber das würde für immer sein Geheimnis bleiben.

Abby lachte auf. »Ich fahre Ende der Woche in die Stadt zum Einkaufen, dann werden wir dir einen besorgen.«

»Sehr gut«, sagte Ford und lehnte sich auf den Knauf des Sattels, um das Gewicht etwas zu verlagern. »Warum kann er nicht hören?«

»Jonah?«

Ford sah zu ihr rüber und Abby lachte auf. »Okay. Die Frage war blöd. Hat Hayden es dir nicht erzählt?«

»Hayden erzählt mir gar nichts, wenn es nicht unbedingt sein muss.«

»Dann kann ich es leider auch nicht tun, tut mir leid.«

Ford seufzte auf. »Dein Ernst? Ich dachte, du wärst auf meiner Seite.«

»Hallo? Erinnerst du dich an die Schweiz? Ich bin sie noch immer. Toblerone. Matterhorn. Ich bin so was von die Schweiz.«

Ford schnaubte. Die Schweiz war ihm vollkommen egal. Er wollte Antworten.

»Ich vertraue meinem eigenen Urteil und bin immer noch der Meinung, dass es gut und richtig ist, wenn du deine Rolle in Jonahs Leben einnimmst. Aber alles, was du über Jonah wissen möchtest, solltest du von Hayden oder Jonah selbst erfahren«, fuhr Abby fort.

Auch wenn es ihm nicht gefiel und es die Sache kompliziert machte, mochte er Abbys Entscheidung. »Gut, dann erzähl mir etwas über Millie«, bat er. »Etwas Gutes.«

»Etwas Gutes? Über Millie kann man viel Gutes sagen. Sie hat das hiesige Tierheim geleitet und sie fehlt uns allen.«

Traurigkeit legte sich in Abbys Augen und Ford bereute, das Thema überhaupt aufgegriffen zu haben. »Hayden und sie waren verheiratet?«

Jetzt lachte Abby. »Du bist unmöglich. Warum fragst du nicht einfach Hayden?«

»Wenn er mir nicht ständig den Kopf abreißen wollen würde, dann würde ich das auch tun«, verteidigte sich Ford.

Abby nickte. »Das Leben mit Jonah war nicht leicht. Er hat Angst, dass du alles durcheinanderbringst.«

»Wenn ich wüsste, was hier eigentlich vor sich geht, dann könnte ich auch versuchen, nicht alles durcheinanderzubringen«, erwiderte Ford.

»Gib ihm einfach Zeit.«

8. Kapitel

HAYDEN

Es gab nur eine Person, die ihm dabei helfen konnte, Ford aus seinem Leben zu streichen. Abby war ihm in den Rücken gefallen, indem sie Ford auf der Ranch wohnen ließ. Er würde es schaffen, noch mehr Leute für sich zu begeistern, sie auf seine Seite ziehen und am Ende würde Hayden verlieren. Das konnte er nicht zulassen.

»Ist Beau da?«

Rosalie verdrehte die Augen. »Hast du schon mal etwas davon gehört, einen Termin zu machen, bevor du hierher kommst?«

»Wir leben in Iron Creek. Das ist eine winzige Stadt. Wie viele Termine kann Beau schon haben?«

»Ich werde ihm nicht sagen, was du gerade gesagt hast. Er hat in zehn Minuten seinen nächsten Termin, also geh schon rein«, sagte Rosalie, ehe sie sich wieder ihrem Strickzeug widmete.

Hayden verlor keine Sekunde und stürmte gleich darauf das Büro des Anwalts, der an seinem Schreibtisch saß und ihm vollkommen ruhig entgegensah. Beau war nicht der Typ Mensch, der sich schnell aus der Ruhe bringen ließ.

»Hayden«, sagte er, steckte den Deckel auf den Füller, mit dem er gerade geschrieben hatte, und legte ihn neben das Blatt Papier. »Was kann ich für dich tun?«

»Ford muss verschwinden«, sagte Hayden und ließ sich auf einem der beiden Besucherstühle nieder. Er schob sich die Ärmel seines Hemds nach oben und sah Beau abwartend an. »Sorg dafür, dass er verschwindet.«

Beau faltete die Hände auf der Tischplatte und betrachtete Hayden interessiert. »Abby erzählte mir, dass Ford jetzt auf der Ranch wohnt?«

»Abby hat keine Ahnung. Sie ist momentan ins feindliche Lager übergelaufen. Also, was muss ich tun, damit er abhaut?«

»Ganz ehrlich: Ich denke nicht, dass er gehen wird. Er hat von Anfang an klargemacht, dass er sich seiner Verantwortung, die er als Jonahs Vater trägt, stellen wird.«

»Gut, dann müssen wir beweisen, dass er nicht Jonahs Vater ist. Wir könnten einen Test fälschen, oder ...«

Beau runzelte die Stirn. »Hayden, was soll das? Du kennst Millies Wünsche in Bezug auf den Nachweis der Vaterschaft.«

Hayden sank in seinem Stuhl zurück und seufzte frustriert. Natürlich kannte er die. Aber es war nun mal so, dass er furchtbare Angst hatte. »Okay. In einigen Wochen können wir den Vaterschaftstest machen. Wenn dann herauskommt, dass er wirklich der Vater ist, wovon ich ausgehe, dann ...«

»Hayden ...«

Hayden schüttelte entschieden den Kopf. »Nein. Ich kann nicht so lange warten. Wir müssen jetzt schon ...« Der Gedanke formte sich ganz plötzlich in seinem Kopf. Er war schwer und nicht besonders schön, aber er war eine Möglichkeit. »... er hat vierzehn Kinder. Zu diesen vierzehn Kindern gehören vierzehn Mütter. Wir alle wissen, dass er für die Kinder bezahlt, sich aber nicht um sie kümmert. Was ist, wenn diese Frauen aussagen, wie wenig Interesse Ford an den Kindern hat? Kein Gericht der Welt wird ihm dann das Sorgerecht für Jonah zusprechen, oder?« Die Worte purzelten aufgeregt aus Haydens Mund und mit jeder Minute fühlten sie sich besser an. Das war die Lösung!

»Hayden, das ist keine gute Idee. Davon abgesehen, dass sie auch noch teuer ist.«

Hayden lehnte sich grinsend zurück. »Nun, im Moment würde Ford alles dafür tun, Jonah ein guter Vater zu sein. Ich hätte da eine Idee.«

Beau schüttelte den Kopf. »Hayden, die ganze Sache stinkt. Du beginnst einen Krieg mit ihm, wirfst ihm den Fehdehandschuh direkt vor die Füße.«

Hayden zuckte mit den Schultern. »Ich bin Jonahs Dad und Ford ist es nicht. Und ich werde alles dafür tun, dass es auch so bleibt.« Hayden lehnte sich vor. »Ich will Geld von ihm. Viel. Denk dir einen Fantasiebetrag aus, wie viel ist mir egal. Schreib seinem Anwalt. Und dann soll ein Privatdetektiv zu diesen Müttern gehen und Informationen einholen.«

»Hayden ...«

Hayden schüttelte den Kopf. »*Du* hast mit Millie gemeinsame Sache hinter meinem Rücken gemacht, du bist Schuld, dass Ford überhaupt hier ist. Du hättest vorher mit mir darüber sprechen können. Ich wurde einfach vor vollendete Tatsachen gestellt. Das Mindeste, was du jetzt für mich tun kannst, ist, mich als Anwalt zu vertreten.«

»Ich werde keine illegalen Dinge machen. Und ich werde nicht lügen«, sagte Beau entschlossen. »Nicht mal für dich, Hayden.«

»Musst du nicht. Einen Privatdetektiv zu engagieren, ist nicht illegal, oder?«

»Ist es nicht. Aber es ist nicht die Art, wie du mit Ford kommunizieren solltest. Du solltest mit ihm über deine Bedenken sprechen. Er kam mir recht vernünftig vor.«

Hayden legte den Kopf schief. »Und auf wessen Seite stehst du?«

»Auf Jonahs.«

»Dann stehen wir auf der gleichen Seite. Jonah ist mein Sohn, und das wird auch so bleiben«, sagte Hayden mit fester Stimme.

9. Kapitel

HAYDEN

Hayden räumte die Küche auf, solange Jonah oben war, sich umzog und seine Schulsachen für morgen vorbereitete. Der kurze Moment der Ruhe tat ihm gut, um seine Gedanken etwas zu ordnen.

Der Nachmittag mit Ford war nervenaufreibend gewesen. Je länger er dabei zugesehen hatte, wie er sich mittels Textnachrichten mit Jonah unterhalten hatte, umso eifersüchtiger war er geworden. Es war lächerlich, er wusste es selbst, denn es gab keinen Grund für ihn, eifersüchtig zu sein. *Ihn* nannte Jonah *Dad*. In *seinem* Haus wohnte er. Trotzdem war Ford wie ein Splitter, der sich gerade mit aller Gewalt unter seinen Nagel bohrte und wirklich sehr, sehr unangenehm war.

Ein Klopfen an seiner Haustür schreckte ihn aus seinen Gedanken. Gleich darauf kam sein älterer Bruder Monroe mit seiner jüngsten Tochter Emma durch die Tür in die Küche. Die beiden grinsten ihn an.

»Hallo Bruderherz«, sagte Monroe und zog ihn in eine Umarmung, wie er es immer tat. Von ihnen allen war Monroe der Bruder, der am meisten Wert auf Körperkontakt und Berührungen legte.

Hayden erwiderte seine Umarmung und spürte erst in diesem Moment, wie dringend nötig er genau so eine Umarmung gehabt hatte.

»Schätzchen, geh doch nach oben und sieh mal nach, was Jonah macht«, sagte Monroe zu seiner Tochter.

Emmas Gesicht leuchtete auf. Sie hatte eine enge Bindung zu Jonah und beherrschte die Gebärdensprache beinahe perfekt. Auch wenn sie einen Altersunterschied von nur vier Jahren hatten, hatte sich Emma nach Jonahs Geburt unsterblich in ihn verliebt und keine Gelegenheit ausgelassen, ihn zu bemuttern. Das hatte sich bis heute nicht geändert.

»Okay, was ist los?«, fragte Monroe, als Emma nach oben verschwunden war.

Hayden sank gegen die Arbeitsfläche und seufzte auf. »Du hast von der Ford-Sache gehört, oder?«

Monroe nickte. »Jeder hat von der Ford-Sache gehört, Hayden.«

»Dachte ich mir schon.«

»Er lebt jetzt auf der Ranch?«

»Abby hielt es für eine gute Idee, weshalb sie ihn dorthin eingeladen hat.«

»Abby hat einen guten Riecher bei so etwas«, sagte Monroe nachdenklich.

»Ich weiß.«

»Aber es gefällt dir nicht.«

»Er ist zu nahe, Mon. Er ist Jonah viel zu nahe.«

»Denkst du, er könnte ihm schaden?«

Hayden dachte an Ford, daran, wie respektvoll und nett er sich bisher verhalten hatte. Er war nicht aufdringlich, behandelte Jonah nicht wie einen Behinderten, half mit. Er tat alles, was ein netter Mensch tun würde. Vermutlich hätte Hayden ihn sogar sympathisch finden können – wenn er nicht Ford gewesen wäre.

»Nein, ich glaube nicht, dass er das will. Es ist nur … ich habe nicht damit gerechnet. Millie hat mir nie davon erzählt, dass sie plant, Jonahs richtigen Vater zu informieren. Ich meine … Jonah denkt, *ich* bin sein richtiger Vater. Und jetzt muss ich ihm erklären, dass wir ihn all die Jahre angelogen haben.«

»Das ist scheiße«, sagte Monroe mit aller Ernsthaftigkeit in der Stimme.

Hayden lachte auf. Es fühlte sich komisch in seinem Hals an. Fremd. Wie lange war es her, dass er mal so richtig gelacht hatte? Zwischen Millies Erkrankung, ihrem Tod und dem Versuch, sich ein neues Leben mit Jonah aufzubauen, war nur wenig Zeit für ein Lachen geblieben.

Sein Hals wurde ganz eng und Hayden wusste nicht warum. Er wusste nur, dass es zu viel war. Viel zu viel. Er fühlte sich erdrückt. Von allen Seiten. Von Erwartungen, von Gefahren, von neuen Situationen. Von Ford.

»Hey«, sagte Monroe, und seine Stimme wurde ganz weich. »Hey, sieh mich an.«

Hayden holte tief Luft, dann sah er seinem Bruder in die Augen.

»Genau. Tief durchatmen. Du weißt, dass wir alle hinter dir stehen. Was auch immer Ford will, er wird es nicht bekommen, solange du nicht damit einverstanden bist. Und bis dahin musst du einen kühlen Kopf bewahren.«

»Wenn er ihn mir wegnimmt ...«, flüsterte Hayden. »Dann habe ich nichts mehr.«

»Du wirst Jonah nicht verlieren, Hayden. Jonah würde ohne dich nirgends hingehen. Da kann sich dieser Musikaffe auf den Kopf stellen.«

Hayden lachte auf. »Musikaffe. Das gefällt mir.«

Monroe lächelte. »Du kennst doch den Affen mit dem Hut und den beiden Becken, oder? Stell ihn dir einfach immer so vor, dann ist er viel weniger bedrohlich.«

Hayden musste wieder lachen. Auch wenn Fords Aussehen nur wenig mit diesem Affen gemein hatte, so munterte ihn der Gedanke auf.

»Wann warst du das letzte Mal unterwegs?«, fragte Monroe jetzt.

Von oben war Emmas Stimme zu hören. Monroes Tochter liebte Musik und sang für ihr Leben gern. Auch wenn Jonah es nicht hören konnte, sang sie ihm sehr oft Lieder vor.

»Du meinst einkaufen? Oder Schulfahrten?«

Monroe verdrehte die Augen. »Ich meine in einer Bar. Ein Bier trinken, dich mit anderen erwachsenen Menschen unterhalten,

Spaß haben.«

»Mon, ich habe ein Kind.«

Monroe grinste. »Heute nicht. Emma und ich übernehmen Jonah und du gehst zu Taylor und verbringst einfach mal ein bisschen Zeit woanders.«

Hayden runzelte die Stirn. Nicht mal als Millie noch hier und gesund gewesen war, war er besonders häufig in die Bar gegangen. Er war gern zu Hause.

»Denk nicht drüber nach. Tu es einfach. Du musst mal wieder raus und was anderes sehen. Taylor weiß schon Bescheid.«

Hayden kniff die Augen zusammen. »Was soll das heißen? *Taylor weiß schon Bescheid.*«

»Das heißt, dass er bereits auf deine Ankunft vorbereitet wurde.«

»Du konntest doch gar nicht wissen, ob ich überhaupt weggehen will.«

Monroe grinste breit und warf einen Blick zur Treppe, wo Jonah und Emma standen und abwartend zu ihnen sahen. »Ich nicht. Aber Abby.«

Die Geräuschkulisse, die ihn umfing, sobald er das *Golden Rocks* betrat, war vollkommen normal für eine Bar. Es lag daran, dass er schon seit Ewigkeiten nicht mehr hier gewesen war. Nur deshalb fühlte es sich komisch an.

Gläser klirrten, der Staub kreiste in der Luft, ein heiseres Lachen drang ihm an die Ohren. Vollkommen normale Geräusche.

Nicht für Hayden.

Er erblickte seinen Bruder hinter der Theke, wo er gerade ein Glas abtrocknete, setzte sich und wartete, bis der ihn entdeckte. Taylor war der jüngste aus dem Bancroft-Clan. Bis vor ein paar Jahren war er noch als Smokejumper beim Fire Department angestellt gewesen. Doch dann war ein schreckliches Unglück geschehen, das Taylor beinahe mit dem Leben bezahlt hatte. Große Teile seines Körpers waren damals verbrannt und der Heilungsprozess hatte ewig gedauert. Seit einigen Monaten war er wieder in der Lage zu arbeiten, doch er war nie wieder derselbe geworden.

Hayden erinnerte sich zurück an seinen flapsigen, großmäuligen Bruder, der ihn in seiner Kindheit mehr als einmal in den Wahnsinn getrieben hatte. Taylor hatte das Risiko geliebt, er hatte mit aller Kraft gelebt. Und beinahe wäre er dabei gestorben.

»Was für ein seltener Anblick in diesen heiligen Hallen«, sagte Taylor und schenkte Hayden ein halbes Lächeln. Die großflächigen Narben, die sich über seine Wange, bis über seinen Hals und den Oberkörper zogen, schränkten ihn in seiner Beweglichkeit ein. Sogar beim Lächeln.

»Krieg ich ein Bier oder willst du dich erst über mich lustig machen?«, fragte Hayden. Es war ihm peinlich, dass offenbar auch andere Menschen bemerkten, wie zurückgezogen er lebte.

»Du bekommst alles, was du willst, Brüderchen.«

Taylor zapfte ihm ein Bier und stellte das Glas mit der schäumenden Krone vor ihm ab, dann stützte er sich auf dem Tresen ab. Die Brandnarben auf seiner linken Hand waren dunkelrot und wulstig. Hayden sah Taylor ins Gesicht. »Und jetzt?«

Taylor grinste. »Du bist ein bisschen verloren, oder?«

Hayden verzog das Gesicht. »Macht euch nur alle lustig über mich.« Er stand auf und sah sich nach einem freien Platz um. Er würde auch bei Taylor an der Theke sitzen, aber er glaubte nicht, dass er gerade noch mehr Spott ertragen konnte.

Taylor legte die Hand auf Haydens und hielt ihn zurück. »Wir machen uns nicht über dich lustig, Hayden. Wir wollen, dass es dir gut geht. Aber du hast dir da ein hübsches, komfortables Nest gebaut, aus dem wir dich ein bisschen rausschubsen müssen. Nur ein klein wenig. Nur so weit, dass du dich daran erinnerst, dass es hier draußen auch noch ein Leben gibt. Fernab von Jonah und deinen Verpflichtungen als Vater.«

Hayden presste die Lippen aufeinander. Was sollte er darauf antworten? Die Motivation seiner Geschwister konnte er nachvollziehen. Aber zusammen mit der Kombination von Fords Auftauchen war das alles gerade im Moment ein bisschen ... viel.

»Schon gut. Ich werde mich dort hinten hinsetzen und ein Bier trinken«, sagte er zu Taylor. »Ist das okay? Ist das sozial genug?«

Taylor legte den Kopf schief. »Wirst du dich denn mit jemandem unterhalten?«

Hayden sah zu dem Ecktisch, den er sich ausgesucht hatte. »Ich finde, der Kartenständer sieht unheimlich kommunikativ aus.«

»Ich würde mich als Gesprächspartner anbieten«, sagte jemand hinter ihm.

Hayden musste sich nicht umdrehen, um zu wissen, wer da hinter ihm stand. Nämlich der allerletzte Mensch, mit dem er ein Gespräch führen wollte. Hayden wandte sich zu Ford um. Leider löste der sich nicht in Luft auf, sondern stand einfach da und grinste. »Hi.«

Hayden verdrehte die Augen und ging zu seinem Tisch. Er wusste auch so, dass er Ford nicht loskriegen würde. Am Tisch angekommen, zog er sein Handy hervor und tippte eine kurze Nachricht an Abby.

»*Hasst du mich wirklich so sehr, dass du Ford zu mir in die Bar schickst?*«

»*Ich habe keine Ahnung, was du meinst*«, war Abbys Antwort.

Hayden schnaubte und steckte sein Handy wieder weg. Er würde ein ernstes Wörtchen mit Abby über Loyalität und Rücksichtnahme sprechen müssen. Sehr ernst.

Ford setzte sich ungefragt auf die andere Seite an seinen Tisch. Auch er hatte ein Glas Bier bei sich, von dem er jetzt einen großen Schluck nahm. »Nicht schlecht«, sagte er.

»Ich habe Feierabend. Nerv mich morgen wieder«, knurrte Hayden. Warum verstand dieser Mann nicht, dass er ihn einfach nicht mochte?

»Cool, ich habe auch Feierabend«, gab Ford zurück. »Du könntest auch sagen: *Schön, dass wir uns hier treffen, Ford. Jetzt, wo wir allein sind, haben wir die Möglichkeit, als Erwachsene miteinander zu sprechen und uns näher kennenzulernen.*«

»Ich könnte aber auch sagen: *Deine Anwesenheit bringt mich dazu, zu bereuen, dass ich überhaupt einen Fuß in die Bar gesetzt habe. Ich werde dieses Bier trinken und dann nach Hause zurückkehren, wo ich wenigstens ein paar Stunden Ruhe vor dir habe.*«

»Durchs Weglaufen löst man aber keine Probleme«, erwiderte Ford und zuckte mit einer Schulter. Er stellte ein Bein auf und legte den Arm locker darauf ab. »Es ist nichts Persönliches, oder? Wenn ich nicht Jonahs Vater wäre, dann wärst du nicht so zu mir.«

»Wir wissen nicht zu einhundert Prozent, dass du Jonahs Vater bist«, erwiderte Hayden. Alles wäre so viel leichter, wenn sie einfach diesen dämlichen Vaterschaftstest machen könnten. Wirklich alles.

»Aber wir beide glauben Millie und halten ihr Andenken in Ehren.«

»Warum?«, fragte Hayden und lehnte sich etwas vor. »Warum hast du sie gehen lassen?«

Fords Schultern spannten sich ganz leicht an, als ob ihm das Thema unangenehm war. »Ich habe sie nicht gehen lassen. Sie wollte gehen und ich habe sie nicht daran gehindert.«

»Weil ihr nicht fest zusammen wart. Weil sie nur eine von vielen Affären war?« Hayden erinnerte sich gut an die verlorene junge Frau, die er an der Raststätte aufgelesen hatte. Das hatte Millie nicht verdient.

»Sie hat uns damals auf einer Tour begleitet. Man kommt sich nahe auf solchen Touren, weißt du? Man verbringt nahezu vierundzwanzig Stunden am Tag miteinander, und du weißt selbst, wie charmant Millie war.«

»Aber offenbar hat sie dir nicht zugetraut, dass du ein guter Vater bist, sonst hätte sie dir ja zu Lebzeiten von Jonah erzählt.«

Fords Kiefer spannte sich an und das bereitete Hayden eine unheimliche Genugtuung. Das war Fords Achillesferse. Dort tat es ihm weh. Und bei Gott, Hayden wollte ihm wehtun.

»Sie hätte diese Entscheidung nicht selbst treffen dürfen. Ich hatte ein Mitspracherecht.«

»Das sah Millie offenbar anders.«

»Dennoch bin ich heute hier«, gab Ford zurück. »Wird dir nicht langsam langweilig? Mir immer und immer wieder zu zeigen, wie verabscheuungswürdig du mich findest?«

Hayden lehnte sich zurück und versuchte entspannt und locker zu wirken. »Nein. Eigentlich nicht. Eigentlich geht es mir sogar ziemlich gut damit.«

»Blödsinn«, sagte Ford und kniff die Augen zusammen. »Du hast Angst. Du hast bittere Angst und kämpfst wie ein Tier darum, die Oberhand zu behalten. Spoiler: Es funktioniert nicht.«

Hayden presste die Zähne aufeinander, weil er einfach nichts darauf sagen konnte. Offenbar war es Ford ebenso mühelos gelungen, *seine* Schwachstelle zu finden.

»Hey Jungs, alles klar bei euch?«, fragte Taylor und trat an ihren Tisch. Ein Küchentuch lag über seiner Schulter und sein Blick glitt über sie beide.

»Kann ich zahlen?«

Ford schüttelte den Kopf. »Nein. Wir nehmen nochmal eine Runde. Unser Gespräch macht gerade so viel Spaß.«

»Das sehe ich anders«, knurrte Hayden, zog sein Portemonnaie hervor und warf einen Geldschein auf den Tisch. Er erhob sich und trat um Taylor herum. »War nicht nett, dich hier zu treffen.«

»Das ist doch wirklich kindisch«, brummte Ford.

Hayden antwortete nicht. Er verließ die Bar, so schnell er konnte, und trat in die kühle Nachtluft hinaus, die nach Sommer und vielversprechend warmen Tagen roch. Hayden liebte es, in Iron Creek zu wohnen. Er liebte die Stadt, er liebte die Ranch, er liebte es, dass seine Familie hier war. Aber er liebte es nicht, dass Ford ihm auf den Geist ging.

»Hey!«

Hayden schloss die Augen. Konnte dieser Typ nicht einfach aufhören, sein Leben zu stören?

»Warte!«, rief Ford und kam im nächsten Moment an Haydens Seite gejoggt.

Hayden ging weiter und tat so, als hätte er Ford gar nicht bemerkt.

»Du kannst mich nicht ignorieren. Es ist kindisch und unnötig. Wann wirst du endlich erwachsen und …«

Hayden war kein aggressiver Mensch. Doch Ford brachte alle negativen Seiten in ihm zum Vorschein. Er umfasste Fords Kragen und schob ihn so weit zur Seite, bis er gegen die Fassade von Ashs Blumenladen prallte.

»Hör. Auf«, zischte Hayden.

»Ich werde erst aufhören, wenn du kooperierst«, erwiderte Ford. »Oder wenn du mir erklärst, was dieses dämliche Schreiben von deinem Anwalt soll.«

Hayden lockerte seinen Griff an Fords Kragen etwas. Nur ein klein wenig, aber es genügte, dass Ford sich unter seinen Armen hindurchducken konnte.

»Überrascht?«, fragte er mit einem breiten Grinsen. »Ich war es zumindest. Denn seit ich dich kennengelernt habe, habe ich nicht den Eindruck gewonnen, dir ginge es um Geld. Offenbar habe ich mich geirrt.«

Hayden keuchte auf, als Ford ihn mit irgendeinem oberfiesen Kung-Fu-Griff überwältigte und gegen die Wand stieß. »Aber weißt du, was das Gute daran ist?«, fragte Ford. »Im Gegensatz zu dir habe ich Geld. Und ich werde Turner gut dafür bezahlen, dir dein Leben so richtig schwer zu machen!«

Sie starrten einander in die Augen, und Hayden kam für einen Moment der Gedanke, dass Ford ganz wunderschöne Augen hatte. Ein dunkles, tiefes Blau, dessen Intensität fast unheimlich war.

Doch der Gedanke verschwand, denn er war vollkommen unpassend. Hayden mobilisierte seine Kräfte und stieß Ford von sich. Der stolperte über die Straße, ein paar Schritte rückwärts, dann fing er sich und ging wieder in den Angriff über. Er versuchte, Hayden in den Würgegriff zu nehmen, doch das konnte er verhindern. Er stellte Ford ein Bein, der daraufhin mit einem Keuchen zu Boden ging.

Bevor Hayden auch nur einen Schritt machen konnte, drängte Ford sein Bein zwischen Haydens und brachte ihn ebenfalls zu Fall. Hayden gab sich alle Mühe, auf Ford zu landen. Ein ersticktes Brummen gab ihm eine tiefe Genugtuung. Dann schob Ford sich über ihn. Ein paar Strähnen seines Haares hatten sich aus dem Man-Bun gelöst und hingen ihm jetzt in die Stirn. Er sah gefährlich aus, seine Augen glitzerten wütend und seine Wangen waren gerötet.

»Und jetzt? Was tust du jetzt? Wo ist denn dein toller Anwalt?«

Hayden hob ein Bein, schlang es um Fords Körper und drehte sie beide gleichzeitig herum, sodass er wieder auf Ford lag. »Ich bekomme wieder die Oberhand, was sonst?«, fragte er. Sie beide atmeten schwer, doch keiner von ihnen war bereit, den Kampf für beendet zu erklären.

Ford spielte schmutzig, er holte aus und stieß Hayden die Faust in die Seite. Hayden krümmte sich zusammen und Ford nutzte die Gelegenheit, um sich wieder auf ihn zu rollen.

»Oberhand klingt gut«, knurrte Ford. »Hörst du jetzt endlich auf?«

»Vergiss es!«, zischte Hayden zurück. Er legte die Hände an Fords Kopf und wollte die Daumen auf seine Augen legen. Doch bevor er zudrücken konnte, hatte Ford es schon geschafft, seine Handgelenke zu umfassen und seine Hände über seinem Kopf zu fixieren.

»Du bist ja irre!«, schnaufte er.

»Ich hasse dich!«, gab Hayden zurück. Voller Inbrunst. Er hasste diesen Mann vom Grund seiner Seele.

»Ich habe dir nichts getan!«

»Du wirst ihn mir wegnehmen! Vielleicht nicht heute oder morgen. Aber spätestens, wenn er ein Teenager ist, dann wirst du ihn mir wegnehmen. Dann stehst du da und lockst ihn nach L.A., bringst ihn in zwielichtige Spelunken und lässt ihn auf deinem blöden Motorrad fahren!«

Ford blinzelte und sah auf Hayden herab, während sich in seinen Augen verteufelt ungewollte Tränen sammelten. Er zerrte an seinen Armen, doch Fords Griff war unerbittlich. »Lass mich los!« Hayden rutschte unter Ford hin und her und es dauerte einen ziemlich langen Augenblick, bis sich neben all seinen Ängsten, dem Schmerz und der Wut noch ein anderes Gefühl regte.

Verlangen.

Oh Himmel, was sollte das denn bitte? Reichte es denn nicht aus, dass dieser Mann sein komplettes Leben durcheinander brachte? Warum zur Hölle musste er denn jetzt auch noch dafür sorgen, dass sein Körper zum Leben erwachte. Gott, er hatte seit Jahren keinen Mann mehr gehabt, und ausgerechnet bei Ford …

»Hayden?«

Hayden konnte nur hoffen, dass Ford nicht spürte, was seine Nähe in seiner Hose anrichtete. »Lass mich los«, sagte Hayden und bemühte sich um Ruhe. Er musste jetzt cool bleiben, denn sonst würde Ford merken, dass … »Bitte«, fügte er hinzu. »Lass mich bitte los.«

»Okay.«

Zu seiner grenzenlosen Erleichterung ließ Ford seine Hände los und kletterte im nächsten Moment von ihm runter. Hayden setzte sich auf und zog seine Beine an, sodass der Teil von ihm verborgen wurde, der vielleicht für Fragen hätte sorgen können.

Seine Hose war voller Schmutz und Staub. Im Licht der Straßenlampe flatterten kleine Motten umher, ansonsten war alles still.

»Komm schon«, sagte Ford und reichte Hayden die Hand.

»Geht schon«, erwiderte er und stand selbst auf. Das Letzte, was er jetzt wollte, war zu viel Nähe zu Ford aufzubauen. Er musste sich von dem Kerl fernhalten. In mehr als nur einer Hinsicht offenbar.

»Tut mir leid, ich wollte dich nicht schlagen«, sagte Ford jetzt und rieb mit den Händen über seine ebenfalls beschmutzte Jeans.

»Seitenhiebe sind fies«, sagte Hayden und war froh, als er spürte, dass seine Erektion abklang.

»Heul doch«, gab Ford zurück.

Hayden starrte Ford an, dann kitzelte ein klitzekleines Lachen in seinem Hals. Er konnte nicht anders, er lachte los.

Ford sah ihn an und in seinem Blick lag reines Erstaunen. Hayden zeigte ihm den Mittelfinger und versuchte, wieder ernst zu werden.

Fords leises Lachen folgte ihm, als er sich auf die Fensterbank vor Ashs Laden setzte.

»Sag bloß, du hast eben gelacht. In meiner Anwesenheit?«

»Fick dich. Wenn du es irgendjemandem erzählst, dann werde ich es leugnen.«

»Kann ich verstehen. Das wäre ja auch zu peinlich«, erwiderte Ford, als er sich neben Hayden niederließ. »Du hast angefangen, als du mich geschubst hast.«

»Nein, du hast angefangen, als du nach Iron Creek gekommen bist.«

Ford lachte wieder und schüttelte den Kopf. »Egal, was ich mache, ich werde es falsch machen, nicht wahr? Es gibt scheinbar nichts, das dich *nicht* wütend macht. Ich drücke immer die richtigen Knöpfe bei dir. Die Sonderfunktionsknöpfe, die dich explodieren lassen.«

»Du hast ein Motorrad«, sagte Hayden. Er wandte den Kopf und sah Ford ernst an. »Wie willst du jemals mit Jonah etwas unternehmen, wenn du ein verdammtes Motorrad fährst?«

Ford starrte ihn an, dann nickte er. »Du hast recht.«

»Du sprichst nicht seine Sprache. Du weißt nichts über seine Krankheiten.«

»Ich besuche einen Gebärdensprachkurs.«

Hayden starrte ihn an, dann warf er die Hände in die Luft. »Natürlich tust du das!«

»Das ist doch gut, oder? Ich lerne so zu kommunizieren wie er.«

»Ich hasse dich«, murmelte Hayden wieder, dieses Mal fehlte seiner Aussage jedoch die passende Wut.

Ford ging nicht darauf ein. Stattdessen sagte er: »Erzähl mir von seinen Krankheiten.«

Hayden zögerte. Ein Impuls in ihm brachte ihn beinahe dazu, Ford den Wunsch zu erfüllen. Ihm einfach alles über Jonah zu erzählen, damit er verstand, dass er so viel mit seinem Sohn durchgestanden hatte, dass er ihn niemals aufgeben könnte. Aber er würde sich verletzbar machen. Er würde Informationen hergeben, er würde … Ford eine Chance geben.

Hayden schluckte und sein Hals schnürte sich zusammen. »Er hatte als kleines Kind eine Hirnhautentzündung. Sein Hörnerv ist irreparabel geschädigt.«

»Deshalb ist er gehörlos?«

Hayden nickte. »Ja. Er wäre fast gestorben, Ford. Er war noch so klein und von einem Tag auf den anderen wäre er beinahe gestorben.« Hayden schluckte, als er sich an diese schwere

Zeit zurückerinnerte, in der Millie und er sich noch viel nähergekommen waren. Jonahs Krankheit hatte dazu geführt, dass sie sich sicher waren, dass sie sich immer aufeinander verlassen konnten. Sie mochten Fremde gewesen sein. Aber von da an waren sie eine Familie. Eltern, die das Ziel hatten, nur das Beste für ihren Sohn zu wollen.

»Das klingt nach einer harten Zeit.«

Hayden nickte, gefangen in Erinnerungen an damals, als er manches Mal dachte, es würde nie wieder besser werden. »Er hat seitdem epileptische Anfälle.«

Fords Mund öffnete sich vor Erstaunen. »Das wusste ich nicht.«

Hayden lächelte. »Nein. Woher auch? Die Anfälle waren am Anfang ziemlich schlimm. Inzwischen bekommt er die richtigen Medikamente.«

»Aber er hat trotzdem noch Anfälle?«

»Ja. Immer wieder. Aber nicht mehr so oft.«

»Fuck.«

Hayden sah zwischen seinen Beinen hinunter zu Boden. Seine Erregung war abgeklungen, das Verlangen, das Ford in ihm ausgelöst hatte, verschwunden. Vielleicht war es nur eine kurzzeitige Fehlfunktion gewesen.

»Das ist der Grund, warum du ihn so übermäßig beschützt, oder?«, fragte Ford in das entstandene Schweigen hinein.

»Ich beschütze ihn nicht übermäßig«, korrigierte Hayden verschnupft. Ford stellte ihn wie eine Glucke dar. »Ich will nur nicht, dass er verletzt wird.«

»Millie hätte es mir sagen müssen«, sagte Ford in die Dunkelheit zwischen ihnen. Hayden fragte sich, wie sein Leben verlaufen wäre, wenn Millie genau das getan hätte. Hätten sie sich getrennt? Wäre Hayden seiner Wege gegangen? Was hätte Ford mit Jonah angefangen?

Diese Fragen ließen sich alle im Nachhinein nicht beantworten, deshalb stellte er sie auch nicht.

»Hat sie nie von mir erzählt?«, fragte Ford irgendwann. »Mich mal erwähnt, oder ...«

»Nie«, sagte Hayden und es verschaffte ihm keine Befriedigung. Aus welchen Gründen auch immer – Millie hatte Ford aus ihrem Leben gestrichen und ihn erst wieder hereingelassen, als sie selbst daraus verschwunden war.

»Sie hat sich die Live-Übertragungen deiner Konzerte angesehen«, sagte Hayden.

Ford schnaubte. »Großartig.«

»Millie hatte ihre Gründe, und vermutlich werden wir sie nie erfahren.«

Damals

H A Y D E N

»Du wolltest also den ganzen Weg trampen? Wohin denn?«

Millie sah weiterhin aus dem Fenster auf ihrer Seite des Wagens. »Keine Ahnung. Ich hätte mit Sicherheit schnell eine Mitfahrgelegenheit gefunden.«

»Ja, einen Serienkiller, oder einen Vergewaltiger, der auf schwangere Frauen steht.«

Millie schnaubte. »So was passiert nur in Filmen«, sagte sie.

»So was passiert nicht nur in Filmen«, beharrte Hayden.

»Und du? Wohin willst du?«

»Iron Creek«, sagte Hayden und umfasste das Lenkrad fester.

»Warst du bei der Navy?«

»Army«, korrigierte Hayden fast schon automatisch. »Aber ich bin ausgeschieden.«

»Warum?«

»Weil ich nicht länger dienen wollte.«

»Du warst im Ausland, oder?«

»Ja.«

»Und wie war es?«

»Hart.«

»Tut mir leid.« Millie legte die Hand auf den Bauch und verzog das Gesicht.

»Alles okay?«

»Sie strampelt.«

»Es wird ein Mädchen?«

»Ich denke, dass es ein Mädchen wird. Ich habe den Mondkalender ausgerechnet und deshalb …«

Hayden konnte sich eines Lächelns nicht erwehren. Der Mondkalender.

»*Hast du auch einen ... du weißt schon. Der Vater des Kindes?*«

Millie lächelte. »*Es gibt einen Vater, ich bin nämlich nicht die Jungfrau Maria. Aber er ist nicht mehr Teil meines Lebens. War er noch nie wirklich.*«

»*Tut mir leid.*«

Millie zuckte mit den Schultern. »*Er war ein Idiot. Kein Grund, noch mehr Worte über ihn zu verlieren.*«

»*Okay.*«

»*Was ist in Iron Creek? Frau und Kinder?*«

»*Keines von beidem. Meine Familie. Ich habe viele Geschwister. Sie haben dort eine Ranch.*«

»*Klingt toll. Ich wollte schon immer auf einer Ranch leben.*«

»*Ich nicht*«, *erwiderte Hayden und lächelte.* »*Ich meine ... es war nicht schlecht, dort aufzuwachsen. Aber jetzt ... das ist irgendwie meine Kindheit. Meine Brüder und meine Schwester haben Iron Creek nie wirklich verlassen. Sie sind immer noch da, haben ihren Alltag und ihr Leben. Nur ich ...*«

»*Du bist weggegangen*«, *beendete Millie seinen Satz.*

»*Ja.*«

Eine Weile fuhren sie schweigend weiter. Das gab Hayden die Gelegenheit, über Millie nachzudenken. Sie hatte nur eine Handtasche bei sich. Niemand begleitete sie und sie schien auch kein richtiges Ziel zu haben.

»*Kann ich dich was fragen?*«

»*Sicher.*«

»*Was ist dein Plan? Ich meine ... wie weit bist du? Das Kind müsste doch bald kommen.*«

Millie presste die Lippen aufeinander und ließ sich Zeit mit ihrer Antwort. Irgendwann wandte sie den Kopf und sah ihn an. »*Ja. Bald.*«

»Und solltest du dann nicht irgendwo sein, wo man sich um dich kümmert? Zum Beispiel bei deiner Familie? Oder Freunde?«

»Und wenn ich niemanden brauche, der sich um mich kümmert?«

»Das ist Blödsinn. Jeder braucht jemanden, der sich um einen kümmert.«

»Ich bin vor Jahren schon von zu Hause weggelaufen. Ich kann nicht dorthin zurück. Vor allem nicht so.« Millie deutete auf ihren Bauch.

»Aber was willst du dann tun?« Hayden hatte ein ganz schlechtes Gefühl dabei, zu wissen, dass Millie auf sich selbst gestellt wäre, sobald sie sein Auto verließ.

»Keine Ahnung. Ich werde schon noch eine Idee haben. Hatte ich immer.«

Hayden schwieg wieder, kaute auf seiner Unterlippe herum und wusste einfach, dass es nicht richtig war. Als er das nächste Mal die Möglichkeit hatte, rauszufahren, tat er genau das und hielt an einer heruntergekommenen Tankstelle an.

Millie sah ihn erstaunt an, dann löste sie den Gurt und machte Anstalten, auszusteigen. Vielleicht dachte sie, er würde sie rauswerfen.

Hayden legte die Hand auf ihre und hielt sie fest. *»Warte. Komm mit mir.«* Millie runzelte die Stirn, Hayden nickte. *»Komm mit mir mit. Ich kann mich um dich kümmern.«*

»Ich brauche deine Hilfe aber nicht.«

»Doch. Genau die brauchst du. Und in deiner Situation solltest du nicht zu stolz sein, sie anzunehmen. Komm mit nach Iron Creek. Wie ich schon gesagt habe, ist meine Familie dort. Sie mögen Kinder. Meine Schwester und mein Bruder haben auch schon welche. Du kannst erstmal dortbleiben und dir in Ruhe überlegen, was du tun möchtest.« Hayden hielt das für eine großartige Idee. Außerdem wäre das die perfekte Gelegenheit, die Leere, die sein Leben nun für ihn bereithalten würde, zu füllen.

Millie musterte ihn. Vorsichtig zog sie ihre Hand unter seiner hervor und rutschte auf dem Sitz zur Seite, um etwas Abstand zwischen ihnen zu schaffen. »Und was willst du dafür haben?«

Hayden starrte Millie an, bis er verstand, was sie meinte. Er riss die Augen auf und schüttelte den Kopf. »Nicht das, was du denkst. So einer bin ich nicht. Ich … ich bin schwul. Ich habe keinerlei sexuelles Interesse an dir.«

Millie gab ein ersticktes Geräusch von sich, dann schlug sie sich die Hand vor den Mund. »Du bist schwul?«

»Ja.«

»Und trotzdem willst du, dass ich mit dir nach Iron Creek komme?«

»Ja.«

»Warum?«

»Weil ich dann nicht allein bin. Und weil du dann nicht allein bist. Und weil das Baby und du dort in Sicherheit seid.«

F O R D

»Hi«, sagte Ford.

Hayden zuckte zusammen und starrte ihn an. In der Hand hielt er eine Kaffeetasse, an deren Rand ein Stück abgesprungen war. Er saß auf einem bequem aussehenden Stuhl auf seiner Veranda und las in einem Buch. Jetzt starrte er Ford an, als wäre er der Teufel höchstpersönlich. Oder zumindest einer der anderen Teufelsanwärter von dort unten. Das war ein kleiner Rückschlag, wenn man bedachte, wie ihr Gespräch gestern geendet hatte.

Einen Moment lang hatte Ford sogar das Gefühl gehabt, sie hätten so etwas wie Frieden miteinander geschlossen. Wie zerbrechlich dieser jedoch war, sah er in diesem Moment, in dem er Haydens gemütliche Veranda betrat.

Er war noch nie hier gewesen, auch wenn er furchtbar neugierig darauf war, wie Hayden und Jonah lebten. Wie war das Haus eingerichtet? Waren sie ordentlich oder nicht? Hingen Fotografien an den Wänden und gemalte Kinderbilder am Kühlschrank? Ford gab zu, dass er gern auch diesen Teil seines Kindes kennenlernen wollte – und auch ein bisschen den von Hayden.

Ihr Streit von gestern hatte zwar die Luft zwischen ihnen ein wenig gereinigt, trotzdem tanzten jetzt Misstrauen und Ablehnung in Haydens Augen. In ausgesprochen schönen Augen, wie Ford in Gedanken hinzufügte.

Augen, die ihn gestern sehr, sehr intensiv angestarrt hatten, als er auf ihm gelegen hatte. Augen, so tief wie der Ozean, mit den Fragen der ganzen Welt in ihnen.

Ford räusperte sich. »*Hi Ford. Schön, dass du hier bist. Ich habe dort drinnen einen italienischen Kaffeevollautomaten stehen und würde dir sehr gerne einen anbieten.*«

Hayden presste die Lippen aufeinander, dann nahm er einen

Schluck von seiner Tasse und sah Ford herausfordernd an. »Ich habe keinen Kaffeevollautomaten.«

Ford grinste, denn die Antwort war so sehr Hayden. Er ließ sich auf einen gemütlichen Stuhl plumpsen, der auf der anderen Seite eines kleinen Tischchens stand.

»Das Diner am Ende der Straße bietet sehr guten Kaffee an«, sagte Hayden jetzt.

Ford zuckte mit den Schultern. »Irgendwann werde ich mich schon noch daran gewöhnen, dass Iron Creek mich nicht mit offenen Armen empfängt.«

Hayden schnalzte mit der Zunge. »Bleib stark, Ford.« Leiser Spott lag in seiner Stimme, doch heute fehlte ihr die übliche Schärfe und Feindseligkeit. Ford war bereit, zu nehmen, was er kriegen konnte, und er wollte, was Hayden ihm zögerlich anbot.

»Ich habe nachgedacht.«

»Das freut mich. Du reist also ab?«

Ford verzog das Gesicht und warf Hayden einen ungläubigen Blick zu. »Ich dachte, das hätten wir inzwischen geklärt.«

»Geklärt würde ich das jetzt nicht nennen.« Hayden nippte wieder an seinem Kaffee und für einen Moment blieb Fords Blick an seinen feuchten Lippen hängen. Lippen, denen er gestern schon ziemlich nahe gewesen war, und die vielleicht – nur vielleicht – ein oder zweimal durch seine Gedanken gewandert waren. Vielleicht hatten auch genau diese Lippen dafür gesorgt, dass Ford heute Morgen mit einem ziemlich harten Schwanz aufgewacht war.

Er hatte sich mit einer sehr kalten Dusche bestraft. Diese Gedanken an Hayden durfte er auf keinen Fall zulassen. Er war schon immer ein körperlicher Mensch gewesen, er liebte Sex und Zärtlichkeit. Aber das bedeutete nicht, dass er ausgerechnet Hayden jetzt anschmachten sollte. Einen heterosexuellen Mann, der so etwas wie der Feind war.

Auf keinen Fall.

Ford sah weg. »Aber mir ist klar geworden, dass du recht hast.«

Haydens Augen leuchteten auf und Ford hätte beinahe gelacht. »Ich habe gern recht«, sagte er.

»Gut. Dann wird es sicher auch nicht schwierig sein, mir zu helfen.«

Ah. Da war es wieder. Dieses Misstrauen.

»Wobei?«

»Dabei, ein Auto zu kaufen. Du hast recht, ich kann nicht mit Jonah unterwegs sein, wenn ich ein Motorrad fahre. Ich kaufe mir also ein Auto.«

»Du kaufst dir ein Auto«, wiederholte Hayden und starrte ihn an. »*Du kaufst dir ein Auto?*«

»Das werde ich tun. Und du sollst mir dabei helfen, dass ich auch das richtige Auto kaufe.«

Hayden stand auf und lehnte im nächsten Moment am Geländer der weiß gestrichenen Veranda. Hier und da blätterte die Farbe etwas ab und die Fußbodendielen erzählten davon, dass kleine Kinderfüße und beschützende Erwachsenenfüße schon tausende Male darüber gelaufen waren. Man erkannte genau den Weg, den Hayden, Jonah und Millie stets gegangen waren. Dort war die Farbe noch mehr abgeblättert und das Holz glatt.

»Es muss vier Reifen haben, Ford. Das ist kein Kunststück. Warum willst du dir ein Auto kaufen?«

Ford lachte auf. »Na, weil ich Zeit mit Jonah verbringen will. Und dafür brauche ich eins.«

»Aber ... du kannst nicht ... du könntest dir einfach ein Auto mieten. Für die Zeit, in der du hier sein wirst.«

»Das wird auf Dauer aber teuer«, gab Ford zurück.

Hayden blinzelte, dann warf er ihm einen bösen Blick zu, dem der vorher noch so entspannte Ausdruck fehlte. »Wie lange willst du denn bleiben?«

»Kommt drauf an«, gab Ford locker zurück.

»Und worauf?«, fragte Hayden. Er stellte die Kaffeetasse auf das breite Geländer neben sich und stützte sich darauf ab.

»Darauf, wie sich alles weiterentwickelt. Wie schnell wir die Sache klären können.«

Vaterschaftstest.

Mit einem Test wäre die Sache sofort geklärt. Er wüsste Bescheid und je nach Ergebnis konnten sich ihre Leben wieder voneinander trennen und endlich normal verlaufen.

Doch Millie hatte darum gebeten, diesen Test erst nach drei Monaten zu machen. Warum auch immer. Drei Monate hatten sie Zeit, sich kennenzulernen. Er brauchte ein Auto.

»Du kannst meines ausleihen.«

Ford lachte. »Verzeih mir, aber in diesem Punkt möchte ich nur ungern auf dich angewiesen sein. Dir werden einhundert Gründe einfallen, warum du genau an diesem Tag dein Auto selbst brauchst.«

»Aber ...«

Ford erhob sich und machte einen Schritt auf Hayden zu, der abrupt verstummt war. »Ich brauche ein Auto. Ich will ein gutes, sicheres Auto für mein Kind kaufen. Und dann brauche ich auch noch einen Kindersitz. Und vielleicht einen Sonnenschutz und wer weiß was noch alles, von dem ich keine Ahnung habe. Kannst du mir *bitte* helfen, alles zu beschaffen, damit ich Jonah sicher transportieren kann?«

Hayden sah ihn lange an. Wie konnte ein Mensch so viele Gefühle ausdrücken, indem er sie einfach in seine Augen legte? Unsicherheit. Unwillen. Verletzlichkeit. Abneigung. Fragen.

Einen kleinen Augenblick lang wünschte sich Ford, er könnte einfach Haydens Hand nehmen und ihm sagen, dass alles gut werden würde. Sie bekamen das irgendwie hin, ohne dass jemand verletzt wurde.

Alles wird gut.

»Bitte?«, wiederholte Ford.

Er erkannte, dass er gewonnen hatte, als Hayden die Augen niederschlug und sich von der Veranda abstieß. »Also gut«, sagte er. Er öffnete seine Haustür und aus dem Haus hüpfte mit einem leisen Gackern ein Huhn.

Ford riss die Augen auf. »Warum ist ein Huhn in deinem Haus?«

»Sie hat geschlafen«, sagte Hayden, als wäre es das Normalste der Welt.

»Sie ... in deinem Haus schlafen Hühner?«

»Nur Peggy.« In Haydens Tonfall mischte sich Ungeduld. Er trat einen Schritt zur Seite, als Ford auf ihn zuging. Dadurch versperrte er ihm den Blick ins Innere des Hauses.

»Warte hier, ich komme gleich.«

»Pass auf, dass nicht noch mehr Hühner in dein Haus eindringen«, rief er Hayden hinterher. Er grinste und sah dem Peggy-Huhn hinterher, das um die Ecke verschwand.

Ein Huhn.

»Ich bin mir sicher, dass Jonah einen Porsche cool finden würde.«

Hayden schnaubte. Er hatte die Hände in die Hosentaschen geschoben und ging neben Ford über den Platz, auf dem sich Auto an Auto reihte. Hayden hatte sich nicht davon abbringen lassen, erst diesen Gebrauchtwagenmarkt zu besuchen, bevor er einfach den nächsten Autohändler anfuhr und Ford sich ein Auto kaufen konnte.

Ford lebte schon so lange mit einer Menge Geld, dass er erst durch Hayden merkte, wie es war, wenn man eben nicht reich war. Irgendwie fand er den Gedanken schön, dass Hayden wusste, wie man damit umgehen musste. Er verhielt sich erwachsen und verschwendete kein Geld.

»Ein Porsche ist nur so lange cool, bis er deine Eier künstlich aufbläst. Ein Porsche ist *nicht* cool, wenn du über die Straßen in Montana fährst.«

»Die waren bisher echt okay.«

»Du warst ja auch noch nicht an den richtig coolen Plätzen«, gab Hayden mit einem Seitenblick auf ihn zurück. »Was ist mit dem?« Er deutete auf einen Ford Fusion.

Ford zog die Nase kraus. »Ford fährt einen Ford? Nein, der Witz ist zu billig.«

»Es ist ein solides Auto.«

»Ich will ein solides, *cooles* Auto.«

Hayden seufzte wieder, dann gingen sie weiter.

»Wo wäre denn einer dieser coolen Plätze?«

Hayden hielt inne und drehte sich zu ihm um. Dann neigte er sich vor. »Das kann ich dir leider nicht sagen. Mein Daddy hat gesagt, dass ich nicht mit Fremden sprechen darf«, flüsterte er.

Ford lachte auf und schubste Hayden leicht. »Blödmann.«

»Selber.«

»Du willst es mir also nicht verraten?«

»Nein. Tut mir leid. Das sind Insider. Könntest du dich außerdem so langsam mal entscheiden? Ich sollte jetzt eigentlich an meinem Schreibtisch sitzen und arbeiten. Stattdessen klaust du mir meine Zeit.«

»Was arbeitest du denn?«, fragte Ford, als ihm klar wurde, dass er keine Ahnung davon hatte, auch wenn er sich schon seit einigen Wochen in Iron Creek aufhielt.

»Ich bin Übersetzer.«

»Und was übersetzt du?«

»Bücher«, sagte Hayden kurz angebunden.

»Was für Bücher?«

»Bücher mit Buchstaben.«

Ford verdrehte die Augen. Sie passierten einen Kia. Niemand

wollte wirklich einen Kia fahren, deshalb gingen sie einfach weiter.

»Welche Sprache?«

»Französisch. Ich bin zweisprachig aufgewachsen. Meine Mutter war Kanadierin.«

»Wow. Interessant. Ich bin nicht besonders gut in Fremdsprachen. Ein paar Brocken spanisch, etwas italienisch, das war's auch schon.«

Hayden blieb still, dann nickte er zu einem Toyota Tundra. »Der? Kilometerstand und Preis sind nicht schlecht.«

Ford betrachtete den Wagen und überlegte. Der Porsche geisterte noch immer durch seinen Kopf, bis Hayden seinen Arm umfasste und ihn mit sich zog. »Wir machen eine Probefahrt.«

»Ein Porsche würde …«

»Kein Porsche, Ford. Ernsthaft. Kein Porsche.«

Hayden sagte es so entschieden und streng, dass Ford unwillkürlich lächeln musste. Er ließ sich von ihm zu dem Händler ziehen, der ihnen gleich darauf die Schlüssel übergab, sodass sie zu einer kleinen Probefahrt aufbrechen konnten.

»Bitte sehr«, sagte Hayden und überreichte Ford die Schlüssel.

Ford übernahm sie, sie stiegen ein und dann fuhr er los. Sie ließen die Stadt schnell hinter sich und Ford konnte nicht umhin, zu fragen: »Zeig mir eine von diesen Straßen.«

»Wie bitte?«

»Zeig mir, wo ihr Einheimischen so unterwegs seid, dass ein Auto wie dieses gerechtfertigt wäre. Ich hätte wirklich sehr gern einen Porsche«, fügte Ford hinzu, weil er spürte, dass Hayden es ihm eigentlich nicht zeigen wollte.

Hayden sah ihn von der Seite an, dann schnaubte er. »Hat dir schon mal jemand gesagt, dass du wirklich eine Nervensäge bist?«

»Möglicherweise. Ich habe vermutlich nicht zugehört«, erwiderte Ford. Er arbeitete hart daran, nicht loszulachen, aber es gelang ihm nicht ganz.

»*Du* wolltest, dass ich mitkomme, um dich zu beraten. Ich sollte dich nicht davon überzeugen müssen, dass ein Porsche kein geeignetes Auto ist.«

»Nicht?« Ford sah Hayden an und für einen Moment blieb ihm einfach so die Luft weg. Er war attraktiv. Er war sexy. Er war gerade etwas ungehalten, aber das tat seinem Aussehen keinen Abbruch. Er war ein verdammt toller Mann, und Ford sollte das gar nicht bemerken.

»Nein. Du solltest mir dankbar sein, dass ich mitgekommen bin, und alles tun, was ich dir sage.«

»Kann mir vorstellen, dass dir das gefallen würde«, gab Ford glucksend zurück.

»Das würde mir sogar sehr gefallen«, erwiderte Hayden. »Bieg dort vorne rechts ab.«

Ford tat, was Hayden gesagt hatte und es dauerte nicht lange, bis er den Wagen über eine Straße lenkte, die sich in Serpentinen einen Berg hinaufschlängelte. Am Straßenrand gab es nur Staub und vertrocknetes Gras. Je höher sie kamen, umso rauer wurde die Umgebung. Ihr Blick wurde weiter und sie konnten Meilen über Meilen Weideland überblicken. Am Himmel türmten sich dunkle Wolken auf. Es war Regen vorhergesagt. Das gab der Landschaft einen dramatischen Anblick.

»Ganz schön großartig«, bemerkte Ford. Montana war wunderschön. Er hatte noch nie so viel Weite und Natur um sich gehabt. Er war in Los Angeles und seinen Randbezirken aufgewachsen. Es hatte seine guten Seiten. Aber die Natur hier war unschlagbar.

»Dort vorn nach links.«

»Wo führst du mich denn hin?«

»An einen Ort, der sich eignet, um eine Leiche zu verscharren«, erwiderte Hayden kühl.

»Du würdest mich nicht umbringen«, gab Ford zurück. »Dein Herz ist viel zu groß.«

»Mein Herz ist nicht groß«, erwiderte Hayden zurück.

»Natürlich«, sagte Ford um Ernsthaftigkeit bemüht.

»Was soll das denn jetzt schon wieder heißen?«

»Nur *natürlich*. Nichts weiter.«

»Aber du sagst es mit so einem Unterton. Als ob du dich über mich lustig machst.«

»Tu ich nicht. Ich denke nur, dass es uns nicht weiterführt, darüber zu sprechen, wie groß dein Herz ist.«

Hayden wollte etwas erwidern, verstummte aber und sah zu der Armaturenbrettanzeige, an der ein Licht leuchtete. Dann blinkte ein weiteres auf und noch eines.

»Ich bin kein Spezialist, aber das sieht irgendwie nicht gut aus, oder?« Als ob der Wagen ihm eine Antwort auf seine Frage geben wollte, erstarb er in diesem Moment. Er gab ein letztes Gluckern von sich, dann war alles still.

»Das kann nicht wahr sein«, sagte Hayden mit tonloser Stimme neben ihm. »Hast du ihn absaufen lassen?«

Ford warf Hayden einen stirnrunzelnden Blick zu. »Natürlich nicht. Ich kann Auto fahren!«

»Mach ihn an.«

Ford drehte den Schlüssel herum, doch bis auf ein kurzes Stottern, tat sich gar nichts. Er versuchte es weitere Male, aber es passierte nichts.

»Und jetzt?«

Hayden stieg aus und knallte die Tür mit aller Wucht hinter sich zu. Er stellte sich vor den Wagen und sah Ford durch die Windschutzscheibe an.

»Ich kann dich nicht überfahren, Hayden. Das Auto ist tot.«

»Entriegle die Motorhaube! Und geh mir nicht auf den Geist.«

Ford grinste, dann zog er den Hebel, woraufhin Hayden die Motorhaube öffnete.

Ford stieg aus und trat neben Hayden, der sich weit über den

Motorinnenraum gebeugt hatte und an irgendwelchen Schläuchen und Kästen zog und rüttelte.

»Hast du schon eine Diagnose?«

Hayden sah ihn an. »Nein, habe ich nicht!«

»Okay. Ich werde dir keine große Hilfe sein, denn ich habe von Autos keine Ahnung.«

»Du wärst mir schon eine große Hilfe, wenn du nicht die ganze Zeit reden würdest«, erwiderte Hayden. Er klang wirklich angepisst.

»Brauchst du etwas? Einen Drink? Oder einen Burger?«

Hayden knallte die Motorhaube wieder zu und zog sein Handy hervor. Er hielt es in die Höhe und man brauchte kein Genie zu sein, um zu wissen, wonach er suchte.

»Lass mich raten. Du hast keinen Empfang?«

»Wie wäre es, wenn du dein Super-Hightech-Handy nimmst und selbst mal guckst, ob du Empfang hast.«

Ford tat, was Hayden gesagt hatte. Er zückte sein Handy, und stellte fest, dass er ebenfalls keinen Empfang hatte. »Nope. Da geht gar nichts.«

»Fuck!«, stieß Hayden hervor. Beinahe im gleichen Moment ertönte in der Ferne ein Donnergrollen und die Wolkenwand am Himmel schien sich noch mehr übereinander zu schieben. Dunkle, bedrohliche Wolken, wo auch immer er hinsah. Es war faszinierend, mächtig und vielleicht auch ein schlechtes Omen.

»Du hast keine Ahnung, was mit dem Wagen nicht stimmt, oder?«

»Nein, habe ich nicht«, brummte Hayden. »Ich bin nämlich kein verdammter Automechaniker.«

»Und jetzt?«

»Jetzt? Was denkst du denn?«

»Ich denke, dass wir zwei Möglichkeiten haben.« Er hielt den Daumen in die Höhe. »Erstens: Wir bleiben hier im Auto sitzen, warten, bis das Gewitter vorübergezogen ist und suchen dann nach Hilfe, oder …«

»Dann also zweitens«, sagte Hayden und stapfte an ihm vorbei.

»Hey!« Ford eilte hinter ihm her. Wie konnte ein Mann so große Schritte machen und dabei auch noch so wütend aussehen?

»Das ist deine verdammte Schuld«, knurrte Hayden.

»Ach ja? Wie das? Habe ich vielleicht zufällig irgendwas mit dem Motor gemacht? Oder hat meine Anwesenheit die Zündkerzen zum Erlöschen gebracht?«

»Nur wegen dir sind wir hier oben!«

»Du hättest mich einfach den Porsche kaufen lassen sollen.«

Hayden presste die Lippen aufeinander und stapfte weiter. Das Donnergrollen umgab sie nun vollends und erste Tropfen fielen auf sie herunter. Trotzdem gingen sie einfach weiter.

»Wie viele Meilen waren das, die wir hier hochgefahren sind?«

»Keine Ahnung.«

»Und wie lange brauchen wir bis nach unten?«

Hayden blieb abrupt stehen und starrte Ford an. »Machst du das extra?«

»Was denn?«

»Du fragst mich eine Million Sachen. Hör auf damit!«

Fords Mundwinkel zuckten und er konnte nichts dagegen tun, auch wenn er wusste, dass er damit Haydens Zorn noch mehr auf sich ziehen würde. Es war nicht so, dass Haydens offensichtliche Abneigung ihm gegenüber ihn amüsierte. Es war eher so, dass sie eine schöne Abwechslung in seinem Leben war. Es gab nicht viele Menschen, die ihn nicht mochten. Er begegnete jeden Tag Fans und anderen Menschen, die seine Musik und ihn liebten.

Hayden war das egal. Er sah Ford als einen Eindringling und er hatte überhaupt keine Schwierigkeiten damit, ihm genau das auch zu zeigen. Hayden war echt. Von Kopf bis Fuß. Und Ford mochte echte Menschen.

So sehr, dass er einen Schritt vormachte. Hayden, der die Bewegung nicht hatte kommen sehen, prallte mit seiner Brust gegen Fords. Er blinzelte, aber noch bevor er ein Wort herausbrachte, hatte Ford schon eine Hand an seinen Hinterkopf und seine Lippen auf Haydens gelegt.

Er küsste Hayden Bancroft und es fühlte sich unfassbar gut an. Seine Lippen schmeckten nach Wut, nach salzigem Regen und nach Hayden. Nach dem Mann, der der letzte Mensch auf der Welt war, den er küssen sollte.

Hayden erstarrte zur Salzsäule, was Ford wertvolle Sekunden verschaffte, in denen er vorsichtig über Haydens Lippen strich, so lange, bis er spürte, wie sie weicher und nachgiebiger wurden.

Ein wütender Hayden war schon eine Show für sich. Aber ein Hayden, der sich auf seinen Kuss einließ, das war eine ganz andere Sache.

Ford löste sich von Hayden und sah ihn an. Dessen Augen lagen fest und lodernd auf ihm. »Was hast du getan?«, fragte er. Seine Stimme war viel heiserer als sonst. War das gut?

»Ich schätze, ich habe dich geküsst«, sagte Ford. »Habe ich dich geküsst?«

»Du weißt genau, dass du mich geküsst hast«, sagte Hayden.

Ford lockerte seinen Griff an Haydens Kopf, gab ihm damit die Gelegenheit, sich von ihm zu entfernen und ihn anzuschreien. Ihn in der Luft zu zerreißen, wie es seine Spezialität war.

Zu seinem Erstaunen, wich Hayden jedoch nicht zurück. Viel eher war es so, dass er einen Schritt auf ihn zumachte. Eine winzige, beinahe unmerkliche Bewegung. Und dann lagen ihre Lippen wieder aufeinander.

Warm und nass und köstlich überraschend. Ford legte die Hände an Haydens Wange und liebkoste seine Lippen vorsichtig, streichelte sie mit seiner Zunge, bis er seinen Mund etwas öffnete. Ford atmete. Er atmete einfach für zwei Sekunden lang, weil er nicht glauben konnte, was hier gerade passierte.

Der Regen wurde stärker und Donner umgab sie wie ein Umhang. Ein Blitz zuckte in seinem Augenwinkel über den Himmel. Aber das war alles egal. Hayden war alles, was in diesem Moment zählte.

Ford berührte mit seiner Zunge Haydens und war erstaunt, als dieser die Berührung erwiderte. Er erwiderte sie nicht nur, er forderte sie regelrecht ein. Unmerklich traten sie weiter aufeinander zu, bis ihre Körper sich auf ganzer Länge berührten. Wärme breitete sich zwischen ihnen aus, das Gewitter tobte um sie herum. Vielleicht würde ein Blitz sie treffen. Ford wäre es gleichgültig gewesen. Er ertrank in dem Kuss und wusste nicht, was mit ihm geschah.

Er taumelte wie in Trance rückwärts, als Hayden sich ganz plötzlich von ihm löste und sich von ihm entfernte.

»Du bist verrückt«, zischte er.

»Hayden ...«

»Lass mich in Ruhe. Tu das nie wieder.«

Ford sah Hayden hinterher, der den Weg hinunterlief, den sie vorhin noch mit dem Wagen hochgefahren waren. Seine Schritte waren raumgreifend, als wäre er auf der Flucht, was vermutlich auch stimmte.

Blöd nur, dass sein Herz raste, als hätte es gerade einen Sprint hinter sich gebracht. Der Kuss war der Sprint gewesen. Ein ganz unglaublicher Kuss mit einem ganz unglaublichen Mann. Bedächtig fasste sich Ford an die Lippen und fuhr mit den Fingerspitzen darüber. Sie waren ganz weich und frisch geküsst.

Was passierte hier?

———

HAYDEN

Die Normalität war gut. Er liebte Normalität und gewohnte Tagesabläufe. Er liebte alles daran.

Nach ihrem Ausflug in die Wildnis Montanas und *dieser Sache*, die währenddessen passiert war, hatte er es trotzdem noch rechtzeitig in die Schule geschafft, um Jonah von dort abzuholen.

Ford und er hatten kein einziges Wort mehr miteinander gesprochen. Das war gut. Sie hatten nichts miteinander zu besprechen.

Sie hatten sich geküsst!

Er hatte Ford Benning geküsst! Den Feind. Den allerletzten Menschen auf der Welt, den er küssen sollte.

Hayden vermochte noch immer nicht zu sagen, was auf diesem Berg passiert war. Ein Gewitter war passiert und hatte sie bis auf die Knochen durchgeweicht. Stürmischer Regen war in ihr Gesicht geklatscht, auf ihre Lippen. Auf die Lippen, die noch immer heiß und ganz kribbelig von dem Kuss waren.

Hayden versuchte, den Kuss ins richtige Licht zu rücken. Es war ein Versehen gewesen und es war aus dieser unmöglichen Situation heraus entstanden. So was machte er normalerweise nicht. Vor allem nicht mit jemandem wie Ford.

Jonah kam die Treppen herunter, zusammen mit seinen Schulheften. Eine willkommene Abwechslung. Sie setzten sich an den Küchentisch und Hayden sah sich die Aufgaben durch, während Jonah ihm erzählte, was sie heute gemacht hatten.

Außerdem stand eine Projektarbeit an. Jonah musste einen Vortrag zum Thema *mein Leben* halten. Er hatte schon ein paar Ideen, und Hayden war wie immer unglaublich stolz auf seinen Sohn. Er war klug und fleißig und ein wirklich lieber Junge. Es gab nichts auf der Welt, was er mehr liebte als dieses Kind.

Später sahen sie sich *Thor* mit Untertiteln im Fernsehen an. Als es Zeit fürs Bett war und Jonah sich die Zähne geputzt hatte, legten sie sich wie jeden Abend gemeinsam in das zum Zelt umgebaute Bett und sahen an den mit Plastiksternen beklebten *Himmel*. Später, wenn er das Licht ausschaltete, würden sie leuchten, doch bis dahin erzählte Hayden Jonah eine kurze erfundene Geschichte, die der Junge mit allerlei Kommentaren ausschmückte.

Schlaf jetzt, Jonah, gebärdete Hayden am Ende ihres Rituals.
Dad?
Hayden sah Jonah an, betrachtete sein wunderschönes Gesicht, das sich mit jedem Tag beinahe unmerklich veränderte und ein wenig älter aussah. *Ja?*
Denkst du, Mom sieht uns gerade?
Ein brennender Schmerz, heiß wie ein Wüstensturm, zog durch seine Brust. Es gab keinen Tag, an dem er Millie nicht vermisste. Auch wenn ihre Beziehung alles andere als normal gewesen war, so war sie der wichtigste Mensch in seinem Leben gewesen, neben Jonah.

Und jetzt war sie fort. Zwei Jahre lang hatte sie vergeblich gegen den Krebs gekämpft.

Sie sieht uns immer. Wenn du in der Schule bist, wenn wir ausreiten, oder wenn wir hier im Sternenzelt liegen. Sie ist immer bei uns. Hayden legte seine Hand auf Jonahs schmale Brust. »Hier«, sagte er, weil er wusste, dass Jonah ihn verstehen würde.

Jonah lächelte sanft, dann kuschelte er sich tiefer in seine Kissen.

Hayden umarmte Jonah fest und gab ihm einen Kuss auf die Schläfe, ehe er aus dem Bett krabbelte. Er hatte dieses Bett mit seinen eigenen Händen erbaut, und der Tag, an dem Jonah sich entschied, es sei zu kindisch, würde vermutlich sein Herz brechen. Ganz still und leise, weil das zum Erwachsenwerden dazugehörte.

HAYDEN

Das Kratzen im Hals, dass er bereits in der Nacht verspürt hatte, war das erste Anzeichen dafür, dass er krank wurde. Als er Jonah am Morgen in die Schule fuhr, war sein Kopf dann ganz heiß und er fühlte sich nicht gut. Als er eine Stunde später wieder sein Haus erreichte, wusste er es dann ganz sicher. Er war krank.

Er hatte Fieber und statt sich an den Schreibtisch zu setzen, was er dringend hätte tun sollen, weil der dämliche Ausflug mit Ford gestern seinen Zeitplan ordentlich durcheinandergebracht hatte, legte er sich lieber ins Bett. Er stellte den Wecker, damit er rechtzeitig aufwachte, um Jonah aus der Schule abzuholen, dann fielen ihm auch schon die Augen zu.

Erst das nervtötende Kreischen seines Weckers ließ ihn hochschrecken. Er stöhnte, als hämmernde Kopfschmerzen auf ihn einprasselten, sobald er die Augen auch nur einen Spalt breit öffnete. Die letzte Grippe lag Jahre zurück, und im Moment war wirklich sowieso der blödeste Zeitpunkt, um krank zu werden. Er musste das Manuskript beenden. Außerdem war Abby froh über seine Mithilfe auf der Ranch, vor allem wo Justice demnächst mit dem Großteil der Herde in die Berge aufbrechen würde.

Hayden schleppte sich aus dem Bett, um Jonah abzuholen, und auf dem Rückweg zur Ranch auch Michael und Scott vor ihrer Schule aufzugabeln. Er blendete ihr Geplapper vollkommen aus und versuchte einfach nur, die Ranch zu erreichen. Er klammerte sich ans Lenkrad und hoffte, dass es schnell Abend werden würde.

Als er die Höllenfahrt endlich hinter sich gebracht hatte, stieg er aus. Es war wirklich ungewöhnlich warm heute. Er ging in den Stall, so wie er es immer tat, verzichtete aber darauf, im Ranchhaus vorbeizusehen, um Abby zu begrüßen. Er brauchte einfach nur ein bisschen …

»Whoa, was ist los mit dir?«

Von allen Menschen, die es auf der Welt gab, war Ford der letzte, den er jetzt gerade sehen wollte. Hayden kniff die Augen zusammen und schüttelte den Kopf. »Egal, was du vorhast: tu es nicht. Geh einfach weiter.«

Doch natürlich tat Ford nicht, was Hayden von ihm verlangte. Tat er ja nie. Anstatt sich von ihm zu entfernen, und ihn einfach diesen Tag überstehen zu lassen, kam er auch noch näher. *Zu nahe.* Sofort musste Hayden an ihren Kuss denken.

Mist.

Hayden hielt sich ganz unauffällig an der Wand fest und blickte demonstrativ in Gooses Richtung, daher bemerkte er Fords Hand erst, als er sie auf seine Stirn legte.

»Du hast Fieber«, sagte Ford, bevor Hayden den Kopf wegdrehen konnte.

»Habe ich nicht. Es ist warm. Wir sind hier in Montana.«

Ford zog die Augenbrauen in die Höhe. »Warum liegst du nicht im Bett?«

»Weil das so ist, wenn man ein Kind hat. Da kann man halt nicht einfach so im Bett liegen bleiben.«

»Ich bin mir sicher, Jonah hätte Verständnis.«

»Hey, Jungs, alles klar?« Abby tauchte im Stalleingang auf und sah zwischen ihnen hin und her. Wahrscheinlich wollte sie abschätzen, wie hoch die Wahrscheinlichkeit war, dass Ford und Hayden aufeinander losgingen. Von seiner Seite aus lag die heute bei unter null Prozent.

»Hayden hat Fieber«, petzte Ford.

Sofort kam Abby zu ihm und legte ihm ebenfalls die Hand auf die Stirn. »Himmel, du glühst ja!«

Hayden hob abwehrend die Hände und machte einen Schritt rückwärts. »Könnten wir uns jetzt alle beruhigen? Es ist nur eine kleine Erkältung, macht bitte kein Drama draus.«

»Ford, kannst du ihn nach Hause bringen?«

Ford nickte, als wäre das bereits beschlossene Sache. Nur schon der Gedanke daran, Ford würde sich um ihn *kümmern*, war einfach nur lächerlich. Nicht nach gestern. Und sowieso ... er lehnte das kategorisch ab.

»Ich brauche keinen Fahrer. Wir gehen jetzt ausreiten, wie wir es geplant haben. Und danach muss ich Michael noch bei seinen Hausaufgaben helfen, außer Algebra ist plötzlich dein Lieblingsfach geworden und du willst mit ihm lernen.«

»Hayden? Halt einfach die Klappe, du störrischer Esel. Ich gehe allein mit den Jungs ausreiten und du gehst nach Hause und erholst dich. Ford kann nachher Jonah zu dir rausbringen, aber erstmal bringt er dich ins Bett.«

Hayden spürte, wie seine Wangen noch viel wärmer wurden, als sie ohnehin schon waren. Ford würde ihn ganz sicher nicht ins Bett bringen. Nicht mal in die Nähe davon, so viel war sicher.

»Hast du sie gehört?«, fragte Ford. Er war unbemerkt neben ihn getreten, sodass Hayden zusammenzuckte. »Ich bring dich jetzt ins Bett.«

»Nein, ich muss wirklich nicht ...«

Abby seufzte. »Du bist krank und solltest nicht mal hier sein. Wenn ich Glück habe, sind die Kinder in ein paar Tagen ebenfalls krank.«

Schlechtes Gewissen wallte in Hayden auf, weil er darüber nicht mal nachgedacht hatte.

»Geht. Ich kümmere mich um den Zaun und die Kinder.« Mit diesen Worten wandte sie sich ab und ging zu Michael und Scotty, die sich in ihrem Baumhaus vergnügten. Jonah hatte wegen der Epilepsie Kletterverbot, weshalb er auf der Schaukel darunter saß und die Unterhaltung zwischen Abby und ihren Kindern verfolgte.

»Also, Liebling, lass uns fahren. Ich kann es gar nicht erwarten, mich um dich zu kümmern«, sagte Ford in dem Moment. Das breite Grinsen auf seinem Gesicht war einfach nur nervtötend.

Hayden ignorierte ihn und ging zu Jonah. Er ging vor ihm in die Knie und erklärte ihm, dass er mit Ford noch ein paar Besorgungen machen musste.

Jonah war verständnisvoll wie immer und verabschiedete sich von ihm mit einer schnellen Umarmung, ehe er zu Goose in den Stall rannte.

Hayden stand wieder auf, und der Positionswechsel reichte aus, dass ihm kurz schwarz vor Augen wurde.

Verdammt.

»Komm mit, Champion«, sagte Ford und umfasste Haydens Oberarm. Ein vollkommen unerwartetes Kribbeln lief durch seinen Körper und als Reaktion darauf, schob Hayden seine Hand zur Seite. Was auch immer das gewesen war … so etwas wollte er nie wieder erleben. Er musste kränker sein, als er angenommen hatte.

»Abs, du musst immer in Jonahs Nähe bleiben, wenn er auf Goose sitzt.«

Abby verdrehte die Augen. »Ist ja nicht so, als würde ich Jonah nicht seit sieben Jahren kennen.«

»Nutz die Halteleine, damit kannst du ihn besser fixieren, wenn …«

»Hayden?«

»Was?«

»Geh ins Bett.«

―

F O R D

Auf der gesamten Fahrt sagte Hayden kein Wort zu ihm. Allerdings hatte er sich auch nicht weiter dagegen gesträubt, von ihm nach Hause gefahren zu werden, und das sagte wohl sehr viel über seinen Zustand aus.

Kaum war Ford in die Einfahrt gebogen und hatte angehalten, stieg Hayden auch schon aus. Ford folgte ihm, sah dabei zu, wie er die Haustür aufschloss, eintrat und sich dann mit einer Schnelligkeit umdrehte, die man einem Kranken nicht zugetraut hätte.

Hayden schien genauso überrascht zu sein, denn er stützte sich am Türrahmen ab. »Du kannst wieder gehen«, sagte er.

Aber weil Ford überhaupt keine Lust auf Diskussionen oder Spielchen hatte, duckte er sich einfach unter Haydens Arm hindurch und betrat sein Haus. Gestern hatte Hayden ihm nicht angeboten, hereinzukommen. Er hatte ihm ja nicht mal einen Kaffee serviert.

Aber heute sah er *alles*, und dieses Alles gefiel ihm ziemlich gut. Der breite Durchgang, der direkt in ein Wohnzimmer führte, in dem zwei weich aussehende Sofas standen. Diese Art von Sofa, bei denen man jederzeit damit rechnete, dass sie einen mit einem Happs in ihre flauschigen Untiefen verschlangen. Bunte Kissen stapelten sich darauf, genauso wie zwei bunte Decken. Und dann saß da wieder dieses Huhn und schlief.

Auf Haydens Sofa saß ein Huhn und schlief.

Ford schüttelte den Kopf, sagte aber nichts. Stattdessen musterte er die Fotografien, die an den Wänden hingen. Die meisten mit Jonah, aber so auf die Schnelle entdeckte er auch ein paar mit Hayden und Millie.

Neben einem der Sofas stand ein Wäschekorb, der bis oben hin gefüllt war. Es gab einen Fernseher und Ford entdeckte in einem Fach darunter auch eine Nintendo Switch.

»Du solltest dich hinlegen«, sagte Ford zu Hayden, der wütend auszusehen versuchte, aber mit seinen fiebrig glänzenden Augen und den geröteten Wangen misslang sein Miesepeter-Gesicht irgendwie. Trotzdem wollte Ford ihn küssen.

Himmel, er hatte die halbe Nacht wachgelegen, weil er an diesen Kuss gedacht hatte. Das war doch nicht normal. Es war nur ein Kuss gewesen. Er küsste eben gern und hatte schon eine Menge Menschen geküsst.

Aber gestern, da hatte er Hayden geküsst. Hayden, von dem er gedacht hatte, er wäre heterosexuell, der ihn aber so zurückgeküsst hatte, wie definitiv kein heterosexueller Mann jemals einen anderen Mann küssen würde.

Ford war durcheinander. Und er wollte es nochmal tun.

»Sobald du weg bist, werde ich genau das tun.«

»Ich werde nicht weggehen. Ich bleibe noch eine Weile hier, falls du mich brauchst.«

Hayden seufzte. »Ist es so schwer, einmal das zu tun, was ich will? Ich bin nicht zum ersten Mal krank. Und ich bin schon ein großer Junge und brauche keinen Aufpasser.«

»Okay.«

»Okay? So einfach?«

»Nein, ich erkenne an, dass du vermutlich niemanden brauchst. Aber da Jonah und die anderen mit Sicherheit schon unterwegs sind, habe ich ohnehin nichts zu tun. Ich bleibe einfach eine Weile hier und texte.«

»Das ergibt keinen Sinn«, murrte Hayden. Er fuhr sich mit der Hand über die Stirn und schloss kurz die Augen.

»Auf geht's«, sagte Ford, umfasste Haydens Schulter und schob ihn vor sich her die Treppe nach oben. Hayden versuchte zwar, seine Hand wegzuwischen, doch bis es ihm gelang, standen sie schon im ersten Stock.

»Wohin?«, fragte Ford und sah sich um, auf der Suche nach Haydens Schlafzimmer.

»Hier«, sagte Hayden. Er wandte sich um und betrat einen Raum, der einfach nur zu ihm passte, anders konnte Ford es nicht beschreiben. Es war weder besonders ästhetisch noch mit hochwertigen Möbeln ausgestattet, stattdessen lebte der Raum von der Schlichtheit des Augenblickes. Das Bett und die Kommode waren in dunklen Farben gehalten, der Bettüberwurf, der am Fußende zusammengeknüllt lag, dunkelblau. Die Wände waren leer, nur auf der Kommode standen drei Bilder von Jonah in unterschiedlichen Stadien seiner Entwicklung.

Ford trat näher und betrachtete Baby-Jonah, wie er schlief, sein Gesicht wurde in Sonnenschein gebadet. Er streckte die Hand aus, ließ sie aber wieder sinken, ehe seine Fingerspitzen das Glas berührten und möglicherweise Abdrücke hinterließen.

»Wie alt war er da?«

»Drei Tage. Wir mussten ihn ins Sonnenlicht legen, weil er etwas Gelbsucht hatte.«

»Oh.«

»Nicht sehr schlimm. Er musste nicht ins Krankenhaus oder so«, sagte Hayden hinter ihm. Auf dem nächsten Bild sah er Jonah in einer Kinderschaukel sitzen, sein Gesicht verschmiert mit Eiscreme oder Schokolade. Zwei winzige Zähnchen zierten seine ansonsten leere Mundhöhle. Er war ein wunderschöner Anblick.

»Neun Monate«, sagte Hayden, ohne dass Ford hätte fragen müssen. Er sah wieder zu ihm zurück. Dieses Mal hatte er sich auf seinem Bett niedergelassen und blickte zu Boden.

»Und das andere?« Auf dem Bild war Jonah ganz vertieft in sein Malbuch. Im Hintergrund erkannte Hayden einen geschmückten Christbaum.

Weihnachten.

»Vier Jahre.«

»Hast du noch mehr Bilder?«

»Ich habe Tonnen von Bildern«, erwiderte Hayden.

»Kann ich sie irgendwann mal sehen?«

Hayden sah ihn an, nickte, dann ließ er sich ins Bett sinken.

»Nur wenn du aufhörst, in meinem Schlafzimmer rumzustehen.«

Ford grinste, denn der ruppige Hayden verschwand nie ganz. Bisher war es ihm aber nicht gelungen, herauszufinden, ob Hayden grundsätzlich ein eher ruppiger Mensch war, oder nur, wenn es um Ford ging.

»Ich bin unten, wenn du etwas brauchst.«

»Du kannst auch gehen.« Das waren Haydens letzte Worte, ehe sich seine Augen schlossen.

Ford musterte ihn einen Augenblick lang, der nur ihm gehörte, und ein weiches Flattern zog durch seinen Körper. Ein Flattern, das er noch nie zuvor gespürt hatte, eine sensible Aufregung, ein Kribbeln, das ihn dazu drängte, näher zu treten, die Hand auszustrecken und Haydens erhitzte Haut zu streicheln.

Ford schüttelte den Kopf und verließ schnell den Raum. Das Letzte, was er in Haydens Anwesenheit spüren sollte, war Attraktivität. Sich auf welche Art auch immer zu Jonahs Ziehvater hingezogen zu fühlen, war keine Option. Niemals.

Ford wusste genau, dass Anziehung, Attraktivität und Affären ein Leben unglaublich kompliziert machen konnten. Und nach allem, was zwischen Hayden, Jonah und Ford stand, konnten sie nicht auch noch andere Probleme gebrauchen.

Ford schloss die Tür hinter sich, ehe er unschlüssig im Flur stehen blieb. Die geschlossene Tür übte eine nahezu unwiderstehliche Anziehungskraft auf ihn aus. Aber zuerst näherte er sich einer anderen Tür, die nur angelehnt war. Er schob sie auf und stand mitten in Jonahs Universum.

Ford machte einen Schritt in den Raum und tauchte in die

bunteste Farbwelt, die er jemals gesehen hatte.

Superhelden-Bettwäsche, Poster der Marvel-Helden an den Wänden, Lego-Modelle auf jeder verfügbaren Ablagefläche. Autos, Dinosaurier, Transformers, dieses Zimmer war ein einziger Jungentraum.

Fords Augen brannten ganz plötzlich und er fragte sich unwillkürlich, ob *er* das jemals seinem Kind hätte geben können. Wenn Millie ihm von ihrer Schwangerschaft erzählt hätte, wenn er bei Jonahs Geburt dabei gewesen wäre, wenn er ihn hätte aufwachsen sehen … hätte er alles genau so hinbekommen, wie es Hayden hinbekommen hatte?

Hätte er für die gleiche medizinische Betreuung sorgen können? Hätte er die Gebärdensprache gelernt? Was wäre aus seiner Musik-Karriere geworden? Hätte er monatelange Touren, Partys, Sex wirklich für eine Familie hergegeben?

Ford konnte die Fragen nicht ehrlich beantworten.

Er trat an Jonahs Schreibtisch, auf dem sich ein Laptop befand. Auf der Fensterseite standen Bilder, die ihn und Millie oder ihn und Hayden zeigten. Er strahlte immer in die Kamera, genau wie seine Eltern. Das einzige, was Ford irritierte, war die Tatsache, dass auf den meisten Bildern entweder Millie *oder* Hayden abgelichtet war, nie aber sie beide zusammen.

Lief das so in einer Ehe und Partnerschaft? Während der eine an der Seite des Kindes stand, zeichnete der andere einen Moment für die Ewigkeit?

Ford ging nach unten und räumte in der Küche ein paar Nahrungsmittel in den Kühlschrank. Vielleicht hatte Hayden das heute Morgen vergessen. Dann machte er sich einen Kaffee, ehe er ins Wohnzimmer weiter wanderte. Das Huhn war weg. Dafür erblickte er den Haufen Wäsche, der ihm vorher schon aufgefallen war, und bevor er darüber nachdenken konnte, legte er sie auch schon zusammen.

Er legte die T-Shirts *seines* Sohnes zusammen. Er konnte gar nicht beschreiben, wie besonders dieser Moment war. *Sein Sohn.* Die Bezeichnung war noch immer neu für ihn.

Nachdem er damit fertig war, ging er über die Hintertür in den Garten hinaus und stellte fest, dass Hayden und Jonah einen Zoo besaßen. Eine großzügige Voliere mit Hühnern. Richtige, echte Hühner. Staunend beobachtete Ford sie eine Weile, ehe er das nächste Gehege betrachtete, in dem sich mehrere Kaninchen aufhielten und Gras knabberten. Rundherum standen Büsche und knorrige, alte Bäume. Das Gras war zu hoch gewachsen, um noch gepflegt auszusehen. Der Garten war wild und trotzdem perfekt. Hätte er wählen können, an welchem Ort sein Kind aufwuchs, dann hätte er vermutlich genau diesen hier ausgewählt. Weiter hinten entdeckte er einen Reifen, der an einem langen Seil von einem Baum hing.

Gewünschte Erinnerungen, die er gerne für sich selbst gehabt hätte, ließen ihn lächeln, als er dorthin ging und den Reifen in Bewegung versetzte. Das plötzliche Klingeln seines Handys holte ihn unsanft in die Wirklichkeit zurück.

»Ja?«, fragte Ford, ohne auf das Display zu achten. Es gab nur wenige Menschen, die seine Handynummer besaßen.

»Alter. Du bist in *Montana*?«

Sebastian, sein Bandkollege, lachte in den Hörer. Mit fünf Worten schaffte er es, ihm ein gutes Gefühl zu geben.

»Ja, eine kurzfristige Planänderung.«

»Turner hat gesagt, du hast einen Sohn. Alter, wie viele von diesen Kids wird es noch geben?«

Das war ein Thema, das er nur mit Turner besprach, denn der klärte die Bestimmungen der Geheimhaltungsverträge.

»Das hier ist anders«, sagte Ford dennoch, denn er verspürte das Bedürfnis, Jonahs Existenz zu beschützen. *Jonah* war anders. Er war *sein* Sohn.

»Offenbar ist er wichtig genug, dass du in die Wildnis reist, ohne uns vorher zu informieren.«

»Trent wusste Bescheid. Und soweit ich weiß, hast du es dir auf Hawaii gut gehen lassen.«

»Ich will trotzdem wissen, wenn krasse Sachen in deinem Leben passieren. Es *ist* krass, oder?«

Ford sah zu Haydens Haus zurück, dann stellte er den Schuh in den langsam schwingenden Reifen. »Ja, es ist ziemlich krass«, stimmte Ford dann zu.

»Gut. Wenn es um krasse Sachen geht, bin ich voll dein Mann«, sagte Sebastian. »Wie spät ist es?«

Ford sah stirnrunzelnd auf die Uhr. »Vier.«

»Gut, ich bin in circa vierundzwanzig Stunden bei dir.«

»Was? Nein, das ist nicht ... Seb ...«

»Keine Chance. Ich bringe deinen Krempel mit. Alter, du hast nicht mal deine Gitarre mitgenommen. Wie willst du so texten?«

»Ich habe mir hier eine Gitarre gekauft.«, sagte Ford. »Ernsthaft. Du musst nicht ...«

»Ich weiß. Aber ich will. Ich will den Jungen sehen und mich davon überzeugen, dass es dir gut geht. Turner sagt, dass irgendein Typ dir da oben das Leben schwer macht. Ich kann ihn fertigmachen, wenn du mal wieder zu nett bist.«

Ford verzog das Gesicht. Die Vorstellung von Sebastian, der Hayden verprügelte, erschien vor seinem inneren Auge.

»Nicht nötig«, sagte Ford. »Ich bin dabei, alle Probleme zu lösen.«

»Davon überzeuge ich mich selbst. Sei froh, dass Trent und die anderen noch im Urlaub sind, sonst würden sie nämlich mitkommen.«

Wenn die ganze Band hier aufschlagen würde, wäre das Chaos perfekt. Er sah es schon vor sich, wie Hayden sich sofort zurück in seinem Schneckenhaus verkroch und alles, was er in den letzten

Tagen erreicht hatte, zu Staub zerfiel. Das konnte er nicht riskieren.

»Wie lange wirst du bleiben?«, fragte Ford. Er könnte im Hotel schlafen. Wenn er ihn aber unter Kontrolle haben wollte, dann wäre es allerdings besser, wenn er bei ihm auf der Ranch wohnte. In seinem Haus gab es kein Gästezimmer, einer von ihnen müsste also auf dem Sofa nächtigen.

Fuck.

»Keine Ahnung. So lange, bis ich mich davon überzeugt habe, dass du dein Leben nicht gegen die Wand fährst.«

Ford dachte an Sebastians Drogenentzug vor zwei Jahren, daran, dass *er* sein Leben gegen die Wand gefahren hatte, während Ford einfach nur Musik gemacht hatte, doch er sprach es nicht aus. Er wollte seinen besten Freund nicht bloßstellen und vielleicht wäre es ganz gut, einen Menschen hier zu haben, der zur Abwechslung mal auf seiner Seite stand.

13. Kapitel

HAYDEN

Sein Wecker klingelte am nächsten Morgen, wie er es immer tat. Hayden sah für einen Moment an die Decke und versuchte herauszufinden, was zur Hölle passiert war, zwischen *ich will nicht, dass Ford mich nach Hause bringt, aber verdammt, ich fühl mich wirklich krank* und *nur ein kurzes Schläfchen, anschließend werde ich zurück zur Ranch fahren und Jonah abholen*.

Hayden richtete sich beim Gedanken an Jonah abrupt auf und warf die Beine über den Bettrand. Er riss die Tür auf und rannte in Jonahs Zimmer, das leer und verlassen dalag. Aus dem Erdgeschoss hörte er Geklapper, weshalb er nach unten eilte. Zum Glück fühlte er sich heute wesentlich besser als gestern. Geradezu neugeboren.

Er schlitterte in die Küche und dort saß Jonah am Tresen und aß Lucky Charms. Vor ihm standen ein Glas Orangensaft und eine Schale mit Äpfeln, während er nebenher einen Film auf einem Handy schaute.

Peggy, das zahme Huhn, war auch schon hier und pickte Krümel direkt neben einem Paar Füßen vom Boden auf.

Am Herd stand Ford. Der Mann war unglaublich, denn bis auf eine Boxershorts und ein knappes, weißes T-Shirt trug er nichts. Ford Benning stand halbnackt in seiner Küche und machte Rührei.

Hayden schluckte, denn Fords Anblick war genauso unerwartet, wie die plötzlichen Gefühle, die er in ihm auslöste. Das Gefühl, dass er nicht hier sein sollte, das von etwas anderem übertüncht wurde. Von einem leisen Wunsch, der nur in seinem Innern flüsterte. Der ihn an den Kuss erinnerte, mitten im strömenden Regen. An Fürsorge. An einen kurzen Augenblick, in dem Hayden nicht derjenige gewesen war, der sich kümmerte, sondern Ford das Ruder übernommen hatte.

Hayden schluckte. Er hatte diesen Mann geküsst. Und jetzt stand er halbnackt in seiner Küche. Das war so weit weg von seiner jetzigen Lebensrealität, dass er … er blinzelte und starrte einfach nur auf diesen perfekt geformten Hintern, bis Ford sich umdrehte und der Zauber sich verflüchtigte, wie der Tau am Morgen.

»Da ist jemand von den Toten auferstanden«, sagte Ford, als wäre alles vollkommen normal. Ein halbnackter Kerl in seiner Küche, ein Frühstück essendes Kind, Hayden, der noch immer die Klamotten von gestern trug, weil er nicht die Energie gehabt hatte, sich auszuziehen.

Was zur Hölle?

»Du siehst es auch, oder? Dieses Huhn ist schon wieder hier. Ich habe noch nicht mal die Haustür aufgemacht. Es ist einfach aufgetaucht.«

»Ja. Sie ist zahm. Und klug.«

Ford starrte ihn einen Moment an, dann schüttelte er den Kopf und deutete auf ein kleines Päckchen auf der Anrichte. »Ich habe Jonahs Lunchpaket schon vorbereitet, du kannst es gern kontrollieren, wenn du willst. Ich schwöre, ich habe keine Pillen oder Mini-Schnäpse reingelegt, den Alkohol habe ich ihm nämlich standesgemäß in einem Flachmann abgefüllt. Willst du Eier mit Speck oder ohne?«

»Ford«, sagte Hayden. Kein anderes Wort kam aus seinem Mund und irgendwie war es auch das einzige, das darin Platz hatte.

Dann wandte er sich ab und ging zu Jonah. Er strich ihm über den Rücken und gab ihm einen Kuss auf die Stirn, ehe er sich ein Glas Orangensaft einschenkte.

»Wir haben gestern bei Abby zu Abend gegessen. Sie hat mir eine Portion für dich mitgegeben, aber du hast geschlafen, also habe ich sie in den Kühlschrank gelegt. Hühnchen mit Reis. Habe echt schon Schlimmeres gegessen.«

Hayden schnaubte. Abby war eine wundervolle Köchin. »Hast

du hier übernachtet?«

»Sicher«, antwortete Ford mit einer Gleichgültigkeit, die Hayden die Haare zu Berge stehen ließ.

»Wo?«

»Auf dem Sofa. Traurig, traurig, dass es viel bequemer aussieht, als es in Wirklichkeit ist.«

»Sie sind nicht zum darauf Schlafen gedacht«, erklärte Hayden tonlos und nahm den Teller mit Ei und Toast entgegen, den Ford ihm reichte.

»Iss was. Du siehst besser aus als gestern. Wie fühlst du dich?«

»Besser«, gab Hayden zurück.

»Gut. Dann iss. Ich bringe Jonah nachher zur Schule, er sagte mir, dass er den Weg kennt.«

»Nicht nötig, ich kann das machen.«

»Ich weiß, dass du das kannst, immerhin machst du es, seit er zur Schule geht. Deshalb ist es auch nicht schlimm, wenn ich heute mal die Arbeit übernehme. Eine gute Gelegenheit, ein bisschen für meine Vaterrolle zu üben.«

»Ford ...«, sagte Hayden. Er hatte die Zähne aufeinandergepresst.

»Was denn? Ich finde, ich habe meine Sache ganz gut gemacht. Ich habe vielleicht noch kein Auto, dass eines Daddys würdig wäre, aber alles andere war gar nicht so schwer, wie ich gedacht habe.«

»Ford.«

»Ich schätze, ich bin ein Naturtalent. Vielleicht liegt es aber auch an Jonah. Wir passen zusammen. Er ist das perfekte Kind für einen Anfängervater wie mich.«

»Ford!«

»Was ist denn?«, fragte Ford ungehalten.

Hayden sah nicht mal in Fords Richtung. Er sah Jonah an, der zwischen ihnen beiden hin und her blickte. Sein Löffel schwebte in der Luft und Hayden wusste, dass Jonah nun Bescheid wusste.

Jonah, gebärdete Hayden und ging langsam auf seinen Sohn zu. Der ließ den Löffel in die Schüssel fallen, Milch spritzte in alle Richtungen, dann sprang er von seinem Hocker. Noch bevor Hayden ihn zu fassen bekam, rannte er durch die Hintertür in den Garten hinaus und verschwand aus Haydens Sichtfeld.

»Großartig, Ford. Wirklich großartig!«

»Was ist denn los, verdammt?«

»Er lernt Lippenlesen. Er hat mitbekommen, was du gesagt hast.«

»Aber ich …«

»Fuck!«, stieß Hayden hervor. »Du hast es versprochen! Du hast gesagt, ich entscheide, wann er es erfährt!«

Ford blinzelte. »Aber …«

»Raus! Verschwinde!«

Ford schüttelte den Kopf. »Er weiß es?«

»Raus!«

Ford starrte Hayden an, bis der sich abwandte und Jonah in den Garten hinaus folgte. Er fühlte sich wie durch die Mangel gedreht. Er war noch nicht ganz fit und die Kopfschmerzen begannen wieder in seinem Kopf zu hämmern. Trotzdem konnte er gerade nur an Jonah denken und daran, dass er Bescheid wusste. Wie reagierte man in so einer Situation? Darauf hatte er sich nie vorbereiten können. So eine Situation gab es nämlich nicht im Handbuch für tolle Väter.

Verdammt.

Jonah saß auf dem Reifen, den Hayden vor Jahren an der alten Eiche aufgehängt und sich dabei beinahe den Hals gebrochen hatte. Unendliche Stunden hatte Jonah in diesem Reifen verbracht, gelacht und sich von Hayden und Millie durch die Luft schwingen lassen.

Jonah sah auf, als Hayden näher kam und sich vor ihm in die Wiese setzte. Es war ihm egal, dass das Gras noch feucht vom Tau war. Peggy kam ihm hinterhergerannt und zupfte an Grashalmen in seiner Nähe.

Jonah. Sprich mit mir.

Jonah presste die Lippen aufeinander und bewegte seine Hände keinen Millimeter. Es war klar, dass er erstmal erwartete, dass Hayden etwas erzählte.

Ich kann verstehen, dass du wütend bist, gebärdete Hayden. *Wäre ich auch. Bin ich auch.*

Jonah sah auf, dann machte er ein paar schnelle Handbewegungen. *Warum bist du wütend?*

Weil es sich gerade so anfühlt, als ob alles durcheinander gerät. Stimmt es? Ist Ford mein Vater?

Hayden seufzte. Was sollte er darauf sagen? *Ich weiß es nicht*, gebärdete er dann.

Warum sagt Ford das dann? Ist er deshalb hergekommen, weil er denkt, dass er mein Vater ist? Wird er mich mitnehmen? Der Ausdruck purer Panik breitete sich auf Jonahs Gesicht aus.

Hayden griff nach vorn und umfasste seine Hand. Mit dem Daumen streichelte er die weiche Haut seines Sohnes. *Niemand wird dich mir jemals wegnehmen, Jonah*, gebärdete Hayden, nachdem er ihn widerstrebend losgelassen hatte. *Deshalb ist Ford nicht hier. Er will dich kennenlernen.*

Aber du bist mein Dad. Warum hast du das behauptet, wenn es gar nicht stimmt?

Hayden holte tief Luft. Das war alles noch viel schwieriger, als er es sich ausgemalt hatte. *Ich habe deine Mutter kennengelernt, als sie schon mit dir schwanger war. Wir haben uns ineinander verliebt und weil sich Ford damals nicht um dich kümmern konnte, haben deine Mom und ich entschieden, dass ich Ford vertrete.* Gott, das war sogar verdammt schwer.

Er war nie hier. Was hatte er denn zu tun?, fragte Jonah. Intelligente Fragen von einem intelligenten Jungen.

Manchmal gibt es Zeiten, in denen es nicht passt, wenn ein Kind Teil deines Lebens wird. Ford hat viel gearbeitet – tut er noch immer. Er hätte sich nicht um dich kümmern können. Nicht, wie ich es konnte, deshalb hat deine Mom entschieden, dass ich dein Dad sein darf.

Er ist kein Dad, wenn er sich nie um mich gekümmert hat, gebärdete Jonah mit trotzigem Gesichtsausdruck. *Er soll wieder weggehen.*

Haydens Herz wurde unwillkürlich schwer bei dem Gedanken daran, dass Ford weggehen und nie wieder zurückkommen könnte. Irgendwann in den letzten Wochen war es passiert, dass er sich möglicherweise ein bisschen an Fords Anwesenheit gewöhnt hatte. Es bedeutete nicht, dass es leichter wurde, immer und immer wieder mit Ford konfrontiert zu werden, oder mit dem, was er ihm vielleicht wegnehmen könnte. Aber … es waren neue Gefühle hinzugekommen. Gefühle, die er eigentlich gar nicht fühlen wollte. Gefühle, die geheime Küsse, die nicht geküsst werden durften, ausgelöst hatten.

Wann war sein schönes Kleinstadtleben eigentlich so verdammt kompliziert geworden?

Was wäre, wenn wir Ford noch eine Chance geben? Wenn wir ihn besser kennenlernen?

Jonah presste die Lippen aufeinander. *Und dann?*

Dann werden wir alle gemeinsam entscheiden, wie wir unser Leben weiterführen wollen.

Jonah schüttelte entschlossen den Kopf. Seine Handbewegungen waren so schnell, dass sogar Hayden Schwierigkeiten damit hatte, ihm zu folgen.

Katies Eltern haben sich getrennt. Sie und ihr Bruder mussten wegziehen. Sie durften gar nichts entscheiden.

Hayden nickte. *Aber bei uns ist es anders. Ford weiß, dass du zu mir gehörst. Er wird nichts tun, um dich mir wegzunehmen. Das*

Einzige, was er will, ist, dich kennenzulernen. Was du magst. Und was nicht. Wie dein Leben in der Schule und auf der Ranch aussieht. Solche Dinge.

Jonah stieß sich vom Boden ab und die Schaukel schwebte ein paarmal hin und her, ehe er ihm antwortete. *Wenn er mich kennt, geht er weg?*

Hayden bezweifelte, dass es so leicht sein würde. Allerdings war Jonah erst sieben und es gab keinen Grund, ihn aufzuregen, deshalb nickte er. *Er lebt in L.A., irgendwann muss er wieder zurückgehen, um zu arbeiten. Aber bis dahin ... macht er so etwas wie Urlaub bei uns.*

Jonah schaukelte weiter und Hayden warf einen Blick auf die Uhr. *Wir müssen so langsam losfahren, wenn du nicht zu spät in die Schule kommen willst.*

Jonah kletterte von der Schaukel. Er ging unglaublich gern in die Schule, die eineinhalb Stunden entfernt lag und speziell auf Kinder mit Hörbehinderungen ausgerichtet war.

Hayden folgte seinem Sohn ins Haus und stellte erleichtert fest, dass Ford nirgendwo zu sehen war. Das Letzte, was er jetzt gebrauchen konnte, war eine weitere Auseinandersetzung.

Er umfasste Jonahs Schulter und hielt ihn zurück. Nachdem der Junge sich zu ihm umgedreht hatte, sagte Hayden: *Du und ich, wir sind ein Team. Nichts wird sich daran ändern. Wir leben in Iron Creek. Auch daran wird sich nichts ändern. Das Einzige, was passieren könnte, ist, dass wir einen neuen Freund in Ford finden. Und wir mögen unsere Freunde, nicht wahr?*

Es dauerte einen Moment, doch dann nickte Jonah. Hayden nickte ebenfalls. *Wir sind nett zu unseren Freunden und geben ihnen das Gefühl, dass wir sie gern in unserem Leben haben. Okay?*

Wieder ein zaghaftes Nicken. Hayden zwang sich zu einem Lächeln, dann zog er Jonah in eine Bärenumarmung. Der Junge wurde weich in seinen Armen und Hayden spürte das Zittern, das durch seinen schmalen Körper ging. Er wünschte wirklich, er hätte Jonahs heile Welt einfach so erhalten können. Eine Welt, in der er keine Mutter mehr hatte. Er hatte bereits einen Verlust überwunden, das würde er kein zweites Mal tun müssen.

———

Nachdem er Jonah in die Schule gebracht hatte, duschte er heiß. Er fühlte sich immer noch etwas schlapp, aber um Welten besser als gestern. Spätestens morgen wäre er wieder vollkommen gesund.

Weil er seit Fords Auftauchen seine Arbeit sträflich vernachlässigt hatte und die nächste Deadline wie ein dickes, fettes Warnzeichen in seinem Kopf leuchtete, setzte er sich an seinen Schreibtisch. Es würde nicht schaden, wenn er ein bisschen weiterarbeitete. Wenn er gut vorankam, konnte er nachher immer noch ein kleines Schläfchen machen.

Er setzte Kopfhörer auf und schaltete seine Lieblingsplaylist mit Instrumentalmusik ein, und dann begann er zu arbeiten. Es dauerte eine ganze Weile, bis er bemerkte, dass zu der Musik in seinen Kopfhörern noch andere Geräusche hinzugekommen waren.

Er hörte auf zu tippen und lauschte, konnte dann aber nichts hören. Vielleicht hatte er sich geirrt. Er arbeitete weiter, bis die Klopfgeräusche ihn ein weiteres Mal aus seiner Konzentration rissen.

Hayden nahm die Kopfhörer ab und verließ sein Büro, auf der Suche nach der Quelle der Geräusche. Sie führten ihn durch die Hintertür auf die Veranda, wo Ford saß. Er beugte sich soeben über den niedrigen Tisch und kritzelte ein paar Noten auf ein zerknülltes Blatt Papier, ehe er sich wieder aufrichtete und mit der rechten Hand gegen den Gitarrenkorpus klopfte. Er zählte, dann schüttelte er den Kopf und strich die Noten wieder durch, die er soeben geschrieben hatte.

»Was tust du hier?«, fragte Hayden.

Ford zuckte zusammen und fuhr zu ihm herum. »Himmel, Maria und Josef, du hast mich zu Tode erschreckt.«

Hayden verschränkte die Arme vor der Brust. »Weil ich mich in meinem eigenen Haus aufhalte? Wirklich, Ford?«

»Du hast eben noch gearbeitet, deshalb …«

»Okay, du warst *in* meinem Haus und hast mich beobachtet?«

Ford verdrehte die Augen. »Ich habe dein Haus durchquert, um auf die Veranda zu kommen.«

»Und warum genau solltest du das tun?«

»Weil ich texten wollte?«

»Ford!«

»Was denn?« Ford klang wirklich irritiert. »Ich muss warten, bis du heute Nachmittag zur Ranch rausfährst. Ich habe kein Auto hier, okay?«

Er hatte ihn gestern mit dem Auto nach Iron Creek zurückgebracht, später Jonah geholt und in seinem Haus geschlafen. Natürlich hatte er keine Möglichkeit gehabt, zurück zur Ranch zu kommen.

»Verstehe«, sagte Hayden.

»Um dich zu beruhigen: Ich werde packen und dann verschwinden. Deine Probleme lösen sich in Luft auf. Gutes Gefühl, oder?« Ford griff nach dem Papier und zerknüllte es ein weiteres Mal, dann warf er es in hohem Bogen von der Veranda. »Du hast gewonnen.« Er griff in die Brusttasche seines rot-schwarzen Flanellhemdes, das ihm wirklich ziemlich gut stand. Er musste es in Iron Creek gekauft haben. Ford hielt ihm einen Zettel entgegen. »Hier. Nimm.«

»Was ist das?«

»Das, was du haben wolltest.«

Ein flaues Gefühl breitete sich in Haydens Brust aus, denn was Ford sagte, fühlte sich überhaupt nicht richtig an. Vielmehr fühlte es sich sehr, sehr falsch an. »Ford …«

»Du bekommst dein Geld und behältst Jonah.«

»Ford …«

Ford schüttelte den Kopf. »Ich hab's verbockt, das weiß ich selbst. Ich habe Jonah und dich draußen im Garten beobachtet. Ich habe keine Ahnung, wovon ihr gesprochen habt, ich weiß nur, dass Jonah wütend ausgesehen hat.« Ford stand auf und ging die Stufen hinunter, sodass er auf dem Rasen stand. »Fühlt sich gut an, oder? Du bekommst alles, was du wolltest. Du hast Jonah und dieses Leben hier. Du hast ein verdammtes Huhn. Du bist Jonahs Dad und ich der Eindringling, der mit eingezogenem Schwanz zurück nach L.A. geht, wie du es prophezeit hast. Jetzt hat alles wieder seine Richtigkeit.«

»So muss es nicht sein«, sagte Hayden. Von all den Auseinandersetzungen, die sie bisher ausgetragen hatten, war diese diejenige, die sein Herz *wirklich* schmerzen ließ. Weil Ford längst nicht mehr nur noch der Feind war. Er war ein Mann. Er war Jonahs Vater. Und ob es Hayden passte oder nicht, er wollte einfach nur ein Teil vom Leben seines Sohnes sein.

Und jetzt gerade warf er alles hin.

»Sag bloß, du hast ein schlechtes Gewissen«, höhnte Ford. »Musst du nicht. Ich hatte von Anfang an keine Chance. Es war immer Hayden, deine ganze verdammte Familie und Jonah gegen Ford.«

»Stopp«, sagte Hayden.

»Nein. Nicht stopp. Fuck!« Ford stieß die Spitze seines Schuhs in den Rasen und gab einen Schrei von sich.

Hayden dachte nicht nach. Er ging die Treppen nach unten, griff nach Fords Arm und zog ihn in eine Umarmung. Fords Körper wurde steif und einen Moment lang befürchtete Hayden, dass er ihn wegstoßen würde, aber das passierte nicht. Stattdessen ließ seine Anspannung nach und er atmete tief durch.

»Genau. Atme. Einatmen. Ausatmen. Es ist okay.«

»Es ist nicht okay«, murmelte Ford an seiner Halsbeuge. Er schlang die Arme um Hayden und trat näher. »Es ist alles scheiße.«

»Wir kriegen das hin, Ford.«

»So hat Jonah nicht ausgesehen.«

Hayden blieb ein paar Herzschläge lang einfach stehen. Er umarmte Ford, atmete seinen Geruch ein und verrückterweise fühlte er sich geborgen, obwohl die Umarmung doch dazu dienen sollte, dass sich Ford besser fühlte. Es fiel ihm schwer, sich von Ford zu lösen und einen Schritt zurückzutreten, trotzdem tat er es. Er wartete, bis Ford ihn ansah, dann machte er eine Geste mit seinen Händen.

Ford runzelte die Stirn. »So gut kann ich die Gebärdensprache noch nicht.«

Hayden lächelte. »Ich weiß. Du musst sie lernen.«

»Aber …«

»Du kannst nicht weggehen. Wenn du gehst, dann bist du für Jonah gestorben. Wenn du wirklich, *wirklich* Interesse an ihm hast und ihm ein Vater sein willst, dann musst du auch bleiben, wenn es unbequem wird. Das ist eine Superpower, die jedes Elternteil hat.«

Ford legte den Kopf schräg. »Ich weiß ja nicht, ob ich das gerade richtig verstehe, aber du willst, dass ich hierbleibe? Nachdem du wochenlang alles getan hast, damit ich von hier verschwinde, willst du jetzt, dass ich bleibe?«

»Ich weiß. Das klingt auch für mich völlig abgedreht«, sagte Hayden. Er verdrehte die Augen und stieß Ford mit dem Zeigefinger gegen die Brust. »Bilde dir bloß nichts darauf ein. Ich denke dabei nur an Jonah. Er denkt, dass du ihn nicht wolltest und dich deshalb nicht um ihn gekümmert hast.«

»So war es nicht«, erwiderte Ford.

»Beweise ihm, dass er dir wichtig ist.«
»Indem ich bleibe?«
»Indem du bleibst.«

Ford hob die Hand und legte sie an Haydens Stirn. »Ich hätte gewettet, dass du noch Fieber hast. Mindestens sechsundvierzig Grad. Sonst würdest du solche Sachen doch nicht sagen.«

Hayden schob Fords Hand zur Seite und irgendwie passierte es, dass ihre Finger sich ineinander verschlangen. Nur einen Augenblick, der ging vorüber und dann standen sie einander wieder gegenüber. »Wirst du bleiben?«

»Okay. Ich bleibe«, erwiderte Ford. Der Blick aus seinen Augen war erstaunt, ungläubig, aber auch entschlossen.

Er würde bleiben.

F O R D

Dann war er halt ein Feigling.

Natürlich hatte er gesehen, wie Hayden in seinem Truck vorgefahren war. Natürlich hatte er Jonah, Michael und Scotty gehört, die lärmend über den Hof gerannt waren. Natürlich konnte er sehr gut sehen, dass sie soeben ihre Pferde für die heutige Tour bereit machten. Der Spalt in den Gardinen reichte aus, um ihm volles Blickfeld zu geben.

Aber er konnte einfach nicht. Er hatte Angst vor dem, was ihn erwartete. Vor Jonah und seinem Schweigen, das nicht daher rührte, weil er nicht sprechen konnte, sondern daher, dass er es nicht *wollte*.

Egal, was Hayden gesagt hatte, Jonah war immer noch ein eigenständiger Mensch, der eigene Entscheidungen traf. Vielleicht hatte er sich dazu entschieden, Ford keine Chance zu geben, weil er wusste, dass er ohne ihn besser dran war.

Ford könnte es ihm nicht mal verdenken, denn es war ja so. Hayden war der perfekte Vater. Mit ihm hatte er alles, was er brauchte. Es gab keinen Grund, Ford in sein Leben zu holen.

Das Klopfen an der Tür ließ ihn aufschrecken. Er war versucht, so zu tun, als wäre er nicht zu Hause, aber da sein Motorrad vor der Tür stand, war das wohl eine dämliche Ausrede. Natürlich hätte er auch einfach mit dem Uber die Flucht ergreifen können, das ihn aus Iron Creek auf die Ranch gebracht hatte. Ursprünglich hatte er nämlich entschieden, am Nachmittag mit Hayden zur Ranch zurückzukehren, hatte es sich nach ihrem Gespräch aber anders überlegt. Er brauchte einen Moment für sich, etwas Abstand, Zeit nachzudenken.

Die Transformation zum Feigling abzuschließen.

»Ford, ich weiß, dass du da bist, mach auf«, rief Hayden durch die Tür.

Ford holte tief Luft, dann tat er, worum Hayden ihn gebeten hatte, und öffnete die Tür.

»Hi.«

»Ich kann nicht«, sagte er unumwunden.

Hayden legte den Kopf schief. »Du kannst dir nicht deine Stiefel anziehen? Du kannst deinen Hut nicht finden? Du kannst nicht an die Sonne, weil du dich dann in einen glitzernden Vampir verwandelst?«

Ford schluckte. »Weißt du, der witzige Part gehört eigentlich mir.«

»Gerade siehst du nicht besonders witzig aus, deshalb dachte ich, ich springe ein. Ich bin mir sicher, dass du deinen Humor bald wiederfindest, um mich damit in den Wahnsinn zu treiben.«

»Was, wenn er immer noch will, dass ich weggehe?«

Hayden zuckte mit den Schultern. »Wir werden es nur herausfinden, wenn wir es versuchen, oder?«

»Du willst mich also wirklich den Löwen zum Fraß vorwerfen?«

»Ich will, dass du mal kurz in deiner Hose nach deinen Eiern suchst.«

Ford zog eine Grimasse. »Eierwitze gehören immer noch mir.«

»Tja. Ich hab den geklaut. Der war gut, oder?«

Die Leichtigkeit ihrer Unterhaltung nahm ihm ein bisschen den Druck von der Brust. Das Atmen ging etwas leichter. Ein wenig.

»Er war gut«, gab Ford zu.

»Okay. Ich werde mich jetzt umdrehen und mich auf deine Veranda stellen, damit du deine Hose kontrollieren kannst. Wenn du das erledigt hast, kommst du mit. Ich habe Nero bereits für dich gesattelt.«

»Ich bin nicht gut in so Sachen.«

»Du meinst, wenn du sie nicht mit Geld lösen kannst?«

»Streng genommen, habe ich dieses Problem auch mit Geld

gelöst«, sagte Ford und sah dabei zu, wie sich Haydens Wangen röteten. Sie hatten nicht mehr über den Scheck gesprochen, den Ford Hayden gegeben hatte. Eine halbe Million Dollar. War das genug, um ihn für die letzten sieben Jahre zu entschädigen? Er hatte keine Ahnung.

Fakt war, dass es ihm vollkommen egal war, wer wie viel Geld von ihm bekam. Er war reich und Hayden war es nicht. Es war mehr der Gedanke dahinter, der ihn störte. Dass Hayden doch auch nur einer dieser Menschen war, die einen Vorteil aus seinem Vermögen schlugen. Es wollte nicht recht zu dem passen, was er bisher von ihm kennengelernt hatte.

»Okay, ich komme«, sagte Ford, um das Schweigen, das sich zwischen ihnen ausdehnte, zu unterbrechen. »Was soll ich tun? Was soll ich sagen?«

»Sei einfach so nervtötend wie immer«, schlug Hayden wenig hilfreich vor.

»Haha. Es ist mir auch immer wieder ein Vergnügen, Zeit mit dir zu verbringen.«

»Dachte ich mir schon.« Hayden grinste ihn an.

Gemeinsam gingen sie über den Hof auf die gesattelten Pferde zu. Ford spürte, dass Jonah in seine Richtung blickte. Er winkte ihm zu, doch Jonah sah gleich wieder weg und beschäftigte sich mit seinem Pferd.

»Lächeln, Ford. Sagen die das nicht immer zu euch Show-Menschen?«

»Denkst du, ich habe jemals getan, was jemand zu mir gesagt hat?«

»Heute solltest du es tun«, erwiderte Hayden. »Steig auf.«

Ford stellte wie selbstverständlich sein Bein in Haydens Hände, stützte sich auf seiner Schulter ab, atmete seinen Geruch ein – und wollte ihn sofort wieder küssen. Verdammt.

Hayden hielt inne, als hätte Ford etwas gesagt, was definitiv nicht der Fall war. Er hatte nichts gesagt. Er hatte nur ... gefühlt.

»Konzentration«, sagte Hayden und durchbrach den Moment.

Klang seine Stimme rauer als sonst?

Ford schwang sich auf den Rücken des Pferdes und griff nach den Zügeln. Auch nach mehreren Ausritten hatte er sich noch nicht an das schwankende Gefühl gewöhnt, das er empfand, wenn er auf dem riesigen Tier saß. Er fragte sich, ob es nicht viel praktischer und zeitsparender wäre, diese blöden Zäune mit einem Quad abzufahren. Aber dann könnte er keine Zeit mit Jonah verbringen, also schwieg er.

Ford sah dabei zu, wie die anderen auf ihre Pferde stiegen und gemeinsam ritten sie vom Hof. Abby erwartete noch den Besuch von Monroe, der sich einen Abszess bei einem der Tiere ansehen wollte, weshalb sie heute nicht mitkam.

Ihre kleine Gruppe setzte sich in Bewegung und es dauerte nicht lange, bis sie das offene Weideland, das zur Ranch gehörte, erreichten. Die Pferde schlugen mit ihren Schweifen, um die Fliegen abzuwehren und sie bewegten sich sicher über ausgetretene Pfade.

Hayden ritt wie immer dicht neben Jonah und sprach fast kein Wort. Ford wusste nicht, ob er das tat, weil er sich so sehr auf Jonah konzentrierte, oder weil er ohnehin einen festgesteckten Wordcount hatte, den er heute schon überschritten hatte.

Jonah beachtete ihn nicht weiter, dafür unterhielten sich Michael und Scotty vollkommen sorglos mit ihm. Ford war froh über die Ablenkung.

Sie erklommen einen sanften Hügel und ritten ihn auf der anderen Seite wieder hinunter. Ford entdeckte etwas entfernt von ihnen die Herde, die in einigen Tagen mit Justice in die Berge gehen würde. Die Tiere waren von den anderen separiert worden, da nur gesunde und kräftige Rinder ins Hinterland mitkommen konnten.

»Wir checken heute nur den Zaun und ob mit den Tieren alles

okay ist«, sagte Hayden über die Schulter hinweg zu Ford.

Hayden hatte ihn vorher noch nie darüber informiert, was sie tun würden, weshalb er es als Geste sah, ihn zu integrieren.

»Okay«, antwortete Ford, weil das vermutlich von ihm verlangt wurde. »Sag einfach Bescheid, wenn du Hilfe brauchst beim ... bei was auch immer.«

Hayden grinste ihn an und Fords Magen machte einen sanften Hüpfer. Okay, dieses Grinsen war aber auch niedlich.

Sie erreichten die Weide und Hayden teilte Michael, Scotty und Ford gerade in einer Gruppe ein, als er mitten im Satz verstummte.

Ford benötigte einen Moment, bis er bemerkte, dass Jonah zitterte. Er saß auf seinem Pferd und zitterte so heftig, wie Ford es noch nie gesehen hatte.

Hayden reagierte pfeilschnell. Er stieg aus den Steigbügeln und kletterte auf das andere Pferd, während er Jonahs bebenden Körper sicher mit seinen Armen umschlungen hielt.

»Hilf mir«, sagte er, ohne zu Ford zurückzusehen.

Ford sprang aus dem Sattel und eilte zu Hayden, der Goose in der Zwischenzeit zum Stehen gebracht hatte. Hayden ließ den zuckenden Jungen langsam in Fords Arme gleiten, und dann waren sie plötzlich alle zusammen auf dem Boden. Hayden war über Jonah gebeugt, wisperte ihm leise Worte zu, die er nicht zu hören schien und strich ihm sanft über die Wangen.

»Wir müssen etwas tun«, sagte Ford, weil er einfach nicht glauben konnte, wie untätig Hayden da saß.

»Wir können nur warten«, erklärte Hayden ruhig. Er warf Ford einen kurzen Blick zu. Seine Augen waren sturmumwölkt und tief, seine Miene ernster als je zuvor.

»Ich reite zurück zur Ranch und hole Mom«, rief Michael, ehe er auf seinem Pferd an ihnen vorbeijagte und dann hinter dem Hügel verschwand, über den sie eben noch geritten waren. Nur eine Staubwolke blieb hinter ihm zurück.

Hayden sah auf seine Armbanduhr, dann fluchte er leise.

»Was?«, flüsterte Ford besorgt. Er betrachtete seinen Sohn, dessen Haut gespenstisch weiß leuchtete und von Schweiß bedeckt war. Seine Augen hielt er geschlossen, sein Körper zitterte noch immer. Epilepsie war scheiße.

»Hol meine Tasche vom Sattel«, befahl Hayden.

»Was?«

»Hol die Tasche!«, rief Hayden nun nachdrücklicher. »Die kleine, braune.«

Ford sprang auf die Füße und eilte zu Haydens Pferd, das in der Nähe stehengeblieben war und graste. Er griff nach der Tasche und rannte zurück. »Die?«, fragte er atemlos. Er war nicht außer Atem von der Anstrengung, eher vor Aufregung.

»Ja. Mach sie auf«, sagte Hayden.

Ford folgte seinem Befehl. Darin fand er eine kleine Flasche, die er hervorzog. Hayden nahm sie ihm wortlos aus der Hand, öffnete den Deckel, dann gab er einen Sprühstoß in jedes Nasenloch.

»Alles okay, mein Schatz. Wir kriegen das hin«, murmelte Hayden leise und streichelte wieder über Jonahs Wange.

Ford kam es wie eine Ewigkeit vor, bis Jonahs Körper endlich aufhörte, sich zu verkrampfen und schließlich ganz ruhig liegen blieb.

Ford starrte Jonah an und bemerkte ihre Ankunft erst, als Abby ihn zur Seite schob.

»Leg ihn auf den Rücksitz. Michael, Scotty, ihr nehmt die Pferde mit, Hayden und Ford kommen mit mir.«

Ford erhob sich und folgte Hayden vollkommen betäubt, der den regungslosen Jonah zu Abbys Truck trug und ihn auf den Rücksitz legte, ehe er zu ihm nach hinten kletterte.

»Beifahrersitz, Ford. Los, mach schon«, sagte Abby und schob ihn in die richtige Richtung. Ford stieg ein und drehte sich sofort zu Jonah und Hayden um. Er seufzte leise auf, als er sah, wie sich

Jonah regte, und versuchte, sich aufzusetzen. Hayden schüttelte den Kopf und legte ihm die Hand auf die Schulter, ehe er einige Gebärden machte.

Jonah sank wieder zurück und schloss die Augen.

»Er ist okay, Ford. Entspann dich«, sagte Abby, während sie den Wagen den unwegsamen Pfad entlang lenkte.

Ford sagte nichts. Er konnte nichts sagen. In seinem Wortschatz waren keine Worte mehr abgespeichert. Sie waren gelöscht worden, während ihn das Grauen, seinen Sohn auf diese Weise zu sehen, umfangen hielt.

»Er ist okay«, sagte nun auch Hayden.

Sie schwiegen auf der gesamten Rückfahrt. Als sie die Ranch erreichten, trug Hayden Jonah zu seinem Truck.

»Ich komme mit«, sagte Ford und folgte Hayden entschlossen.

»Ford, ich kann wirklich nicht …«

»Ich fahre und du bleibst bei ihm.«

Hayden erwiderte seinen Blick, dann seufzte und nickte er. »Also gut.«

Mit zitternden Händen legte Ford gleich darauf den Gang ein und fuhr los. Er sah alle paar Sekunden in den Rückspiegel, während er durch die verlassene Gegend Montanas über die einzige staubige Straße fuhr, die zu der Bancroft-Ranch führte. Hier draußen gab es nichts. Wirklich gar nichts.

»Was hast du ihm gegeben?«, fragte er irgendwann.

»Ein Beruhigungsmittel. Deshalb ist er jetzt auch müde. Er braucht es nicht immer, aber das war ein langer Anfall.«

»Warum?«

Hayden seufzte. »Das weiß niemand, Ford. Es gibt kein Muster, nach dem diese Anfälle stattfinden. Vielleicht hat er letzte Nacht schlecht geschlafen, vielleicht …«

»Vielleicht hat er sich wegen mir zu sehr aufgeregt?«

»Nein …« Hayden verstummte und Ford wusste genau, dass

es möglich war, dass die Situation von heute Morgen schuld an Jonahs jetziger Verfassung war.

»Fuck ...«

»Du kannst nichts dafür, okay? Niemand kann etwas dafür. Diese Anfälle passieren.«

»Ich habe den Schock meines Lebens bekommen.«

»Ich weiß.« Die Nachsichtigkeit in Haydens Stimme war neu. Neu und schön. Wie eine beruhigende Umarmung. *Es wird alles gut.* Nur dass nicht alles gut werden würde, denn sein Sohn lag auf der Rückbank, vollgepumpt mit irgendwelchen Beruhigungsmitteln, eingeschlossen in einer stillen Welt. Was war daran bitte gut?

Eine halbe Stunde später fuhr Ford in Haydens Auffahrt. Er half ihm, Jonah unbeschadet aus dem Auto zu holen und gemeinsam trugen sie ihn nach oben. Ganz vorsichtig legte Hayden ihn in sein Bett, zog ihm die staubige Hose aus und deckte ihn zu, dann trat er an eine Kommode und schaltete eine Art Walkie-Talkie ein.

»Komm mit.«

Ford warf noch einen letzten Blick auf seinen schlafenden Sohn, dann folgte er Hayden aus dem Zimmer. Erst als sie das Erdgeschoss erreichten, spürte Ford, wie seine Hände zitterten und sich seine Beine anfühlten, als würden sie jeden Moment unter ihm nachgeben.

»Hey, Ford ...«

Ford schüttelte den Kopf. »Ich muss raus.«

»Ford, es ist ganz normal, dass du dich gerade nicht gut fühlst. Wirklich. Das wird vergehen, wenn du ...«

Ford schüttelte wieder den Kopf und wich weiter vor Hayden zurück, bis er die Haustür in seinem Rücken spürte. Er schlang die Hand um den Türknauf und schluckte gegen die raue Hitze in seinem Hals an. »Ich kann das nicht, Hayden. Das kann ich nicht.«

HAYDEN

Ford war mit ihm hergekommen, sein Motorrad stand auf der Ranch. Wenn er also nicht wieder ein Uber genommen hatte, wie am Mittag, dann musste er noch irgendwo in Iron Creek sein.

Allein. Durcheinander. Vollkommen durch den Wind.

Hayden wählte ein weiteres Mal die Nummer von Fords Handy, doch ein weiteres Mal ging nur die Mailbox dran. Hayden fluchte und beendete den Anruf, dann atmete er tief durch.

Er hatte den Schock über Jonahs Anfall selbst noch nicht ganz verdaut, weshalb er unruhig und getrieben durch sein Wohnzimmer stapfte. Er wusste immer, was zu tun war. Jonahs Anfall war zwar lang gewesen, aber es ging ihm gut. Ging es ihm immer. Doch Hayden erinnerte sich sehr gut an die Zeit von Jonahs ersten Anfällen. Wie hilflos er sich gefühlt hatte. Wie er jedes Mal vor Sorge beinahe umgekommen war.

Es war auch heute noch nicht leicht. Diese Anfälle waren verdammt beängstigend. Aber er besuchte jedes Jahr einen Kurs für Erste-Hilfe bei Kindern. Er war in verschiedenen Elternforen aktiv, in denen sie sich über den Umgang mit Epilepsie bei ihren Kindern austauschten, er kannte andere Familien mit epilepsiekranken Kindern. Die Krankheit war ein Teil seines Lebens geworden, genauso wie Jonahs Gehörlosigkeit und die Kommunikation in Gebärdensprache. Und so schrecklich es sich anhörte: Die Routine gab ihm Sicherheit. Michael hatte fantastisch reagiert, indem er gleich zur Ranch zurückgeritten war, um Abby zu holen.

Abby hatte ihm mit ihrer pragmatischen Art Sicherheit gegeben. Und auch Ford hatte ihm geholfen. Trotzdem konnte Hayden verstehen, wie er sich gerade fühlen musste. Als ob er dieser Sache nicht gewachsen war, als ob es zu viel wäre und er zu wenig.

Hayden seufzte, dann wählte er Monroes Nummer.

»Geht es ihm gut?«, fragte sein Bruder sofort, als er den Anruf entgegennahm.

»Er schläft. Alles wie immer.«

»Konntest du ihn halten?«

»Ja. Ihm ist nichts passiert.«

»Gut.«

»Ja.«

Hayden wanderte ans Fenster, von dem aus er die Straße vor seinem Haus überblicken konnte. Keine Spur von Ford.

»Du klingst komisch. Soll ich vorbeikommen?«

»Ich …« Hayden fuhr sich mit der Hand über das Gesicht, dann holte er tief Luft. »Nur wenn du Zeit hast.«

»Ich habe immer Zeit, Hayden«, erwiderte Monroe, dann unterbrach er den Anruf.

Nur wenige Minuten später klopfte er an Haydens Haustür und trat ein. Hayden hatte es sich, zusammen mit dem WalkieTalkie, in dem ein Bildschirm integriert war, von dem aus er Jonah beobachten konnte, auf der hinteren Veranda bequem gemacht.

Die Luft roch süßlich und gleichzeitig herb. Grillen zirpten in der Dunkelheit und Monroes Schritte waren beruhigend.

»Hey«, sagte er und ließ sich auf einem der anderen Stühle nieder. »Was kann ich tun?«

»Keine Ahnung. Nichts?«

Monroe lächelte. »Das mache ich am liebsten. Die anderen warten auf deine Antwort.«

Hayden wusste genau, was sein Bruder meinte. Ash, Abby, Colton und auch Taylor hatten sich bereits nach Jonahs Befinden erkundigt. Keinem von ihnen hatte er geantwortet, weil seine Gedanken nur um Ford kreisten, der irgendwo war.

»Ich schreibe ihnen nachher zurück«, sagte Hayden.

Monroe legte den Kopf schief. »Was ist los? Das ist nicht alles, oder? Was ist noch passiert?«

»Nichts ... nichts. Der Anfall reicht vollkommen aus«, sagte Hayden leise. Dann seufzte er auf. »Ford ist weg.«

Monroes Gesicht leuchtete auf und er nickte. »Aha. Ford.«

Hayden schnaubte. »Du musst es gar nicht so sagen.«

»Ach ja? Wie denn?«

»So komisch. Zweideutig.«

»Du sitzt hier wie ein Häufchen Elend. Das ist auch nach anderen Anfällen schon der Fall gewesen. Aber nie hast du so besorgt ausgesehen.«

»Das stimmt nicht«, widersprach Hayden, weil ihm nicht gefiel, was Monroe mit seinen Worten implizierte.

Monroe nickte. »Na gut, das war in den letzten Monaten nicht mehr der Fall. Du kommst gut mit den Anfällen zurecht. Aber jetzt siehst du aus wie durch die Mangel gedreht.«

Hayden seufzte erneut und fuhr sich mit den Händen über das Gesicht. Er war müde und erschöpft und ... besorgt. »Es war sein erster Anfall. Und es war ein schwerer Anfall. Es ist vollkommen normal, dass ihn das mitnimmt.«

»Er hat euch hergefahren?«

»Ja.«

»Und wo ist er dann hin?«

»Ich habe keine Ahnung.«

Monroe lachte leise. »Komm schon, Hayden. Was ist los mit dir?« Er zückte sein Handy, wählte eine Nummer und wartete darauf, dass der Anruf entgegengenommen wurde.

»Hey. Ich bin gerade bei Hayden und ... ja, Jonah geht es soweit gut. Er schläft jetzt ... Ja. Hayden geht es auch gut. Ach ... warte, ich stell dich auf Lautsprecher.«

Hayden verdrehte die Augen, als er die Geräuschkulisse der Bar wahrnahm. Monroe hatte Taylor angerufen.

»Sag mal ... hast du zufällig einen Gast, der etwas durch den Wind ist?«

»Du kannst dir nicht vorstellen, wie froh ich bin, dass du angerufen hast. Er hat mir verboten, Hayden Bescheid zu geben, dass er hier ist. Und jetzt sitzt er an einem Tisch in einer Ecke und starrt seinen Bourbon an.«

»Wie viele Bourbons hat er denn schon angestarrt?«, fragte Hayden.

»Nur diesen einen.« Taylor seufzte auf. »Er ist nicht mal ein besonders guter Kunde. Kannst du ihn bitte abholen?«

»Gib ihn mir«, sagte Hayden, schnappte sich Monroes Handy und schaltete den Lautsprecher aus.

»Hey!«, protestierte Monroe. »Jetzt wird es doch gerade erst spannend!«

Hayden ignorierte seinen Bruder, ging die Treppen der Veranda nach unten und über den Rasen, bis er die knorrige Eiche mit der Reifenschaukel erreichte.

»Ich hätte es wissen müssen, dass dein Bruder mir in den Rücken fällt. Traue keinem Bancroft.«

»Eigentlich hat mein anderer Bruder Taylor angerufen. Er hatte den Anruf auf Lautsprecher, deshalb habe ich alles mitbekommen. Streng genommen hat Taylor sich also an deine Bitte gehalten.«

»Und trotzdem telefonieren wir jetzt miteinander. Geht es Jonah gut?«

»Ja. Er schläft noch immer.«

Ford schwieg am anderen Ende der Leitung.

»Ford?«

»Hmm?«

»Komm her.«

»Ich kann nicht, Hayden. Du hattest von Anfang an recht. Ich bin für so etwas nicht gemacht.«

»Das ist Blödsinn, und das weißt du auch«, erwiderte Hayden. Er fuhr mit der Hand über die Rinde der Eiche. »Weißt du, für mich ist das auch schwer. Und als du uns vorhin nach Hause gefahren hast, da … da hat es sich für mich leichter angefühlt, weil ich das erste Mal seit Millies Tod nicht allein war. Es war noch jemand anderes bei mir, jemand, auf den ich mich verlassen konnte. Du, Ford. Du warst da. Ohne Fragen zu stellen. Du warst einfach da und du glaubst nicht, wie wertvoll das war.«

»Ich hab mir vor Angst fast in die Hosen gemacht«, erwiderte Ford.

Hayden lachte auf und die Tränen, die unbemerkt in seinen Augen aufgestiegen waren, fingen an zu brennen. »Das hätte ich gern gesehen.«

»Das glaube ich dir. Damit hättest du einen weiteren Punkt auf deiner Negativliste über mich. *Ford ist nicht stubenrein.*«

Einen Augenblick schwiegen sie beide, nur die Grillen zirpten in seinem Garten und die Geräusche aus der Bar drangen durch den Hörer zu ihm.

»Ford, kannst du bitte zurückkommen?«

Ford ließ sich Zeit mit seiner Antwort, ehe er sagte: »Okay.«

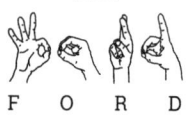

Das Huhn saß wieder auf einem der Stühle auf Haydens Veranda. Es schlief und Ford starrte es einen Moment einfach nur an. Das hier war Haydens Leben. Mit Jonah, seiner Familie, der Ranch, dem Zoo im Garten und dem Huhn auf der Veranda.

Und eine Weile lang hatte er angenommen, er hätte das verdammte Recht, dort ebenfalls einen Platz zu bekommen, weil er Jonahs Vater war.

Aber dem war nicht so. Er hatte kein Recht, nur weil Jonah und er sich ihre DNA teilten. Um ein Teil von Haydens Leben werden zu können, musste er größer werden. Stärker.

Und was tat er?

Er war ein verdammter Feigling, verkroch sich in einer Bar und bemitleidete sich selbst. Er hatte Haydens Worte vorhin nicht verdient. Er war Hayden keine Hilfe gewesen. Wenn er nicht gewesen wäre, dann hätte Jonah überhaupt nicht so viel Stress gehabt. Er hätte vielleicht nicht mal einen Anfall gehabt.

»Wenn du sie weiter anstarrst, wird sie Geld von dir verlangen. Oder Körner, die sind in ihrem Universum mehr wert«, sagte Hayden und riss Ford aus seinen Gedanken.

Er war so in seine Überlegungen vertieft gewesen, dass er nicht mal bemerkt hatte, dass Hayden die Haustür geöffnet hatte und jetzt im Türrahmen lehnte. Locker die Hände in den Hosentaschen versenkt, sah er ihn eingehend an. »Kommst du rein?«

»Ja«, sagte Ford. Er folgte Hayden ins Innere des Hauses. Im Kamin brannte ein Feuer und schmeichelnde Wärme umgab ihn, als er sich auf das Sofa setzte. Hayden kam zu ihm und reichte ihm eine Flasche Bier, dann ließ er sich neben ihn sinken und zog ein Bein an.

Ford betrachtete Hayden. Erst jetzt, wo er sich die Zeit dazu nahm, bemerkte er, wie blass Hayden war. Seine Hand zitterte ein klein wenig, als er die Flasche anhob und einen Schluck trank.

»Du bist nicht so cool, wie du tust, oder?« Das hatte er nicht sagen wollen. Das waren nur einfach die ersten Worte, die ihm in den Kopf und von dort aus direkt in den Mund gekommen waren.

»Ich bin sogar ziemlich cool«, widersprach Hayden.

Das Feuer knackte und kleine Glutfunken stiegen in die Höhe.

»Ich war nicht cool. Ich … keine Ahnung. Ich wusste zwar von seiner Epilepsie, aber ich hatte keine Ahnung, wie es sein würde, wenn er wirklich mal einen Anfall hat.«

»Es ist schwer, sich das vorzustellen. Jeder Anfall ist anders. Manchmal sind es nur kleine Zuckungen – ich nenne sie gern

Kurzschlüsse – und manchmal ist es ein richtiger Stromausfall.«

Ford setzte sich etwas bequemer hin, drehte sich leicht in Haydens Richtung und sah eine Weile in die Flammen. »Hast du Angst vor einem nächsten Mal? Ich glaube, ich kann nicht mehr aufhören, daran zu denken.«

»Es wird ein nächstes Mal geben, Ford. Es gibt Epilepsien im Kindesalter, die irgendwann ausheilen. Darauf hoffe ich. Aber es kann auch sein, dass er sein Leben lang damit zurechtkommen muss, dass er immer wieder Anfälle hat.«

»Ich kann so nicht allein sein mit ihm. Nie. Was, wenn ihm etwas passiert, wenn er bei mir ist?«

»Ich kann es dir beibringen. Es ist nicht schwer. Ich musste es ja auch irgendwann einmal lernen. Jeder kann es.«

Ford senkte den Blick und betrachtete die Flasche in seiner Hand. Er wusste nicht, was er darauf sagen sollte. Er war noch nie wirklich für einen anderen Menschen verantwortlich gewesen. Seine Eltern waren auch nicht gerade ein gutes Vorbild gewesen. Er wusste nicht, was Eltern taten. Er wusste nur, was Hayden getan hatte und das hatte verdammt schwierig ausgesehen.

Hayden schob seinen Fuß ein Stück zur Seite und stupste Ford sanft an. »Dieser Tag ist bald zu Ende, dann kommt ein neuer. Wir machen einfach weiter.«

»So lebst du?«

»So leben wir«, bestätigte Hayden.

»Was hast du alles aufgegeben, um hier bei Jonah sein zu können, Hayden?«, fragte Ford. Er war nicht Jonahs Vater. Trotzdem hatte er ihn wie sein eigenes Kind großgezogen. Zu welchem Preis?

»Und du?«, fragte Hayden zurück.

Ford runzelte die Stirn. »Was meinst du?«

»Ich meine deine vierzehn Kinder. Wie kommt es, dass du Vater von vierzehn Kindern bist?«

»Darüber spreche ich nicht«, erwiderte Ford. Mit niemandem,

außer mit Turner. Über die Jahre hatte er sich daran gewöhnt, von den Menschen verurteilt zu werden. Es war ihm gleichgültig.

»Und warum nicht?«

»Weil es nichts ändert.«

Hayden neigte sich etwas weiter zu ihm. »Und wenn doch?«

»Sag bloß, du bist dann plötzlich nett zu mir, wenn ich etwas aus dem Nähkästchen plaudere«, neckte Ford Hayden. Ihre Gesichter waren einander zugeneigt, genauso wie ihre Körper. Haydens Augen glänzten warm, er roch gut, einnehmend und männlich.

Fords Fingerspitzen kribbelten, als er die Hand hob und sie an Haydens Wange legte. Der blinzelte kurz, dann sah er ihm aufmerksam in die Augen.

»Ist das okay?«, fragte Ford flüsternd.

»Keine Ahnung«, gab Hayden zurück.

»Ich weiß es auch nicht. Ich weiß gar nichts mehr.«

Hayden neigte sich ihm weiter entgegen und Ford überbrückte den letzten Abstand, bis ihre Lippen wieder aufeinanderlagen.

Endlich.

Der Kuss fühlte sich an wie die Reise in ein neues Land und gleichzeitig wie altbekanntes Terrain. Wie die Lieblingsdecke und Kuschelsocken, wie heiße Schokolade und Kaminfeuer. Wie Hayden und Ford.

Ford rutschte näher, öffnete seinen Mund und Haydens Zunge drang in ihn ein. Er gab ein leises Seufzen von sich, das Fords Verlangen anstachelte. Er ließ seine Hand in Haydens Nacken gleiten und gemeinsam sanken sie auf das Sofa hinunter. Tastend, ohne den Kuss zu unterbrechen, stellten sie die Bierflaschen zur Seite. Ford zog die Beine an und ließ sie etwas auseinandergleiten, sodass Hayden vollkommen selbstverständlich dazwischen sank.

Er lag auf ihm und sein Gewicht fühlte sich einfach nur perfekt an.

Sie küssten sich weiter, keinen Moment verloren ihre Lippen

den Kontakt zueinander. Hayden neckte ihn mit langsamen Zungenschlägen, die sich abwechselten mit zielgerichteten Liebkosungen. Der ständige Wechsel steigerte Fords Verlangen immer mehr. Sein Schwanz war längst hart, genauso wie Haydens.

Was zum Teufel passierte hier?

»Stopp«, flüsterte Hayden plötzlich und löste ihre Münder voneinander.

»Das ist nicht gut. Wenn du Stopp sagst, dann meinst du das auch, oder?«

Hayden sah auf ihn herunter. Er verschob seinen Körper nur wenige Millimeter, doch die Reibung reichte aus, um Ford aufstöhnen zu lassen. »Du willst mich quälen?«

»Ich will vernünftig sein.«

»Das bist du. Mich zu küssen, ist eine absolut vernünftige Entscheidung.«

Hayden lächelte und fuhr mit den Fingern in Fords Haare. Die Berührung war unglaublich intim und Ford schloss die Augen.

»Wir haben Anwälte. Wir stellen Forderungen. Wir haben keinen Vaterschaftstest. Wir haben Jonah, der – hoffentlich – dort oben schläft. Wir sollten nicht miteinander rummachen.«

»Rummachen. Das klingt super-verboten, und du musst wissen, dass ich bei super-verbotenen Sachen immer an erster Stelle stehe.«

»Das dachte ich mir bereits«, erwiderte Hayden. Sein Blick klebte auf Fords Lippen. »Du bedeutest Schwierigkeiten«, flüsterte er.

»Und trotzdem willst du mich nochmal küssen«, stellte er fest.

»Nein. Ich bin vernünftig. Schon vergessen?«

»Du liegst auf mir, hast einen Ständer und starrst mich an, als wäre ich der letzte Mensch auf Erden. Du bist nicht vernünftig.«

»Ich wäre es aber gern.«

Ford lachte auf. Mit einer schnellen Bewegung drehte er sie beide herum, sodass er jetzt auf Hayden lag. Ihre harten Schwänze schmiegten sich aneinander, doch sie beide trugen noch Hosen. Viel zu viel Kleidung.

»Und jetzt?«, fragte Ford.

»Keine Ahnung«, erwiderte Hayden. Seine Augen funkelten und seine Lippen umspielte ein Lächeln, das er noch nicht oft an ihm gesehen hatte. Er war entspannt – trotz der Ereignisse des Tages.

»Du könntest sagen: *Küss mich nochmal, so wie gerade eben.*«

»Das geht nicht, denn da habe ich dich geküsst.«

Ford schmunzelte. »Stimmt.« Er beugte sich zu Hayden hinunter und dieses Mal küsste er ihn. Die Berührung ging tief, ihre Zungen umschlangen sich, ihre Münder waren offen und ihr Atem ging schwer. »Sag: *So wie du hat mich noch kein anderer Mann geküsst. Ich kann an nichts anderes mehr denken.*«

Hayden schnaubte. »Du bist zu sehr von dir überzeugt, Mister.«

Ford lachte und seine Lippen tanzten über Haydens Gesicht, ohne sich wirklich darauf niederzulassen. »Wirst du weglaufen, wenn ich etwas mit dir mache?«

»Kommt drauf an.«

»Worauf?«

»Darauf, ob ich danach noch gehen kann.«

»Ich werde mich anstrengen, dass dem nicht so ist«, flüsterte Ford. Er öffnete Haydens Hose und schob gleichzeitig sein T-Shirt in die Höhe, sodass sein Bauch nackt vor ihm lag. Er beugte sich vor und küsste Haydens samtige Haut. Ein schmaler Pfad aus Haaren verschwand in seiner Hose und Ford konnte es kaum erwarten, nachzusehen, wo sie endeten und was er dort für hübsche Sachen finden würde.

Hayden sog die Luft tief ein und sah an die Decke. Das gefiel Ford nicht. Er schob sich wieder nach oben, sodass sie einander ansehen konnte. »Stellst du dir gerade vor, ich wäre jemand anderes?«

»Vielleicht«, gab Hayden atemlos und heiser zurück.

»Und wer?«

»Ein Staubsauger?«

Ford prustete los. Er konnte nichts dagegen tun, er beugte sich vor und küsste Hayden inbrünstig. »Ich bin Ford, okay? Wir sind Hayden und Ford und wir beide sind okay.«

Hayden leckte sich über die Lippen, dann nickte er schnell. »Okay.«

Ford verteilte kleine Bisse auf Haydens Oberkörper, bis er wieder seinen Bauch erreichte, der noch immer entblößt war. Er leckte über die weiche Haut, dann schob er seine Nase so tief in seine Hose, wie er konnte. Er atmete Haydens Geruch ein, dann öffnete er den Reißverschluss.

Hayden sog scharf die Luft ein, als Ford eine Spur aus Küssen oberhalb des Bundes seiner Boxershorts setzte. Er ließ seine Zungenspitze über Haydens erhitzte Haut gleiten. Mit dem Kinn stieß er gegen Haydens aufgerichteten Schwanz. Mit der Hand fuhr er über seinen dicken Schaft und genoss das leise Keuchen, das aus Haydens Mund kam.

Gott, er wollte diesen Mann kosten. Sofort. Alles von ihm.

»Und Jonah schläft wirklich?«

Hayden nickte. »Ja. Er ... fuck.«

Ford hatte Haydens Boxershorts heruntergezogen und leckte über seine nackte Erektion. Sein Schwanz war heiß und pochte, als er ihn jetzt mit einer Hand umfasste und ihn von der Spitze bis zum Ansatz nachfuhr. Seine Eier waren rund und prall und Hayden rutschte unruhig hin und her, als Ford sie streichelte.

Er beugte sich vor und leckte über Haydens feuchte Spitze. Hayden stöhnte wieder. Er krallte die Finger in den Stoff des Sofas, hielt die Augen geschlossen und atmete schwer. Ford genoss den Anblick, seine geröteten Wangen, erste Schweißperlen, die auf seiner Stirn erschienen, seinen Bauch, der sich abgehackt hob und senkte.

Ford nahm Haydens Schwanz in den Mund und saugte an ihm. Er war groß und breit, und Ford musste zugeben, dass er schon lange keinen so schönen Schwanz mehr im Mund gehabt hatte.

Er legte die Hand wieder um seinen Schaft und nahm ihn etwas tiefer in sich auf, doch bevor er noch eine andere Bewegung machen konnte, krümmte Hayden sich zusammen. Er keuchte, und dann ergoss er sich heiß und flüssig in seinem Mund.

Alles passierte so schnell, dass Ford nicht reagieren konnte. Er schluckte aus Reflex Haydens köstliches Sperma und dann herrschte Stille.

Dicke, schwere, bleierne Stille.

»Fuck«, sagte Hayden irgendwann leise. Er hielt die Augen noch immer geschlossen.

Ford richtete sich etwas auf und wartete, dass Hayden ihn ansah. Doch auch nach zwei Minuten tat er das noch nicht.

»Hey, kannst du mich ansehen?«

»Nein.« Hayden presste die Lippen aufeinander. »Kannst du dich bitte in Luft auflösen?«

Ford lachte leise. Er zog Haydens Hose wieder hoch, weil er noch immer damit rechnete, dass Jonah jeden Moment die Treppen herunterkommen könnte. Es wäre besser, wenn er seinen Dad dann nicht halbnackt auf dem Sofa antreffen würde.

»Leider auch nicht. Rutsch mal.«

Bei diesen Worten öffnete Hayden nun doch seine Augen und sah zu Ford, der abwartend neben dem Sofa stand. Dann rutschte er ein kleines Stück zur Seite und schaffte Platz für ihn. Ford kletterte auf die weichen Polster, die überhaupt nicht so bequem waren, wie er schon einmal hatte feststellen müssen.

»Es muss dir nicht peinlich sein. Ich blase wie ein verdammter Gott. Du könntest sagen: *Danke Ford, für den schnellsten, geilsten Orgasmus, den ich jemals hatte.*«

»Ich könnte dir auch eine Kopfnuss geben«, murmelte Hayden. »Das ist mir noch nie passiert. Wirklich.«

»Es war heiß«, erwiderte Ford. Er war mutig und ließ eine Hand wieder unter Haydens T-Shirt gleiten. Sachte streichelte er seinen nackten Bauch, der sich unter seinen Berührungen immer wieder anspannte.

»Es war heiß, dabei zuzusehen, wie ich zu früh gekommen bin?«

»Es war heiß, dass du einfach losgelassen hast.« Ford lehnte sich vor und küsste Haydens Mundwinkel. »Wann hattest du zuletzt Sex?«

»Okay, das ist genug«, brummte Hayden und machte Anstalten, sich zu erheben.

»Oh, nein. Du bleibst hier. Ich will noch mit deinem postorgasmischen Körper kuscheln.«

»Wir kuscheln nicht«, protestierte Hayden, ließ sich aber dann doch wieder zurück in die Polster sinken. »Es ist wirklich peinlich, Ford. Was ist mit dir?«

»Ach, ich habe nur ein paar blaue Eier, weil ich so scharf auf dich bin, aber das ist okay. Nichts, was eine lange Dusche nicht richten könnte. Außerdem ist es nicht gesagt, dass wir keine zweite Runde wagen.«

Hayden seufzte. Er legte einen Arm über seine Augen, aber mit dem anderen tat er etwas vollkommen Überraschendes: Er schob ihn unter Fords Körper hindurch und zog ihn an sich.

»Keine gute Idee«, murmelte er.

»Du hast meine Frage nicht beantwortet«, sagte Ford. »Komm schon, gib mir ein bisschen Gossip. Wann hattest du das letzte Mal Sex.«

Hayden schwieg weiter und Ford hatte sich schon beinahe damit abgefunden, dass er auch dieses Mal keine Antwort auf seine Frage bekommen würde, doch dann wurde er überrascht.

»Vor acht Jahren.«

Die drei Worte tanzten wie rosarote Elefanten durch den Raum. Acht Jahre. Acht! Zweitausendneunhundertzwanzig Tage. Wie viele Stunden, Minuten und Sekunden das waren, wollte er nicht mal ausrechnen.

»Hayden ... über so was macht man keine Scherze.«

»Tue ich nicht.«

Ford umfasste Haydens Kinn und zwang ihn, den Kopf in seine Richtung zu drehen. »Sieh mich an.«

Hayden zögerte einen Moment, dann nahm er den Arm weg und öffnete die Augen. »Was?«

»Keine Scherze über sexuelle Enthaltsamkeit. Ich weiß, was Millie für einen Körper hatte. Du kannst mir nicht sagen, dass ihr beide nie ...«

»Ich bin schwul, Ford. Stockschwul. Millie hätte den ganzen Tag nackt vor meinen Augen durchs Haus tanzen können, und es hätte sich nichts in meiner Hose geregt.«

Ford starrte Hayden mit offenem Mund an. »Aber ihr wart verheiratet.«

»Das geht auch ohne Sex. Vielleicht nicht in deiner Welt, aber ich versichere dir, es ist möglich.«

Ford schüttelte den Kopf. »Jetzt verstehe ich gar nichts mehr. Du warst ihr Mann aber nicht im Bett?«

»Wir waren Freunde. Ich habe sie an einer Raststätte aufgegabelt und sie tat mir leid. Sie war vollkommen allein, ihre Eltern hatten sie verstoßen, und ich kam gerade von der Army zurück und hatte selbst keinen Plan, was aus mir werden sollte. Wir waren beide verloren und deshalb sind wir zusammengeblieben. Und mit jedem Jahr hat es sich richtiger angefühlt. Wir wurden eine Familie – nur nicht im herkömmlichen Sinne.«

»Bist du ein Heiliger oder so?«

»Ich bin nur Hayden«, erwiderte Hayden schulterzuckend.

Aber er war nicht nur Hayden. Sein Herz war so groß wie der nordamerikanische Kontinent, angefüllt mit Liebe und Loyalität. Wenn man jemanden wie Hayden in seinem Leben hatte, dann konnte man sich glücklich schätzen.

16. Kapitel

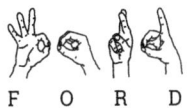

FORD

Ein Tapsen weckte ihn auf. Ford richtete sich auf und gleichzeitig fuhr ein scharfer Schmerz durch seinen Rücken. Himmel, er wurde wirklich nicht jünger und dieses Sofa war die reinste Folterbank.

Sich den Nacken reibend drehte er sich um und entdeckte Jonah, der in Shorts und einem T-Shirt die Treppen nach unten kam und ihn jetzt aufmerksam musterte.

»Hey, Buddy«, sagte Ford. Er hatte nicht vergessen, wie abweisend Jonah vor seinem Anfall ihm gegenüber gewesen war, weshalb er jetzt nicht wirklich wusste, wie er mit ihm umgehen sollte.

»Äh … Moment …« Ford schnappte sich sein Handy und tippte eine Nachricht ein, die er Jonah zeigte.

Hast du Hunger?

Jonah las die Nachricht, dann nickte er. In den wenigen Klamotten, die er trug, wirkte er klein und schmächtig. Ford wollte ihn an sich ziehen und ihm versichern, dass ihm nichts geschehen würde.

Aber das Ding war: Ihm geschah nichts. Weil er Hayden hatte. Der perfekte Vater, der für jedes Problem eine Lösung hatte und jeder Situation stoisch entgegensah. Jonah brauchte keinen weiteren Beschützer mehr.

Dann lass uns in die Küche gehen, schrieb Ford Jonah. Der Junge nickte und betrat die nebenan liegende Küche. Ford folgte ihm mit klopfendem Herzen, nachdem er in seine Jeans geschlüpft war.

Hayden musste die Geistesgegenwart besessen haben, sich irgendwann im Laufe der Nacht in sein eigenes Bett zu legen. Nachdem sie sich nämlich gestern miteinander unterhalten hatten, hatte Ford es sich nicht nehmen lassen, Hayden einen weiteren Blowjob zu schenken, der länger als eine Minute gedauert hatte. Viel länger.

Bei dem Gedanken an Haydens atemloses Stöhnen und seine heiseren Flüche, wurde er schon wieder hart. Aber das war jetzt gerade ein wirklich schlechter Zeitpunkt.

Er holte Eier aus dem Kühlschrank und suchte nach dem Mehl. Jonah tauchte wie ein Geist neben ihm auf und Ford zuckte zusammen.

Jonah öffnete einen der Schränke und holte einen Plastikbehälter mit dem gesuchten Inhalt heraus.

»Danke, Buddy«, sagte Ford und nahm es ihm ab. In sein Handy tippte er: »Sind Pancakes okay?«

Jonah nickte und kletterte auf einen der Barhocker an der Theke. Ford bereitete Pancakes zu, während ihm gleichzeitig eine Million Dinge auf den Lippen brannten, die er Jonah sagen wollte. Als er es nicht mehr aushielt, fuhr er herum. Er schnappte sich sein Handy und tippte einen Satz ein.

Hätte ich gewusst, dass es dich gibt, dann wäre ich hier gewesen.

Jonah las die Nachricht und überlegte einen Moment, dann tippte er eine Antwort. *In Iron Creek?*

Ford nickte. Er wäre durch die Milchstraße gelaufen, wenn ihn das näher zu Jonah gebracht hätte. *In Iron Creek, oder wo auch immer du gelebt hättest.*

Ein klackendes Geräusch ertönte und im nächsten Moment bog Peggy, das Huhn, um die Ecke. Sie kam in die Küche spaziert, als wäre es vollkommen normal, dass sie hier drinnen war. Mit ihrem spitzen Schnabel trank sie aus dem Wassernapf der Katze, dann beäugte sie Ford eingehend.

Sie ist gruselig, tippte er in sein Handy. *Wie ist sie reingekommen? Kann sie zaubern?*

Jonah kicherte und das Geräusch ließ Fords Herz hüpfen. Das war ein gutes Zeichen, oder?

Ford machte sich an die Zubereitung des Teiges. Im Kühlschrank fand er noch Blaubeeren, die er untermischte, ehe er kleine

Teigkleckse in eine Pfanne gab. Er holte Teller und suchte nach dem Ahornsirup, den er in einem anderen Schrank fand.

Nachdem er drei Pancakes auf einen Teller gelegt hatte, gab er etwas (nur wenig) Ahornsirup darüber und stellte ihn dann vor Jonah auf den Tresen. Er hatte keine Ahnung, was Hayden zu dem Sirup sagen würde, aber wenn er ein Kind gewesen wäre, dann hätte er Ahornsirup auf seinen Pancakes haben wollen.

Jonah gebärdete *Danke*, dann fing er an zu essen.

Ford lächelte, denn diese Gebärde kannte er bereits. *Bitte*, gebärdete er zurück.

Jonah hörte für einen Moment auf zu essen und starrte ihn an, dann aß er weiter.

Das war ein Anfang. Ein minikleiner Anfang mit den leichtesten Gebärden der Welt. Aber er würde noch viel mehr davon lernen. So viele, dass er sich jederzeit mit seinem Sohn unterhalten konnte.

Zu Peggys klackenden Schritten gesellten sich nun andere Schritte. Männliche, schwere Schritte, die die Treppe herunterkamen. Gleich darauf betrat Hayden die Küche. Er sah noch etwas verschlafen aus, seine Augen ganz klein und seine Haare ein heilloses Durcheinander. Er trug Pyjamahosen, die so tief auf seiner Hüfte saßen, dass Ford sich unwillkürlich wünschte, sie würden sich in Luft auflösen.

»Was macht ihr schon so früh hier unten?«

»Unser Sohn hatte Hunger«, sagte Ford vergnügt. Es dauerte einen Moment, bis er bemerkte, dass Hayden ihm keine Antwort gegeben hatte. Mit einem Teller voller Pancakes drehte er sich zu ihm um. Hayden starrte ihn an, als ob ihm gerade ein drittes Ohr mitten im Gesicht gewachsen wäre.

»Was ist?«

»Ich … nichts.« Hayden schüttelte den Kopf.

»Pancakes?«, fragte Ford und hielt Hayden den Teller hin. »Im

Teig sind Blaubeeren, also ist es streng genommen eine gesunde Mahlzeit.«

»Rede dir das nur ein«, sagte Hayden und nahm den Teller entgegen. »Die riechen köstlich.«

»Stell dir vor, wie gut sie schmecken müssen, wenn sie schon so riechen«, erwiderte Ford.

Hayden sagte nichts darauf, sondern setzte sich neben Jonah an den Tresen und begann zu essen. Es dauerte etwa einhundertachtundsechzig Sekunden, bis Ford auffiel, dass Hayden seinem Blick auswich.

Während des Essens legte er immer wieder die Gabel zur Seite und unterhielt sich mit Jonah in Gebärdensprache. Ihre Hände, Finger, Münder und Augenbrauen bewegten sich so schnell und fließend, dass es Ford beinahe schwindelig wurde.

Der vorherige Höhenflug endete und er landete schmerzhaft auf dem Boden der Realität. Er würde Jahre brauchen, um Haydens und Jonahs Niveau erreichen zu können. Und in all diesen Jahren wäre er der Außenseiter.

Dieser Gedanke ließ seinen Hals eng werden.

»Worüber sprecht ihr?«, wagte Ford zu fragen.

»Ich habe ihm vorgeschlagen, dass er heute zu Hause bleibt, um sich von gestern zu erholen, aber er will nicht.«

»Er will in die Schule?«

»Ja.«

»Und jetzt?«

Hayden lächelte kurz, dann wich er seinem Blick wieder aus. »Ich vertraue ihm. Auch wenn ich mir den ganzen Tag Sorgen machen werde, kann er in die Schule gehen. Er kennt seinen Körper am besten von uns allen. Außerdem wissen die Lehrer, was bei einem Anfall zu tun ist.«

»Besteht die Möglichkeit, dass ich dortbleibe und auf ihn aufpasse?«

Hayden sah ihn erstaunt an, dann sah er wieder weg. »Es ist uncool, wenn die Eltern dort sind. Auch bei siebenjährigen Jungen.«
»Verdammt.«
Haydens Lippen zuckten, als er sich erhob und neben Ford an die Arbeitsplatte trat.
»Und?«, fragte Ford und deutete auf Haydens leeren Teller. Er wollte seine Aufmerksamkeit haben. Er wollte gesehen werden. Er wollte den lustigen, entspannten Hayden zurückbekommen, den er gestern im Arm gehalten hatte, während sie vollkommen erschöpft zusammen auf dem Sofa eingeschlafen waren.
»Sie sind wirklich lecker«, sagte Hayden.
Ford drehte sich leicht, sodass Jonah seinen Mund nicht sehen konnte, dann fragte er: »Du ignorierst mich also jetzt?«
»Ich bin nur immer noch müde«, erwiderte Hayden kurz angebunden. »Stört es dich, wenn ich zuerst dusche?«
»Nein, natürlich nicht«, gab Ford zurück.
»Gut.«
Hayden verschwand wieder nach oben. Als er sich zu Jonah umwandte, hielt der ihm sein Handy entgegen. *Das waren die besten Pancakes, die ich jemals gegessen habe*, hatte Jonah geschrieben. Nachdem Ford fertig gelesen hatte, wiederholte Jonah die Gebärde für *Danke*.
»Sehr gern geschehen, Jonah«, sagte Ford. Während er das Gefühl hatte, dass der Morgen seinem Verhältnis mit Jonah geholfen hatte, war er davon überzeugt, dass mit Hayden und ihm etwas ganz und gar nicht in Ordnung war.
Sie würden darüber sprechen müssen. Vielleicht hatte Hayden recht gehabt. Dass sie beide etwas miteinander anfingen, war nicht die beste Idee.
Das Klingeln seines Handys riss ihn aus seinen Gedanken. Ford nahm den Anruf entgegen.
»Alter. Wo zur Hölle bist du?«

»Äh ...« Ford sah zurück zu Jonah, der ihn aufmerksam musterte. »Bei Jonah.«

»Cool. Ich bin in einer Stunde da. Können wir uns irgendwo treffen?«

»Da? Hier?«

»In Iron Creek.«

Fuck. In den letzten Stunden war so viel passiert, dass Ford vollkommen vergessen hatte, dass Seb seinen Besuch angekündigt hatte. Er fuhr sich mit der Hand über die Stirn und sah aus dem Fenster. Das Huhn war wieder draußen. Es *musste* ein magisches Huhn sein.

»In der Stadt gibt es ein Diner«, sagte er dann.

»Okay. Werde es schon finden.«

Sie beendeten das Gespräch und Ford seufzte. Showtime.

———

»Alter, guck dich an. Unsere Cowboy-Schönheit«, spottete Sebastian und zog Ford in eine feste Umarmung. Ford erwiderte die Berührung und ließ sich dann auf der anderen Seite des Tisches nieder.

Hayden und Jonah waren in die Schule gefahren, nachdem Ford sich von ihnen verabschiedet hatte. Hayden hatte ihn weiterhin ignoriert, was komische Dinge mit seinem Magen anstellte. Er wollte nicht ignoriert werden. Er wollte weitermachen wie gestern. Er wollte, dass Hayden ihn mit vor Lust verhangenen Augen ansah, dass er sich fallen ließ, dass er ihn küsste und umarmte. Er wollte sich wieder so fühlen wie gestern Abend. Als ob er ein Teil eines Ganzen wäre. Jonah, Hayden und er. Und das Huhn.

War das zu viel verlangt?

»Es ist nur ein Flanellhemd«, erwiderte Ford und verdrehte die Augen. Er bestellte bei der Kellnerin einen Kaffee, dann sah er

Sebastian an. »Warum bist du hier? Um mich zu ärgern?«

»Alter …«, murmelte Sebastian und nippte an einem Kaffee. »Schon mal was davon gehört, dass Freunde füreinander da sind? Du hättest mir auch sagen können, dass du nach Montana gehst, um ein weiteres Sorgenkind durchzufüttern.«

Die Kellnerin brachte seinen Kaffee und Ford wartete mit seiner Antwort, bis sie außer Hörweite war. »Die Sache mit Jonah ist anders«, sagte Ford dann.

»Sicher doch«, erwiderte Sebastian grinsend.

»Er ist wirklich mein Sohn. Millie war seine Mutter.«

Sebastian zog die Augenbrauen in die Höhe und musterte ihn abwartend, dann schüttelte er den Kopf. »Muss ich dir alles aus der Nase ziehen? Welche Millie?«

Ford seufzte. »Sie war ein Groupie und hat uns damals auf unserer Welttournee begleitet. Klein, niedlich, brünett?«

Seb überlegte, dann zuckte er mit den Schultern. »Keine Ahnung.«

»Wir waren eine Weile befreundet und sind dann irgendwann miteinander im Bett gelandet. Offenbar war Millie schwanger, als sie die Band verlassen hat. Sie ist hierhergezogen und hat unser Kind mit einem anderen Mann großgezogen. Millie ist vor einem Jahr an Brustkrebs gestorben. Sie hat dafür gesorgt, dass ich von Jonah erfahre und deshalb bin ich hergekommen.«

»Und wie ist der Typ so? Der Kuckuckspapa?«, fragte Sebastian und kniff die Augen zusammen. Sein Beschützerinstinkt war bärengroß und er tat nichts lieber, als sich in die Schusslinie für die Menschen zu stellen, die er liebte.

»Äh … grummelig und wortkarg.« Und höllisch sexy. Und leicht erregbar. Und hemmungslos.

Fuck. Er durfte nicht weiter darüber nachdenken, sonst könnte es demnächst peinlich für ihn werden.

»Ich hoffe, du hast Turner gesagt, dass er den Kerl verklagen soll«, brummte Seb.

»Wir haben uns auf einen Waffenstillstand geeinigt, dafür bekomme ich die Gelegenheit, Jonah kennenzulernen.«

»Da dran ist doch irgendwas faul.«

»Es ist kompliziert, Seb. Lern die beiden erstmal kennen, okay?«

»Ganz ehrlich? Ich habe genug davon, dass du dich ständig ausnutzen lässt. Du bist also der Vater des Jungen? Dann ist es dein verdammtes Recht, dich um ihn kümmern zu dürfen. Wenn du willst, dann rufe *ich* Turner an und beauftrage ihn. Du weißt, dass ich da wesentlich weniger Skrupel habe als du.«

»Es ist okay so, Seb, wirklich.«

»Hast du denn einen Test gemacht?«

»Das ist nicht nötig. Millie würde mich nicht anlügen.«

Sebastian lachte so laut auf, dass die anderen Gäste des Diners sich neugierig zu ihnen umdrehten, dann lehnte er sich vor und sagte mit verschwörerischer Stimme. »Meine beiden Hände reichen nicht, um abzuzählen, wie oft du schon verarscht wurdest. Könnte es nicht sein, dass diese Millie ihren Typen einfach versorgt wissen wollte und dich dafür ins Spiel gebracht hat? Alter, ich kann nicht glauben, dass du so gutgläubig bist. *Du musst einen Test machen.*«

Ford schüttelte den Kopf. Er war sich selten so sicher gewesen wie in dieser Sache. Millie würde ihn nicht anlügen. Genauso wenig wie Hayden. Der Mann konnte ihn vielleicht fünfundneunzig Prozent seiner Zeit nicht ausstehen und ignorierte ihn im Moment, aber das war ihm gleichgültig.

Kurz dachte er an Haydens Geldforderung, die ihn vollkommen unvorbereitet erwischt hatte. Er wusste noch immer nicht, wie sie in die ganze Sache hineinpasste, aber sie war da und ja, er musste noch immer daran denken.

Ford holte tief Luft. »Willst du meine Unterkunft auf der Ranch sehen?«

Sebastian erhob sich. Er überragte die meisten Menschen um ganze zwei Köpfe, war bullig und furchteinflößend. Seine Stimme war immer ein Ticken zu laut, genau wie sein Lachen. »Alter, wenn du denkst, dass ich deinen ganzen Plunder allein auslade, dann hast du dich echt getäuscht.«

HAYDEN

Er hatte Ford nicht mehr gesehen, nachdem er Jonah in die Schule gebracht hatte, und er würde auch ganz sicher nicht nach ihm suchen. Nach dem gestrigen Abend brauchte er eine dringende Pause von all den Gefühlen, die durch seinen Körper wirbelten.

Es fiel Hayden schwer, sich auf seine Arbeit zu konzentrieren, doch da er ohnehin schon im Rückstand mit dem Manuskript war, zwang er sich mit purer Willensstärke dazu, weiterzuarbeiten. Mit einem Ohr lauschte er dabei immer auf sein Telefon und hoffte, dass es Jonah gut ging und kein neuerlicher Anfall ihrer aller Leben aufwirbelte.

Nachdem er am Nachmittag Jonah, Michael und Scotty eingesammelt hatte, waren sie zur Ranch gefahren. Hayden hatte genau eine Minute lang versucht, Jonah davon zu überzeugen, heute auf einen Ausritt zu verzichten, doch der Junge weigerte sich standhaft und entschlossen.

Michael und Scotty mussten Abby heute auf einer anderen Weide helfen, weshalb Jonah und er allein wären.

»Hey«, ertönte Fords weiche Stimme vom Eingangstor her. Hayden hätte gern so getan, als hätte er ihn nicht gehört, er hätte auch sehr gern das Kribbeln ignoriert, das sofort seinen Körper erfasste. Er wollte doch einfach nur seine Ruhe haben. Aber mit Ford war das nicht möglich. Er war wie ein nie enden wollendes Feuerwerk und jetzt hatte es zufällig auch noch seinen Körper entzündet, sodass er lichterloh brannte.

Fuck.

Hayden sah zu Jonah und nickte dann in Fords Richtung, damit der ihn bemerkte. Zögernd ging Jonah um Goose herum und begrüßte Ford mit einer Umarmung. Hayden beobachtete sie und schluckte. Als er heute Morgen in die Küche gekommen war, war die Stimmung zwischen den beiden anders gewesen. Als hätten sie alles miteinander geklärt und zusammen entschieden, einen Neuanfang zu starten. Und Hayden musste akzeptieren, dass der Mann, der ihm gestern Nacht zwei Orgasmen geschenkt hatte, eine Rolle in Jonahs Leben spielen würde. Umso wichtiger, dass er nicht zuließ, dass Ford seinen Schwanz nochmal in die Finger bekam. Ausgeschlossen.

Hayden richtete sich auf und entdeckte erst jetzt den großen, breitschultrigen Mann, der direkt hinter Ford auftauchte und zu seinem Erstaunen problemlos mit Jonah gebärdete.

Was zur Hölle?

»Hayden? Das ist Sebastian, mein Bandkollege. Er hat mir ein paar Sachen vorbeigebracht und wird für ein paar Tage bleiben.«

Hayden nickte in Sebastians Richtung, der gebärdete ein Hallo zurück. Jonah drehte sich mit leuchtenden Augen zu ihm um und strahlte. *Er spricht wie wir!*

Es gab kaum Menschen, die die Sprache wirklich gut beherrschten. Über die Jahre hatte seine Familie die Gebärdensprache erlernt, trotzdem passierte es schnell, dass die Kommunikation nur mündlich stattfand und Jonah sich hin und wieder ausgeschlossen fühlte.

Ich sehe es, gab Hayden zurück und zwang sich zu einem Lächeln. Sebastians Fähigkeit überraschte ihn. Es kam unerwartet, dass jemand in Fords Freundeskreis ihrer mächtig war.

»Meine Schwester ist gehörlos«, sagte Sebastian in diesem Moment. »Es war ganz normal für uns, über Gebärden zu kommunizieren.« Er kam auf Hayden zu und sie schüttelten einander die Hände.

»Ich dachte, wir könnten euch auf dem Ausritt begleiten. Seb würde gern die Umgebung kennenlernen.«

»Nicht, dass ich gern auf einem Pferd sitze«, fügte Seb mit einem Augenrollen hinzu. Er drehte sich zu Jonah um und gebärdete weiter, während Hayden ihn nur anstarren konnte.

»Checkst du gerade meinen Freund ab?«, fragte Ford plötzlich leise hinter ihm.

Hayden fuhr herum und sah sich Ford ganz nahe gegenüber. Ein leichtes Lächeln lag auf dessen Lippen und er sah amüsiert aus.

»Ich bin nur überrascht, dass er die Gebärdensprache beherrscht.«

»Glaub mir, das war ich auch, als er vorhin damit angefangen hat. Du baggerst ihn also nicht an?«

»Himmel, Ford, halt die Klappe.«

»Ich habe nur gefragt«, erwiderte Ford schulterzuckend und lachte leise. »Aber schön, dass du mich endlich wieder bemerkst. Hast du etwa geschmollt?«

»Blödsinn.«

Ford ließ den Blick langsam über sein Gesicht gleiten, stoppte an seinen Lippen, dann lächelte er. »Die Sache mit Jonah hat nichts mit der Sache zwischen uns zu tun.«

»Falsch. Sie hat alles damit zu tun. Es gibt kein Uns. Es gibt nur ein Jonah und ich. Und irgendwie vielleicht auch noch ein Jonah und Ford. Aber ganz sicher gibt es kein Ford und Hayden.«

»Es gibt Fords Mund und Haydens Schwanz. Die Kombination mochte ich unglaublich gerne. Lust auf eine Wiederholung?«

Hayden konnte nicht fassen, wie locker Ford ihn anmachte. Und zu seinem Entsetzen, bewirkte Fords Geplapper auch noch, dass ihm ganz warm wurde. Es war ein Leichtes für Ford, ihn heißzumachen. Nach acht Jahren Abstinenz hatte Hayden eigentlich gedacht, sein Körper wäre ausgetrocknet genug, dass ihm sexuelle Nähe nicht mehr fehlte, aber so war es nicht. Ford war auf der Bildfläche erschienen, hatte ihn geküsst, ihm einen geblasen, und Haydens Körper mit einem Knall zum Leben erweckt. Nichts ausgetrocknet. In ihm floss alles dahin und er wollte mehr davon. Und ausgerechnet Ford war bereit, es ihm zu geben. Doch zu welchem Preis?

»Hör auf, dich lächerlich zu machen«, brummte Hayden. Er spürte förmlich, wie sein Körper ächzte, weil er ihm sexuelle Befriedigung verwehrte.

»Ich frage einfach später nochmal«, sagte Ford mit einem vergnügten Glucksen in der Stimme.

»Die Antwort wird sich nicht ändern«, rief Hayden ihm hinterher, als er in die Sattelkammer ging, um den Sattel für Goose zu holen.

Nachdem alle vier Pferde fertig waren, ging er zu Jonah. Der Brustgurt in seiner Hand wog dabei schwer und Jonah schüttelte schon den Kopf, bevor Hayden überhaupt etwas gesagt hatte. *Bitte, Jonah. Es ist zu deiner eigenen Sicherheit.*

Jonah schüttelte wieder den Kopf. Hayden hasste es, seinen Sohn zu etwas zwingen zu müssen, doch seine Sicherheit ging vor. Immer.

Nur heute, weil der letzte Anfall erst so kurz zurückliegt.

Wieder schüttelte Jonah den Kopf. *Ich bin kein Baby mehr*, gebärdete er, seine Handbewegungen abgehackt und entschlossen.

Wir alle wissen, dass du kein Baby bist. Aber ich will nicht, dass du vom Pferd fällst und dir wehtust.

Heute werde ich keinen Anfall haben, gebärdete Jonah. *Wirklich.*

Hayden seufzte. In vielerlei Hinsicht war es einfacher gewesen, Jonah zur Kooperation zu überreden, als er noch jünger gewesen war. Dafür wurden andere Dinge mit zunehmendem Alter leichter. Hayden konnte nur für sich sagen, dass er es hasste, wenn Dinge sich änderten. Millies Tod zählte dazu. Genauso wie Fords Auftauchen. Und auch Jonahs immer größer werdende Unabhängigkeit. Hayden wusste, dass es der normale Gang der Zeit war, dass Jonah immer selbständiger wurde und eigene Entscheidungen traf. Aber vielleicht noch nicht gleich heute?

Bitte?, fragte Hayden, doch Jonah blieb hart und schüttelte den

Kopf. Er wandte sich zu Goose um und streichelte seine weichen Nüstern.

Hayden richtete sich seufzend auf und stand einen Moment unentschlossen neben Jonah. Er hielt den Brustgurt in der Hand, dann drehte er sich um und entdeckte Ford, der ihnen zugesehen hatte.

Hayden hatte keine Lust auf einen blöden Kommentar von ihm, weshalb er schweigend zurück in die Sattelkammer ging und den Brustkorb wieder an seinen Haken zurückhängte. Kurz darauf stiegen sie auf ihre Pferde und ritten los.

Wie immer lenkte Hayden Starfox an Jonahs Seite. Er war etwas erstaunt, aber nicht sehr, als Ford an seine andere Seite ritt. Er hatte den Anfall gestern mitbekommen und wusste nun, warum Hayden immer in Jonahs Nähe blieb, wenn sie zusammen ausritten.

»Kann dein Freund reiten?«, fragte Hayden Ford, denn Sebastian trottete auf seinem Pferd ein paar Schritte hinter ihnen.

»Er sitzt auf einem Pferd, also kann er reiten, oder?«, fragte Seb zurück.

Ford grinste, ohne in Haydens Richtung zu sehen. Offenbar war dieser Seb ein genauso großer Scherzkeks, wie Ford einer war.

Gemeinsam ritten sie heute in eine Richtung, in die sie zusammen mit Ford noch nie geritten waren. Abby hatte ihn gebeten, einen Zaun auf der Südweide zu kontrollieren. Ein Teil des Drahtes hing tatsächlich durch, während ein Pfeiler etwas schief in der Erde steckte. Vielleicht hatten sich zwei Rinder gestritten oder es hatte Unruhe in der kleinen Herde gegeben, die hiergeblieben war.

Den Großteil der Herde bereiteten Justice und drei Hilfscowboys für die kommende Reise in die Berge vor. Sie würden die ganzen nächsten Wochen dort oben bleiben. In den Ferien würden Hayden, Jonah und die beiden Jungs zu den anderen stoßen und ein paar Tage mit ihnen verbringen, darauf freute sich Hayden schon.

»Okay, hier gibt es gar nichts, oder?«, fragte Seb nach einer ganzen Weile, in der Hayden sich um den Draht und Pfahl gekümmert hatte.

Ford schmunzelte schon wieder. »Wenn du einen Stripclub meinst oder eine Bar, dann sieht es schlecht aus für dich, mein Lieber. Hier gibt es nur Rinder, Pferde und hin und wieder eine Ranch, auf der ein paar Menschen leben.«

»Alter, wie hältst du das aus?«

»Bisher ging's ganz gut.« Ford warf Hayden einen langen Blick zu, den der geflissentlich ignorierte. Er hatte einen großen Hammer mitgenommen und versuchte nun, den Pfahl wieder gerade in die Erde zu rammen, was mit einer Hand nicht richtig klappen wollte.

»Warte, ich helfe dir«, sagte Ford und machte sich daran, von seinem Pferd abzusteigen, doch Hayden schüttelte den Kopf.

»Bleib bei Jonah«, sagte er dann.

Ford hielt in seiner Bewegung inne, dann setzte er sich wieder zurecht. »Stimmt. Entschuldige.«

»Lass mich mal«, sagte Seb und kam zu ihm. Offenbar hatte er es geschafft, vom Pferd abzusteigen, ohne sich zu verletzen, was großartig war.

Seb hielt den Pfahl fest und Hayden versenkte ihn im Boden, ehe er den alten Draht durchschnitt und durch einen neuen ersetzte. Als er damit fertig war, ging er zu Fuß weiter. Seb war etwas hinter ihm und führte sein Pferd am Zügel, Starfox folgte ihnen, auch ohne dass sie geführt wurde.

»Wie werdet ihr es an Weihnachten machen? Wo verbringt Jonah die Feiertage?«, fragte Seb aus heiterem Himmel. Seine Frage ließ einen Schauer über Haydens Rücken rieseln und er wandte sich fragend zu ihm um. Das waren genau die Fragen, die er sich nicht stellen wollte.

»Seb ...«, sagte Ford, der eng neben Jonah ritt.

»Nein, Alter, ich meine, das muss geklärt werden. Wenn ihr mich fragt, dann hättest du alles Recht der Welt auf deiner Seite, um Jonah an Weihnachten mit nach L.A. zu nehmen, immerhin hast du bereits sieben Mal Weihnachten verpasst.«

»Dich fragt aber niemand, Seb«, sagte Ford mit einem scharfen Unterton in der Stimme.

Hayden hielt den Blick starr auf den Zaun gerichtet. Er nahm nichts wahr, während Sebs Frage in seinem Kopf widerhallte. Er hatte recht. Das wäre Fords und seine Zukunft. Aufteilung der Feiertage, vielleicht auch der Wochenenden. Wie ein getrenntes Paar mit einem gemeinsamen Kind.

»Turner hat bestimmt richtig Bock darauf, euch eine genaue Auflistung zu erstellen, wann Jonah wo ist und ...«

»Seb! Halt jetzt die Klappe!«

Hayden presste die Zähne aufeinander, sagte aber nichts dazu. Hier bekam er den Beweis geliefert. Ford näherzukommen war eine unglaublich schlechte Idee, wenn er gleichzeitig Angst davor haben musste, dass er ihm Jonah wegnehmen würde.

»Wir sind fertig«, sagte er tonlos und kehrte zu Starfox zurück. Nachdem er den Hammer verstaut hatte, stieg er auf und lenkte die Stute zurück an Jonahs Seite. Er bemerkte Fords Blick, aber sah ihm nicht in die Augen.

Was auch immer in den letzten Tagen geschehen war, dass sie einander nähergekommen waren, es durfte nicht wieder vorkommen. Zuerst mussten die Fronten zwischen Ford und ihm geklärt werden. Hier ging es nicht darum, eine nette Freundschaft aufzubauen, die sich gleichzeitig auch noch um seine körperlichen Bedürfnisse kümmerte. Hier ging es um seinen Sohn und der stand immer über allem.

Hayden war erleichtert, als sie endlich die Ranch erreichten. Während sie sich um ihre Pferde kümmerten, erschien Abby. Wie immer trug sie locker sitzende Jeans und ein enges T-Shirt. Sie war eine moderne Frau und Mutter und glücklich mit ihrem Leben auf der Ranch.

»Leute, ich dachte, wir könnten heute ein Barbecue machen. Habt ihr Lust?« Sie übersetzte das Gesprochene mit wenigen Bewegungen in Gebärdensprache und lächelte Jonah dann an.

»Oh, wir können leider nicht bleiben«, sagte Hayden schnell, während Jonah begeistert nickte.

»Habt ihr noch einen Termin?«, fragte Abby und runzelte die Stirn. Sie hatte in den letzten Jahren sehr genau mitbekommen, wann Jonah welche Therapien gehabt hatte.

»Nein, nur …«

Zeigst du mir dann deine Gitarre?, fragte Jonah in diesem Moment Seb.

Ford und ich könnten zusammen spielen, antwortete Seb.

Verdammter Arsch.

Jonah fuhr zu ihm herum, seine Augen funkelten und leuchteten. Sein kleiner Junge war ziemlich aufgeregt. *Bleiben wir?*, fragte er mit schnellen Handbewegungen.

Hayden sah kurz zu Abby, die die Stirn runzelte, dann nickte er. »Also gut.«

Jonah stieß die Faust in die Luft und wandte sich an Abby. Er fragte, wo Michael und Scotty seien und rannte dann in Richtung Baum.

Die beiden Jungen bauten seit Wochen an ihrem eigenen Baumhaus und Hayden brach es regelmäßig das Herz, dass Jonah nicht zu ihnen nach oben klettern konnte. Die Gefahr, dass er einen Anfall hatte und abstürzte, war einfach zu groß.

»Hayden, kannst du mir mit dem Fleisch helfen?«, fragte Abby, nachdem er die Pferde auf die Weide geführt hatte. Er war froh gewesen, wenigstens einen Moment für sich zu haben.

»Sicher«, sagte er und folgte Abby ins Haus. Sie hatte schon verschiedene Salate, Maiskolben und frischgebackenes Kräuterbrot vorbereitet, das Jonah so sehr liebte.

»Was ist passiert?«, fragte sie unumwunden, nachdem sie die Küchentür hinter sich geschlossen hatte.

»Nichts«, sagte Hayden, holte ein Glas aus dem Schrank und füllte es mit Leitungswasser.

»Ach so. Weil nichts passiert ist, siehst du aus, als hättest du einen Geist gesehen. Verstehe.«

Hayden schnaubte. »Ich kann das nicht mehr. Vielleicht muss ich vor Gericht gehen. Wenn er mir Jonah wegnimmt, dann ...« Hayden schnappte nach Luft und stützte sich auf der Anrichte ab.

»Oh, Hayden ...«, sagte Abby leise. »Bist du dir sicher? Ich dachte, ihr hättet euch soweit gefunden und kämt gut miteinander zurecht.«

»Er ist nicht ganz so schlimm, wie ich anfangs dachte, aber das heißt nicht, dass wir beste Freunde sind. Ford lebt in L.A., er wird irgendwann Ansprüche stellen. Vielleicht will er Jonah in den Ferien sehen, oder an Feiertagen und ... ich kann das nicht, Abby. Auch wenn er Jonahs Vater ist, er kennt ihn nicht. Er weiß nicht, was wir alles mit ihm durchgemacht haben, er weiß nicht, wie er im Notfall mit ihm umgehen muss oder welche Warnzeichen es gibt. Er weiß es einfach nicht. Er kann um Himmels willen nicht mal mit ihm kommunizieren. Ich kann nicht zulassen, dass er einfach den Bundesstaat mit ihm verlässt.«

»Er kann es lernen, Hayden. Ich habe wirklich ein gutes Gefühl bei ihm. Er meint es ernst mit Jonah, und du darfst ihm nicht einen so wichtigen Teil seiner eigenen Identität vorenthalten.«

»Wenn Ford nicht aufpasst, könnte ihm wer weiß was passieren!«

»Und was, wenn er aufpasst?«

Hayden holte Luft und legte den Kopf zurück. Er war unvorsichtig geworden. Die Geschehnisse der letzten Tage hatten ihn irgendwie in ein Paralleluniversum katapultiert. Er war auf Ford zugegangen, er hatte ihn in den Arm genommen und ihm versichert, dass er all das auch lernen konnte, was Hayden tagtäglich tat. Aber ... der Gedanke, dass Ford all das tausende von Meilen von ihm entfernt tat, ließ ihn beinahe zusammenbrechen. So lange Ford in Iron Creek, in seiner Nähe, war, käme er irgendwie zurecht. Aber irgendwann würde er nach L.A. zurückkehren und mit ihm vielleicht Jonah.

Er wollte Ford weghaben. Mehr als jemals zuvor. Und gleichzeitig wünschte er sich, dass sie beide genau dort weitermachten, wo sie aufgehört hatten. Er wollte Ford an seinem Schwanz, er wollte seine Lippen um ihn, er wollte sich in seiner Lust verlieren.

Wann, zur Hölle, war sein Leben so verdammt kompliziert geworden?

»Soll ich das Fleisch auf den Grill legen?«, fragte Hayden nach.

»Überleg es dir nochmal«, erwiderte Abby eindringlich. »Er ist ein guter Mann und will nur das Beste für Jonah. Ich bin mir sicher, dass er bereit ist, Kompromisse einzugehen.«

»Okay«, sagte Hayden, ohne es so zu meinen. Sein Entschluss stand fest, er würde vor Gericht gehen. Dank Fords großzügigem Scheck hatte er sogar das Geld dafür.

Er schluckte an seinem schlechten Gewissen herum, das wie ein dicker Brocken in seinem Hals hockte. Er tat es für Jonah. Daran musste er immer denken.

Er nahm die Platte mit den Steaks und trug sie nach draußen. Normalerweise war Justice der Grillmeister bei ihnen, doch er war noch mit den Tieren beschäftigt, deshalb übernahm Hayden diese Aufgabe.

Jonah saß wieder auf der Schaukel und sah zu Michael und

Scotty hinauf, die ein weiteres Brett annagelten, das ihr Baumhaus begrenzen würde. Er schien soweit zufrieden und nicht frustriert darüber, dass er nicht selbst mitbauen konnte.

Nach einer Weile tauchten Ford und Seb aus dem Gästehaus auf und Jonah lief auf die beiden zu, als er sie bemerkt hatte. Sie trugen beide jeweils eine Gitarre in der Hand und als sie Jonah auf sich zu rennen sahen, reichte Seb seine an Ford weiter, damit er mit Jonah sprechen konnte.

»Hey«, sagte Ford und trat neben Hayden an den Grill. »Schön, dass ihr geblieben seid.«

»Ja«, sagte Hayden kurz angebunden. Er hasste seinen jämmerlichen Körper dafür, dass er augenblicklich auf Fords Nähe reagierte. Vielleicht müsste er sich wirklich mal ein Wochenende freinehmen und einen Club aufsuchen, um seine körperlichen Bedürfnisse zu befriedigen. Solange Millie gelebt hatte, war das für ihn nie infrage gekommen, aber jetzt war alles anders.

»Hör nicht auf das, was Seb gesagt hat. Er hat sich vor einem Jahr scheiden lassen und ist dementsprechend noch ein wenig frustriert.«

»Aber es sind seine Kinder, oder?«

»Ja«, sagte Ford schlicht.

»Also kannst du seine Situation nicht mit unserer vergleichen.«

»Das muss ich auch nicht. Wir haben unsere Situation und wir entscheiden, wie wir damit umgehen. Ich habe dir schon mal gesagt, dass ich dir Jonah nicht wegnehmen werde. Das wird nicht passieren.«

»Können wir heute nicht mehr darüber sprechen? Ich ... kann einfach nicht.«

Fords Blick wurde weich und das wollte Hayden noch viel weniger sehen.

»Okay. Dann sprechen wir heute nicht mehr darüber.«

»Gut.« Hayden wandte sich ab und tat so, als würde das Fleisch seine gesamte Aufmerksamkeit einfordern. Er atmete erleichtert aus, als Ford schließlich wegging.

Aus dem Augenwinkel beobachtete Hayden, wie sich Jonah zu den beiden Männern setzte und sie darum bat, auf ihren Gitarren zu spielen.

Seb und Ford erfüllten ihm den Wunsch nur allzu gern, weshalb kurze Zeit später, die ersten Gitarrenklänge durch die Abendluft zogen.

Auf den Videos, die Hayden von Ford auf YouTube gesehen hatte, hatte der stets mit einer elektrischen Gitarre gespielt, doch heute hatten sie klassische Gitarren dabei. Ford stimmte *Closer* von den *Chainsmokers* an, und zupfte an den Saiten. Als er anfing zu singen, sah Hayden auf. Er konnte nicht anders. Er konnte ihn nicht länger ignorieren, während er mit dieser weichen, etwas kratzigen Stimme den Songtext sang.

Jonah lächelte strahlend und legte plötzlich seine Hand auf den Korpus des Instruments. Hayden hielt die Luft an und sah einfach nur zu. Ford sah im gleichen Moment auf, und ihre Blicke kreuzten sich. Fragen lagen in seinen Augen und Hayden zuckte leicht mit einer Schulter.

Ford beendete das Lied und stimmte gleich das nächste an. *Don't Let me down* beinhaltete mehr klopfende Schläge auf dem Korpus. Jonah hatte Fords Gitarre nicht losgelassen, stattdessen waren seine Augen zugefallen.

Jonah hatte in der Schule ebenfalls Musikunterricht. Dort wurde mit Vibrationen gearbeitet, die durch tiefe Bässe entstanden.

Und jetzt nahm er Musik wahr. Durch Ford. Hayden schluckte schwer. Ein weiteres Stück im Leben seines Sohnes, das ihm abhandengekommen war und das er vermutlich niemals zurückbekommen würde.

»Alles okay?«, fragte Abby, die neben ihn getreten war.

»Sicher«, sagte Hayden schnell. Ein Steak war etwas dunkler

geworden und die anderen vermutlich total trocken. Verdammt. Er war ja eine großartige Vertretung für Justice.

»Gib her, ich verteile es«, sagte Abby und nahm ihm die Platte mit dem Fleisch und den Maiskolben ab.

Hayden folgte ihr an den Tisch und setzte sich auf Jonahs andere Seite. Er tippte gerade fleißig einen Text in sein Smartphone und hielt Ford dann den Bildschirm hin.

Ford erstaunte ihn und gebärdete in diesem Moment *Okay* zu Jonah.

Abby hatte recht. Er bemühte sich. Immerhin. Hayden aß schweigend und lauschte den Gesprächen der anderen. Abby ließ ihrer Neugier freien Lauf und fragte Ford und Seb nach ihrer letzten Tournee aus. Wie war das Leben in Bussen und Flugzeugen? Wie penetrant waren die Fans? Gab es Pannen und Peinlichkeiten?

Seb amüsierte sich köstlich und gab ein paar Geschichten preis, die sie alle zum Lachen brachten. Auch wenn Hayden ihn nicht mochte, so rechnete er es ihm hoch an, dass er das Gesprochene immer noch für Jonah übersetzte. Das war großartig.

Trotzdem wurde Hayden irgendwann alles zu viel. Er erhob sich, griff nach ein paar leeren Tellern und Schüsseln und ging ins Haus. Er brauchte einfach nur einen Moment allein. Nur kurz Luft holen und die ganzen Gefühle in seinem Innern unter Kontrolle bringen. Was für ein beschissener Tag das heute war.

Er wurde nicht besser, als Ford plötzlich hinter ihm in der Küche auftauchte. Er schloss die Tür und lehnte sich dagegen, sagte kein Wort.

Hayden holte tief Luft und drehte sich zu ihm um. »Nein. Wir hatten vereinbart, dass wir nicht miteinander sprechen. Du warst einverstanden. Gib mir einfach eine Pause, okay?«

»Was ist passiert? Du bist … abwesend. Während des ganzen Abendessens hast du nur vor dich hingestarrt und kaum was gesagt. Heute Morgen hast du mich ignoriert.«

»Ja, und?«

»Fuck, Hayden«, sagte Ford. Er kam auf Hayden zu, umfasste seinen Oberarm und zog ihn mit sich mit. Er stieß die Tür zu Abbys kleiner, stickiger Vorratskammer auf und schob Hayden im nächsten Moment hinein.

»Spinnst du?«, fragte Hayden und wollte sich von ihm losreißen.

»Zwing mich nicht, dich festzuhalten. Ich glaube, Abby wird nicht begeistert sein, wenn ihre Vorräte zu Bruch gehen.«

»Dann lass mich raus.«

»Ich will wissen, was mit dir los ist. Und bis du es mir sagst, werde ich dich küssen.«

Weitere Warnungen bekam Hayden nicht, dann legten sich Fords Lippen auch schon auf seine. Er presste ihn dabei sanft gegen die Wand. Die Dunkelheit umhüllte ihn, als ein hitziges Verlangen seinen Körper überspülte. Er legte die Arme um Fords Hals, bevor er auch nur einen Gedanken daran verschwendete, wie falsch das alles war, und dass es genau das war, was er nicht tun sollte.

»Du ... schmeckst ... so ... gut«, murmelte Ford an seinen Lippen, während seine Küsse langsamer und verhaltener wurden. »Ich kriege nicht genug von dir.«

»Es ist eine beschissene ...«

»Sei still. Ich will es nicht hören. Ich will dich verführen.«

Hayden schloss die Augen, spürte Fords Liebkosungen nach, als sich sein Verstand und sein Körper miteinander stritten. Er sollte es nicht tun, aber er konnte nicht widerstehen. Es war so verführerisch, so eine Erleichterung, dass Ford sich auf diese Weise um ihn kümmerte.

Ford schob sich näher an ihn und Hayden spürte seine Erektion, die sich dicht an seine eigene schmiegte. In blindem Verlangen ließ er die Hände sinken, tastete sich durch die Dunkelheit an Fords Körper entlang, bis er seine Gürtelschnalle fühlte und stöhnte. Er öffnete sie und glitt mit der Hand hinein. Fords warme

Haut umfing ihn und lud ihn ein, genauer zu fühlen, was er dort so hatte.

Sein Schwanz war hart und schmiegte sich pulsierend gegen seine Handfläche. Fords abgehacktes Stöhnen spornte ihn an. Er festigte seinen Griff und fuhr seine Länge nach oben. Mit dem Daumen glitt er über Fords feuchte Spitze. Langsam strich er darüber und holte zittrig Luft. Es schien Äonen her zu sein, seit er einen anderen Mann berührt hatte und fuck, er hatte es so sehr vermisst.

»Scheiße, Hayden, so war das nicht geplant.« Das Zittern in Fords Stimme war neu, aber nicht weniger sexy.

»Was hattest du denn geplant?«

»Ich wollte das für dich machen.«

»Was denn? Das?«, fragte Hayden und strich wieder an Fords Erektion entlang. Der stöhnte auf und schmiegte sich noch dichter an ihn. Seine Hand glitt im selben Moment in Haydens Hose und umfing seinen Schwanz.

Hayden keuchte auf und ließ den Kopf nach vorn sinken. Ihre Stirnen lagen aneinander, sie atmeten beide schwer und fuhren fort, sich zu berühren. Hayden passte seine Berührungen an Fords Rhythmus an. Es war schwer, sich darauf zu konzentrieren, was seine Hand tat, während Ford ganz unglaublich heiße Dinge mit seiner anstellte. Gerade ließ er seinen Daumen über den Schlitz seiner Eichel gleiten.

Hayden keuchte auf und hielt inne. Die Erregung tobte in ihm und er drohte, die Kontrolle zu verlieren. Schon wieder. »Ford …«, stöhnte Hayden. Er fand Fords Mund und küsste ihn mit hektischen Atemzügen. Ihre Zungen stießen gegeneinander, ihre Körper glitten ineinander, ihre Lust schraubte sich von Sekunde zu Sekunde höher und dann kam Hayden.

Er krümmte sich zusammen, spürte gleichzeitig eine warme Flüssigkeit, die über seine Hand lief und lauschte Fords heiserem Stöhnen.

Sie waren allein in diesem dunklen Raum, mit geschlossener Tür und den Beweisen ihrer Lust an den Händen.

»Was hast du getan?«, fragte Hayden leise.

»Ich hab dir einen runtergeholt und du fandest es gut. Eigentlich müsstest du jetzt sagen: *Danke, Ford, für diesen absolut unglaublichen Handjob.*«

»Danke, Ford, dass wegen dir meine Hose nun Flecken hat, wo keine sein sollten.«

Ford lachte und küsste ihn wieder. Es war das eine, sich zu küssen, weil man scharf aufeinander war, und so was wie verbotenen Sex miteinander hatte. Es war aber etwas vollkommen anderes, das zu tun, wenn es eigentlich keinen Grund dafür gab.

Küssen war etwas Intimes, etwas Stilles und Leises. Man küsste nicht jeden Menschen, doch Ford küsste ihn und Hayden konnte ihn nicht von sich schieben. Es ging einfach nicht, also küsste er ihn zurück.

//
18. Kapitel

HAYDEN

»Heute ist also wieder angeln angesagt?«, fragte Ford, der hinter Hayden aufgetaucht war.

Sofort war sein Körper in einer Art Alarmzustand, als er sich zu ihm umdrehte. Da stand er. Mit einem freundlichen Lächeln auf den Lippen, die Haare zurückgebunden, Dreitagebart und zwei Kaffeebechern in der Hand.

»Was machst du hier?«

»Ich begleite euch zum Angeln«, sagte Ford.

Hayden sah sich um. »Wo ist Seb?«

»Wieder abgereist. Ich treffe ihn in zwei Tagen in L.A. zu einem Auftritt in einer Talkshow.«

»Toll«, brummte Hayden und versuchte das lästige Kribbeln seines Körpers zu ignorieren, das von Zelle zu Zelle sprang und immer mehr wurde. Fords alleinige Anwesenheit löste das aus. Dass er jetzt noch einen Schritt näher trat, machte es nicht gerade besser. »Ich habe dir Kaffee mitgebracht«, sagte Ford und reichte ihm einen der beiden Becher.

»Ich hatte schon eine Tasse«, sagte Hayden, auch wenn der Geruch des Kaffees aus dem Diner verführerisch war.

»Du trinkst doch sicher mehr als eine Tasse Kaffee am Tag, oder?« Ford streckte die Hand so weit aus, dass seine Fingerknöchel gegen Haydens T-Shirt stießen. So standen sie sich gegenüber und sahen einander in die Augen. Hayden konnte nicht wegsehen, stattdessen musste er an alles denken, was sie miteinander getan hatten und was er noch mit Ford tun wollte. Himmel, Ford hatte ihm eine vollkommen neue Welt gezeigt, die Hayden vor Jahren hinter sich gelassen hatte. Er hatte sich in eine freiwillige Abstinenz begeben und das war okay für ihn gewesen. Er hatte dafür Jonah und Millie bekommen, während für seine eigene Sexualität in einer kleinen

Stadt wie Iron Creek kein Raum gewesen war.

Und jetzt war Ford da und zeigte ihm, dass er diesen Teil von sich vielleicht stillgelegt, aber nie verloren hatte. Ford hatte ihn mit seinem Mund und seinen Händen und seinen verführerischen Küssen wieder zum Leben erweckt und jetzt hatte Hayden den Salat.

Hayden griff nach dem Becher, um Fords Berührung zu unterbrechen, doch der trat stattdessen noch näher und ließ seine flache Handfläche über Haydens Brust gleiten, bis er sanft über seine Seite strich. Er trat *noch* näher, er roch fantastisch, er war menschgewordene Erotik.

»Was tust du da?«, fragte Hayden gepresst. Er sollte sich einfach abwenden und Ford zum Teufel schicken, doch das war nicht möglich. Ford war vielleicht nicht mehr der Erzfeind, aber es gab genügend Gründe, warum Hayden ihm nicht *nochmal* näher kommen sollte.

»Ich streichle dich und muss gestehen, dass es mir ausgesprochen gut gefällt. Ich könnte dich heute Abend besuchen. Wenn Jonah im Bett ist«, sagte er leise. »Es ist mein letzter Abend in Iron Creek, bevor ich nach L.A. reise.« Im anbrechenden Tageslicht, flüsterte Ford ihm ein Angebot zu, das seinen Körper nicht nur kribbeln ließ, sondern regelrecht in Brand setzte.

»Und dann?«, fragte Hayden. Er hörte selbst, wie lächerlich atemlos seine Stimme klang.

»Dann küsse ich dich und streichle dich wieder.«

»Wir hatten entschieden, dass wir das nicht mehr miteinander tun. Du und ich, das darf nicht nochmal passieren.«

»Stimmt, wir hatten das Thema kurz angesprochen, bevor wir uns gegenseitig einen runtergeholt haben. Ich dachte, du hättest einen Witz gemacht«, wisperte Ford ihm ins Ohr. Sein Mund war so nah, Hayden müsste nur den Kopf drehen und könnte ihn küssen. Mitten in seiner Einfahrt, wo jeder Nachbar sie jederzeit sehen konnte. Wer wusste schon, wer ihnen im Moment zusah? Sie standen viel zu nah beieinander, Ford flüsterte ihm heiße Dinge ins Ohr, Hayden wurde unglaublich warm.

»Es war kein Witz«, gab Hayden heiser zurück. »Du bist unmöglich.«

»Und du hast noch nicht auf meine Frage geantwortet, ob ich dich besuchen soll.«

»Ich dachte, du bist wegen Jonah hier.«

»Auch. Vor allem. Aber dir kann ich nicht widerstehen.« Ford lächelte und nippte an seinem Kaffee. »Du bist fast so gut wie Koffein.«

»Wow, kannst du das auch in weniger schleimig?«

»Wenn ich mich anstrenge?« Ford gluckste und Hayden kam der Gedanke, dass er seine unbeschwerte Art gern mochte. Er machte sich nur selten Gedanken über irgendetwas. Für ihn war alles leicht und locker und voller Spaß. Darin unterschied er sich grundlegend von Hayden

»Ist das ein Ja, Hayden? Ich würde dich und deinen Schwanz wirklich gern besuchen.«

»Es ist ein klares Nein«, entgegnete Hayden unter Aufbringung all seiner Selbstbeherrschung. Himmel, Ford wickelte ihn mit seinen Sprüchen und diesen Berührungen ganz schön ein. »Lass mich jetzt die Sachen einladen.«

»Kann ich dir helfen?«

»Leider nein. Und du kannst auch nicht mitkommen«, sagte Hayden entschieden.

»Nicht? Warum?« Das erste Mal an diesem Morgen wackelte Fords Lächeln, und Hayden hasste es. Er war kein grausamer Mensch, er war nicht mal unfreundlich. Nur wenn es um Ford ging, wurde er zu einem Arsch, weil er sich selbst vor dem übermäßigen Charme des Mannes schützen musste.

In diesem Moment kam Jonah aus dem Haus gesprungen. Als

er Ford erblickte, leuchteten seine Augen auf und dann fiel er ihm auch schon in die Arme.

Offenbar hatte Jonah seine Vorbehalte gegenüber Ford vollkommen zur Seite gewischt. Bei Kindern konnte es so einfach sein. Ford machte eine unbeholfene Geste mit den Händen, mit der er Jonah fragte, wie es ihm ging.

Jonah grinste breit und antwortete schnell und ausschweifend. Ford lachte und legte ihm die Hand auf die Schulter. Er schüttelte den Kopf und sagte: »Du bist zu schnell.«

Jonah entschuldigte sich mit einer Gebärde, und Ford sah zu Hayden.

»Er entschuldigt sich«, erklärte er.

»Das habe ich verstanden.«

Hayden dachte daran, dass Ford große Fortschritte im Erlernen von Gebärden machte. Er strengte sich wirklich an und natürlich wollte Haydens Kopf ihm das zugutehalten.

»Was?«, fragte Ford lächelnd, weil Hayden ihn einfach nur schweigend angesehen hatte.

»Du kannst schon ziemlich viele Gebärden.«

»Seb hat mir ein paar beigebracht, während er hier war. Und ich habe YouTube Videos gesehen. Es ist gar nicht so leicht, aber seit ich mir vorstelle, es wäre eine Art Choreografie, geht es besser.«

Hayden konnte nichts dagegen tun. Es wurde warm in seiner Brust. Wegen Ford. Und wegen Jonah, der mit einem glücklichen Ausdruck im Gesicht bei ihnen stand.

Kommt Ford mit?, fragte Jonah.

Nein, er wollte gerade gehen, antwortete Hayden.

»Was hat er gesagt? Er hat meinen Namen gebärdet«, sagte Ford und sah Hayden offen an.

Seine Verteidigungswälle wackelten unter Fords Blick. Sie wurden porös und unglaublich brüchig und plötzlich dienten sie nicht mehr zu seinem Schutz. Sie luden Ford vielmehr dazu ein, eine Schwachstelle zu finden und sie einzureißen. Jonah war seine Schwachstelle. Und seit Neuestem auch noch ausgerechnet Ford.

Fuck.

»Er hat gefragt, wann wir losfahren.«

Ford legte den Kopf schief und musterte Hayden mit einem stillen Lächeln. »Blödsinn«, sagte er dann. »Du flunkerst.« Er zog sein Handy aus der hinteren Tasche seiner Jeans, tippte auf dem Bildschirm herum, ehe er ihn Jonah hinhielt.

Hayden drehte sich etwas, sodass er ebenfalls mitlesen konnte. *Stört es dich, wenn ich mitkomme?*, hatte er geschrieben.

Jonah nahm ihm das Telefon aus der Hand und tippte eine Antwort. Er gab das Telefon zurück an Ford und grinste.

»Was hat er geschrieben?«, fragte Hayden nach einem Moment. Er war es nicht gewohnt, dass *er* derjenige war, der um Informationen bitten musste, immerhin wusste er alles über Jonah.

»Dass ich sehr gern mitkommen kann.«

Hayden seufzte. »Zum Angeln wäre es jetzt schon viel zu spät. Wir wollten zur Bison Range«, sagte er dann. Er fuhr sich mit der Hand durch die Haare.

Ford nahm sein Handy zurück und tippte einen Text ein. »*Was für ein Glück, dass ausgerechnet Bisons meine Lieblingstiere sind.*«

Jonah gluckste und legte sich die Hand auf den Mund. Hayden konnte nichts dagegen tun: der Austausch zwischen Ford und Jonah brachte sein Herz zum Schmelzen. Durfte er das zerstören? Nur um sich selbst zu schützen?

Gott, er war am Arsch.

———

Die Fahrt zur Bison Range verging schnell. Die meiste Zeit verbrachten Ford und Jonah damit, Textnachrichten auszutauschen.

Jonah brachte Ford die Gebärden für *Bison, Berglöwe, Bär* und *Wolf* bei.

Hayden beobachtete die beiden durch den Rückspiegel. Hin und wieder begegneten sich Fords und seine Blicke, dann sah Hayden schnell weg. *Stark bleiben*, sagte er sich in einem nicht enden wollenden Mantra. Er musste stark bleiben.

Nachdem er den Eintritt bezahlt hatte, fuhren sie die Straße entlang, von wo aus sie im besten Fall einige der wild lebenden Tiere würden beobachten können. Jonah war mit Haydens Erlaubnis auf den Beifahrersitz geklettert, während Ford auf der Rückbank blieb.

Voller Begeisterung klebte Jonah am Fenster und suchte die Umgebung nach den Tieren ab. Hayden beobachtete ihn lächelnd, bis eine Hand über seine Schulter strich. Er musste nicht in den Rückspiegel sehen, um zu wissen, dass Ford ihn gerade streichelte.

»Es ist süß, wie er sich freut«, sagte Ford, ganz nahe an seinem Ohr.

»Wir waren schon öfter hier. Er liebt die Tiere. Vor allem die Wölfe.«

»Dann hoffen wir mal, dass wir welche sehen«, erwiderte Ford.

Hayden fuhr langsam die Straße entlang, aber da noch viele andere Familien den gleichen Plan gehabt hatten, war es ihm nicht möglich, immer anzuhalten, wenn Jonah ihn darum bat. Stattdessen parkte er seinen Wagen gegen Mittag auf dem Besucherparkplatz, von dem auch einige Wanderwege abgingen. Sie suchten sich einen freien Picknicktisch und Hayden legte die Speisen darauf ab, die er vorbereitet hatte. Auch wenn Fords Besuch spontan gewesen war, so hatte er mehr als genug Essen für sie drei dabei.

Jonah knabberte an einem Sandwich herum, ehe er einige andere Kinder entdeckte, denen er zu dem nahe gelegenen Spielplatz folgte. Hayden war stolz auf ihn, dass Jonah keinerlei Probleme hatte, mit anderen Kindern in Kontakt zu kommen. Er sah dabei zu, wie Jonah mit seinem Handy eine Textnachricht tippte und das Display dann einem Mädchen hinhielt. Die las die Nachricht, dann griff sie nach Jonahs Hand und zog ihn hinter sich her zu ihren Geschwistern.

»Er macht das großartig, oder?«, fragte Ford. Gerade hatten sie einander noch gegenübergesessen, jetzt ließ sich Ford plötzlich neben Hayden nieder. Sehr dicht neben Hayden.

»Er ist ein tolles Kind«, erwiderte Hayden und klammerte sich an sein Dr. Pepper. Es war gut, etwas in der Hand zu halten.

»Ein tolles Kind mit einem tollen Vater«, fügte Ford hinzu. Er drehte sich etwas auf der Bank, sodass er jetzt Haydens Profil mustern konnte. »Es gefällt dir nicht, wenn ich neben dir sitze, oder?«

»Nein. Tut es nicht«, gab Hayden zu.

»Und warum nicht? Es ist noch gar nicht lange her, dass wir beide in einer Vorratskammer miteinander rumgemacht haben. Und auf deinem Sofa.«

»Es ist nur einfach … unpassend.«

Ford legte den Kopf schräg. »Was denn?«

»Wir beide.«

»Dass wir nebeneinander sitzen?«

Hayden schnaubte. Er erhob sich und entfernte sich ein paar Schritte von Ford. Er brauchte jetzt diesen Abstand, denn wenn er in Fords Nähe war, konnte er einfach nicht klar denken.

»Das, was da zwischen uns passiert ist, muss aufhören. Es ist … es macht einfach alles kompliziert.«

Ford drehte sich auf der Bank herum, sodass er jetzt mit dem Rücken am Tisch lehnte. Er sah locker und entspannt aus. Alles, was Hayden definitiv nicht war. »Und warum zur Hölle? Wenn du mich fragst, hatten wir wirklich heißen Sex miteinander. Ich will mehr davon. Das war nämlich erst der Zuckerguss, von dem wir genascht haben. Ich will aber die ganze Torte probieren.«

Hayden schluckte, denn bei Fords Worten wurde ihm ganz

warm. Sein Körper schrie *ja, ja, ja! Probier meine Torte!*, während sein Verstand die Arme vor der Brust verschränkte, die Bibliothekarinnenbrille auf der Nase zurechtsetzte, und den Kopf schüttelte. *Auf keinen Fall*, sagte er.

»Ich kann nicht mehr denken«, sagte Hayden leise. Er ging ein paar Schritte, dann drehte er sich wieder zu Ford um. »Wenn du Dinge mit mir tust, kann ich nicht denken.«

Ford grinste. »Gut. Das letzte, was ich will, ist, dass du irgendwas zerdenkst, während ich dich zum Kommen bringe.«

»Ford!«, zischte Hayden. »Das hilft nicht.«

»Dann komm zum Punkt. Ich höre nämlich immer nur, wie du Nein sagst, gleichzeitig aber keine Gelegenheit auslässt, mit mir rumzumachen. Vielleicht musst du an deiner Standhaftigkeit arbeiten. Im übertragenen Sinne«, fügte er feixend hinzu.

Hayden schnaubte und ließ sich auf die Kante der gegenüberliegenden Bank sinken. »Ich muss einen klaren Kopf bei der Sache behalten. Ich muss richtige Entscheidungen treffen, die Jonahs Leben beeinflussen werden. Ich will alles richtig machen. Und das, was wir miteinander tun«, er zeigte zwischen Ford und sich hin und her, »ist alles andere als richtig.«

»Denkst du, ich benutze unsere Bettgeschichte irgendwann gegen dich?«, hakte Ford nach.

»Bettgeschichte«, sagte Hayden tonlos. Das war es für Ford. Natürlich war es für Ford nur eine Bettgeschichte. Eine von vielen. Er hatte sich durch die Betten von halb Amerika geschlafen, Hayden war nur eine weitere Kerbe in seinem Bettpfosten. Warum fühlte es sich so komisch an, dass Ford das, was sie miteinander taten, eher locker sah? Warum zog sein Herz bei dem Gedanken daran, dass Ford irgendwann – vielleicht schon bald – im Bett eines anderen Menschen liegen würde. Weitere Bettgeschichten am Laufen hätte, während Hayden in Iron Creek sein Leben führte und … zurückblieb.

»Hör zu«, sagte Ford in versöhnlichem Tonfall. »Ich mag es, dich zu küssen. Ich berühre dich unglaublich gern und verdammt, du bist ein wirklich heißer Anblick, wenn du kommst. Du kannst es mir nicht zum Vorwurf machen, dass ich mehr davon will.«

»Es geht aber nicht«, beharrte Hayden. »Es wird nicht wieder vorkommen. Du musst dir eine andere *Bettgeschichte* suchen.«

Ford stöhnte auf. »Warum musst du alles so kompliziert machen?«

»Okay, dann sag mir, wie das läuft. Du lebst dein Leben weiter, reist um die Welt, hast in jeder Stadt eine andere Affäre, während ich mit Jonah in Iron Creek bleibe. Alle paar Monate erinnerst du dich mal an deinen Sohn, schaust hier vorbei, verbringst Zeit mit ihm, machst ihm Hoffnungen, während ich als deine persönliche Mätresse für dein körperliches Wohlergehen zuständig bin? Wird es so laufen?«

Ford lachte auf. »Ich werde mich nicht für das Leben entschuldigen, das ich führe. Ich kann es nicht einfach auslöschen, nur weil jetzt Jonah da ist.«

»Und was, wenn das die Voraussetzung wäre? Wenn du Jonah nur sehen könntest, wenn du nicht länger monatelang um die Welt reist?«

Ford kniff die Augen zusammen. »Wie bitte?«

Hayden nickte entschlossen. »Du willst Jonahs Vater sein. Dafür musst du hier sein. Du musst an seinem Leben teilhaben.«

»Und dafür muss ich mein ganzes bisheriges Leben auf den Kopf stellen?«

Hayden biss die Zähne aufeinander. »Und das ist der Unterschied zwischen uns beiden, Ford.«

Ford lachte bitter auf. »Dein gesamter Lebensinhalt ist Jonah und ich rechne es dir hoch an, aber du übertreibst. Jonah wird sich geliebt fühlen, auch wenn ich nicht vierundzwanzig Stunden am Tag um ihn herum bin. Er wird verstehen, dass ich arbeiten muss, weil es so nun einmal läuft. Wenn du absolute Selbstaufgabe also als Definition für den besten Vater der Welt siehst, ja, dann werde ich versagen.« Er lehnte sich vor. »Und erwarte bloß nicht, dass ich mich dafür entschuldige.«

Hayden schnaubte. »Es ist, wie ich es von Anfang an sagte. Jonah ist dein Spielzeug, das du hervorholst, wenn du gerade nichts anderes zu tun hast.«

Ford schüttelte energisch den Kopf und deutete mit dem Zeigefinger auf Hayden. »Falsch. Jonah ist eine eigenständige Persönlichkeit. Ich werde der Mensch sein, zu dem er kommt, wenn er Probleme hat, wenn er Hilfe braucht – oder wenn er sich von seinem klammernden anderen Vater befreien will. Himmel, Hayden, lass ihn atmen. Und besorg dir ein eigenes Leben.«

»Du hast keine Ahnung, wovon du sprichst!«, gab Hayden zurück.

»Wirst du mir wieder die letzten sieben Jahre vorhalten, in denen ich nicht mal von Jonahs Existenz wusste? Du machst mich für etwas verantwortlich, auf das ich nie einen Einfluss hatte! Ich habe nur das hier!« Er deutete auf den Parkplatz und in Richtung des Spielplatzes.

Inzwischen waren sie laut genug, dass einige Familien in der Nähe neugierig zu ihnen hinübersahen.

»Es mag dein Leben sein, für mich ist es ein Anfang. Hier fange ich an mit Jonah. Ich kann die letzten Jahre nicht nochmals mit ihm durchleben. Aber ich kann jetzt an seiner Seite sein, ihn beschützen und ihm zeigen, wie wichtig er mir ist. Eine gute Gelegenheit für dich, ein eigenes Leben aufzubauen, denn irgendwann wird Jonah aufs College gehen, studieren, einen Beruf erlernen. Um Himmels willen, vielleicht zieht er sogar weg! Und was machst du dann? Suchst du dir eine neue Millie, für deren Kind du dich aufgeben kannst?«

»Ich werde mich nicht dafür entschuldigen, dass ich die

Verantwortung für Jonah trage!«

»Nein. Aber du könntest damit anfangen, mich als gleichwertigen Partner zu sehen!«

Hayden schluckte schwer. Sein Herz raste und sein Körper schmerzte und er wusste nicht mal, warum. Es fühlte sich nur verdammt danach an, dass er die Kontrolle verlor. Über seinen Körper, seine Gedanken und irgendwie auch über sein Leben. Ford brachte ihn dazu, alles zu hinterfragen. Er versuchte sich an alte Strukturen zu klammern, versuchte, das Konstrukt, das sich sein Leben nannte, mit beiden Händen festzuhalten, während ein tobender Orkan mit aller Kraft daran rüttelte.

Ford hatte keine Ahnung, wovon er sprach. Trotzdem hatten seine Worte etwas in seinem Innern erschüttert. Einen winzigkleinen Teil, der gut verborgen vorm Rest der Welt war. Dort drinnen war nur Hayden. Nur er allein. Und er hatte keine Ahnung, was er mit sich selbst anfangen sollte.

Fords Worte verursachten ein scharfes Brennen in seinem Magen. Weil sie ihn vollkommen unvorbereitet trafen, weil sie schmerzten, besonders das kleine Fünkchen Wahrheit in ihnen.

Hayden sprang auf und baute sich vor Ford auf. »*Du* willst diesen Platz einnehmen? Der Typ, der jeden Tag in ein anderes Bett springt, der in ganz Amerika Kinder in die Welt setzt, weil er viel zu große Angst davor hat, sich an eine Person zu binden? Woher willst du überhaupt wissen, wie das funktioniert? Die Sache mit dem Bleiben und dem Verantwortung übernehmen?« Hayden meinte jedes Wort genau so, wie er es gesagt hatte. Allerdings hatte er nicht mit dem rohen Schmerz gerechnet, der in Fords Augen aufblitzte.

Sie starrten einander an, das Gelächter der Kinder im Hintergrund, zuschlagende Autotüren auf dem Parkplatz, aufheulende Motoren, das Panorama der unglaublich schönen Landschaft um sie herum. Und die Wut zwischen ihnen.

»Du musst ja unglaublich große Angst vor dem echten Leben haben«, ätzte Ford.

»Und wie einsam bist du wohl, dass du dir ein Dutzend Kinder zulegen musst, um die du dich nicht kümmerst?«, zischte Hayden. »Du bist so weit davon entfernt, ein fester Bestandteil von Jonahs Leben zu werden, wie es nur geht. Du bist nur hier, weil Millie es so wollte. Jonah schenkt dir einen Platz in seinem Leben, weil er nicht weiß, dass es Menschen gibt, die sich umdrehen und einen verlassen. Du wirst seine erste Erfahrung in dieser Hinsicht sein!«

»Du hast keine Ahnung, wovon du sprichst!«, fauchte Ford mit unterdrückter Stimme und loderndem Glimmen in den Augen zurück. »Du verkriechst dich hier in Iron Creek, spielst den Superpapa, übersetzt Bücher, hilfst auf der Ranch. Du tust so, als hättest du ein Leben, aber wir beide wissen, dass es nicht so ist. Du hast kein Leben. Und jetzt hast du Angst, dass ich dir das Wenige, worüber du die Kontrolle hast, wegnehme. Lass dir eines gesagt sein: Ich werde nicht mit der Wimper zucken, mir zu nehmen, was mir zusteht.«

F O R D

Der Abschied von Jonah war ihm schwergefallen. Der Abschied von Hayden auch, obwohl sie nach ihrer Auseinandersetzung auf dem Parkplatz kein Wort mehr miteinander gewechselt hatten. Ford hatte sich vornehmlich mit Jonah beschäftigt, während Hayden in seiner Ecke vor sich hingebrütet hatte.

Und ausgerechnet jetzt musste er die kleine Stadt im Herzen der Wildnis Montanas verlassen. Bevor er nochmal die Gelegenheit gehabt hatte, mit Hayden zu sprechen. Das war ein blödes Gefühl und am liebsten hätte er alle Termine abgesagt.

Er wusste nicht mal mehr selbst, wie der Streit entstanden war und warum sie sich auf einmal so viele Dinge an den Kopf geworfen hatten. Am liebsten wäre er aufgestanden und hätte Hayden um den Verstand geküsst, denn sich mit ihm zu streiten, war wirklich das Letzte, was er wollte.

Seine Worte taten ihm leid, und er hätte sie gern zurückgenommen, vor allem, als er den verletzten Ausdruck in seinen Augen gesehen hatte. Außerdem hatte er das Gefühl, dass er etwas nicht ganz mitbekommen hatte, dass ein Aspekt dieser ganzen Auseinandersetzung einfach an ihm vorbeigegangen war.

Zurück in L.A. traf er sich mit den anderen Mitgliedern der Band im Studio von *Dream Records*. Und obwohl er die Jungs seit Jahren kannte und sie wirklich gute Freunde waren, kam es ihm so vor, als kehrte er in eine fremde Welt zurück.

Auch wenn Hayden ihm permanent auf die Nerven gegangen war und ihm keinen Moment der Ruhe gegönnt hatte, ihn angeschrien und wirklich blöde Dinge gesagt hatte, so hatte Ford die Zeit in Iron Creek doch genossen. Er hatte seinen Sohn kennengelernt, sein Leben, seine Bedürfnisse und Besonderheiten. Hayden lag falsch, wenn er ihm unterstellte, dass er Jonah hängenlassen würde. Was die Sache zwischen Hayden und ihm anging ... die war irgendwie etwas komplizierter.

Er traf Trent, Seb und Phil in der Maske, wo sie für ihren Auftritt in der Morningshow vorbereitet wurden.

»Da ist ja der Cowboy«, spottete Phil und sah von seinem Smartphone auf. »Wo ist dein Hut?«

»Alter, lass ihn in Ruhe«, unterbrach Seb ihn lachend, dann ließ er sich neben ihn auf einen der Stühle sinken. »Ich habe bis zuletzt mit deiner Absage gerechnet, dass du heute nicht kommst.«

Ford runzelte die Stirn. »Habe ich je einen Auftritt abgesagt?«

»Vor Jonah? Nein. Jetzt?«

»Jonah hat nichts damit zu tun.«

Seb lachte und lehnte sich zurück. »Er hat ab jetzt alles damit zu tun, klar? Du weißt es nur noch nicht. Und was läuft eigentlich mit diesem Hayden? So wie du ihn angesehen hast, bist du genauso scharf auf ihn wie er auf dich.«

Auch wenn sie im Streit auseinander gegangen waren, konnte Ford beim Gedanken an Hayden ein Lächeln nicht unterdrücken. »Es ist gar nichts«, sagte er.

Seb schnalzte mit der Zunge und boxte ihm in die Schulter. »Alter. Ganz schlechte Idee. Wen auch immer du fickst, ficke nicht den Kerl, der dein Kind großzieht. Er ist immer noch der Feind.«

Ford seufzte. »Ich ficke ihn nicht. Und er ist auch nicht der Feind. Du bist schon wie Turner. Ist es wirklich so abwegig, dass wir die ganze Sache in Frieden miteinander klären?«

»Ist es!«, rief Phil von seinem Platz aus.

»Du hast nicht mal eine Freundin«, gab Ford zurück.

»Und keine vierzehn Kinder. Sorry. Fünfzehn.«

Ford zeigte ihm den Mittelfinger und richtete seinen Blick durch den Spiegel hindurch wieder auf Seb. »Hayden ist ein guter Kerl. Er kümmert sich gut um Jonah und will nur sein Bestes.«

»Und er benimmt sich dir gegenüber wie der komplette Arsch.«

Ford dachte an all die Küsse, die sie miteinander geteilt hatten. An Umarmungen und ehrliche Worte, und deshalb konnte er allen Ernstes behaupten: »Das stimmt nicht.«

»Dann bring die Sache hinter dich, leg ihn flach und nimm die rosarote Brille ab. Du wirst vieles klarer sehen.«

Ford schüttelte den Kopf. So war es nicht zwischen Hayden und ihm. Es war explosive Anziehung, unwiderstehliche Leidenschaft, aber auch tiefes Misstrauen. Doch darüber würde er nicht mit Seb oder den anderen diskutieren, weshalb er sich seine Kopfhörer in die Ohren schob und ein YouTube Video mit verschiedenen Gebärden abspielte.

»Nach der Tour ist vor der Tour?«, fragte Cassidy von *Morgens mit Cassy* und lachte giggelnd. Ihr Partner, Oscar, fiel in ihr Lachen ein, als hätte sie den größten Witz aller Zeiten gerissen.

»Irgendwann ganz sicher«, erwiderte Seb charmant wie immer. Er war meistens der Wortführer der Gruppe, wenn es um die allgemeinen Fragen ging. Nur wenn er sich angegriffen fühlte, übernahm Ford das Ruder, denn dann konnte es leicht blutig enden.

»Irgendwann? Was heißt das? Erzählt mal, was ihr im Moment so treibt, immerhin ist es die letzten Wochen still geworden um *Acheron*.«

Wenn es nach Ford ging, durfte das auch gern so bleiben. Es grenzte ohnehin an ein Wunder, dass die Presse bisher noch keinen Wind von Jonahs Existenz bekommen hatte.

»Wir haben Urlaub«, sagte Seb mit einem Lächeln. »Immerhin waren wir fast neun Monate auf Tour. Wir müssen unsere Akkus wieder aufladen.«

»Bist du auch im Urlaub, Ford? Oder besuchst du der Reihe nach deine Kinder?«

Innerlich verdrehte Ford die Augen. Die Schar von Kindern, die seinen Namen trug, war riesig und die Presse scheute keine Mühen, jedes einzelne Kind genau im Auge zu behalten. Alle bis auf Jonah. Zum Glück. Hayden würde ihm den Arsch aufreißen, wenn auch noch die Presse in Iron Creek einfallen würde.

»Die Kinder und ich stehen wie immer in regelmäßigem Kontakt«, sagte Ford ausweichend. Eine Standardantwort, die Turner ihm eingebläut hatte.

»Ist bestimmt nicht leicht, ein so aufregendes Leben und so viele Kinder unter einen Hut zu bekommen, oder?«, fragte Cassidy mit einem freundlichen Lächeln, das gar nicht so freundlich gemeint war.

»Nein«, erwiderte Ford. Er hielt seine Zähne zusammengepresst. Er hasste es, immer und immer wieder für Dinge an den Pranger gestellt zu werden. Natürlich könnte er die Wahrheit sagen, er könnte sich selbst von allen Anschuldigungen reinwaschen und würde am Schluss auch noch als großer Held dastehen, doch das war nicht das, was er wollte.

»Dafür war Ford fleißig und hat bereits einen neuen Song geschrieben«, schaltete sich Seb ein.

Cassidys Augen leuchteten auf. »Und bekommen wir eine kleine Kostprobe?«

Ford lächelte sein gewinnendstes Lächeln. »Sicher.« Er sah kurz zu den anderen Jungs, ehe er auf seinen Schenkel klopfte und damit den Takt anschlug. Die anderen begannen zu summen, während er sang.

Hey Mr. Rockhard, are you here?
I need some fluffy Marshmallows beneath you.
Hey Mr. Rockhard, did you know?
Life gets smoother when you take that kiss …

Cassidy und das Publikum begannen zu klatschen und zu jubeln, während Ford seinen Blick direkt in die Kamera richtete und breit lächelte, nur für den Fall, dass Hayden und Jonah ihm gerade zusahen.

Mochte er das Lied? Verstand er, von wem Ford sprach? Und warum war ihm das so wichtig?

Als er vor Wochen nach Iron Creek gekommen war, hatte er nur das Ziel gehabt, seinen Sohn kennenzulernen. Seinen einzigen richtigen Sohn. Und plötzlich dachte er nicht nur ständig an Jonah, sondern auch noch an Hayden, der nicht nur ein wunderbarer Vater war, wahnsinnig attraktiv, klug, sexy, und sich mit Händen und Füßen dagegen wehrte, Ford in sein Leben zu lassen.

Ford wusste nicht, was ihm mehr imponierte. War es seine beständige Gegenwehr, die Mühen, die er aufbrachte, um Jonah von allem Schaden fernzuhalten? Oder bestand vielleicht auch die Möglichkeit, dass er sich selbst zu schützen versuchte? Hatte er ihm Unrecht getan? Hatte Hayden einfach nur den Mut gehabt, eine Entscheidung voll und ganz *für* Jonah zu treffen, ohne dass ihm andere Aspekte seines Lebens fehlten?

Nachdem sie die Show hinter sich gebracht hatten, fuhren sie noch in ein kleines Diner auf dem Weg ins Hotel. Ford würde den nächsten Flug zurück nach Helena nehmen, weil er wieder in Jonahs Nähe sein wollte.

Er hatte gerade in seinen Breakfast Burrito gebissen, als sein Handy den Eingang einer Nachricht ankündigte. Er zog es hervor und erblickte Jonah, der offensichtlich in Haydens Truck saß. Er trug die Schuluniform und grinste breit in die Kamera. Fords Herz wurde ganz warm und weich bei seinem Anblick. Bevor er aber auf das Bild reagieren konnte, klingelte sein Telefon wieder und kündigte dieses Mal einen eingehenden Anruf an.

»Kein Interesse«, sagte Ford, als er das Gespräch entgegennahm.

Turner gab ein dunkles Grollen von sich, wie er es immer tat, wenn er verärgert war. »Schwing deinen Hintern in mein Büro. Wir müssen miteinander reden.«

———

»Wenn du noch einmal sagst, dass ich die Ruhe bewahren soll, dann hole ich meine AR-15 aus dem Schrank, gehe in die nächste Mall und schieße wild um mich.«

Ford starrte Turner an. »Erstmal: Ich wusste nicht, dass du ein Gewehr besitzt. Und außerdem sind Witze über Amokläufe echt uncool.«

»Und was sagst du dazu?«, fragte Turner und knallte einen Ordner vor ihm auf den Schreibtisch.

Ford beugte sich vor und öffnete ihn. Darin befanden sich mehrere unscharfe Fotografien sowie Protokolle von Telefonaten.

»Muss ich mir das alles durchlesen?«, fragte Ford.

Turner schnaubte. »Er hat einen Privatdetektiv angeheuert, der die Mütter deiner Kinder befragt.«

Ford blinzelte. Er musste nicht nachfragen, wen Turner mit *er* meinte.

Hayden.

Hayden spionierte ihn aus. Er hatte einen verdammten Privatdetektiv angeheuert? Das war einfach nicht möglich. Hayden würde so etwas nicht tun. Hayden … hatte ihn betrogen.

Das Gefühl des Verrats war grausam. Es stach ihm in die Brust und in den Magen und zwischen die Augen. Er hätte aufpassen müssen. Stattdessen hatte er Hayden einen Blowjob verpasst. Zwei verdammte Blowjobs. Er hatte zugelassen, dass sie sich näherkamen, als ihm je ein anderer Mensch nahegekommen war. Er hatte Verständnis gehabt, *er hatte ihm vertraut*! Und Hayden hatte ihn die ganze Zeit betrogen.

»Was will er mit den Aussagen anfangen?«

»Vor Gericht kann er nicht viel damit anfangen. Aber er könnte die Personen, die Negatives über dich zu berichten haben, in den Zeugenstand rufen, sollte es zu einer Gerichtsverhandlung kommen.«

»Ich will keine verdammte Gerichtsverhandlung«, zischte Ford. »Ich will einfach nur …« Er verstummte. Er wollte Jonah. Er wollte ihn so sehr, dass sich sein Herz regelrecht zusammenzog. Er hatte das nie gehabt und tief in seinem Herzen wusste er, dass er es wollte. Er wollte ein Teil von Jonahs Leben sein. Und vielleicht wollte er auch Zeit mit Hayden verbringen, ausreiten, zusammenzucken, weil er Muskelkater im Arsch hatte und sich über das verrückte Huhn in der Küche wundern.

Fuck.

Was auch immer in Iron Creek geschehen war, möglicherweise hatte er bereits große Teile seines Herzens an diese Stadt verloren. Nicht nur an die Stadt, auch an die Menschen darin. An Abby und die Kinder, den schweigsamen Colton, der Rezeptionisten im Hotel, und die Kellnerin im Diner.

Und an Hayden. Immer wieder Hayden. Der Kerl, der ihn offenbar skrupellos hintergangen hatte.

»Scheiße, Ford, was mache ich mit dir?«, fragte Turner und ließ sich auf dem anderen Besucherstuhl nieder. »Ich bin dein Anwalt und auch noch dein Freund. Und egal aus welchem Blickwinkel ich das betrachte, ich will dich beschützen. Es ist nicht okay, was er tut.«

»Ich weiß«, sagte Ford leise.

»Wann hörst du endlich auf, allen gefallen zu wollen und stehst für deine Rechte ein?«

»Bisher ist meine Strategie immer aufgegangen.«

»Nein, das einzige, das aufgegangen ist, war dein Portemonnaie. Es ist okay, Nein zu sagen, Ford. Die Leute lieben dich deshalb nicht weniger.«

Ford erhob sich. Eine bleierne Schwere drückte auf seine Schultern. Das Gefühl von Verrat und Traurigkeit haftete ihr an. Natürlich kannte er Hayden noch nicht lange. Trotzdem hätte er ihm das nicht zugetraut.

»Weißt du, ich hatte ein gutes Gefühl. Es war am Anfang schwierig, aber dann haben wir es irgendwie geschafft. Wir wurden ein Team. Ich muss irgendeine Abzweigung verpasst haben, wo das Fairplay nicht gilt. Ich ... er hat Angst, verstehst du? Er will Jonah nicht verlieren.«

»Du solltest für dein Recht kämpfen. Mach einen Test und dann hol dir, was dir zusteht.«

Ford schüttelte den Kopf. »Es geht um Jonah. Jonah ist der Grund, warum wir uns überhaupt kennengelernt haben.«

»Fuck, Ford. Was soll das bedeuten? Das klingt ja fast, als ob ...«

Ford drehte sich zu Turner um. »Was?«

»Es klingt, als hättest du Gefühle für ihn.«

»Mach dich nicht lächerlich.« Ford schnaubte. »Ich habe keine Gefühle für ihn. Du weißt genau, dass das nichts für mich ist. Und nur weil ich jetzt mit ihm zu tun habe, weil er mein Kind großgezogen hat, bedeutet das noch gar nichts. Hayden käme nicht mal in die Nähe der Top-20-Leute, in die ich mich verlieben würde, wenn ich mich in jemanden verlieben müsste.«

»Ach ja?«

»Ja. Der Mann ist ein reiner Familienmensch. Urgh. Du weißt, dass das nichts für mich ist. Er ist hilfsbereit und freundlich und ein Hühnchen rennt durch sein Haus. Er ist wirklich weit von meinem Beuteschema entfernt.« Es fühlte sich komisch an, diese Worte auszusprechen, weil ihm ja genau diese Sachen eigentlich alle an Hayden gefielen.

Aber es ging ums Prinzip. Er und Gefühle? Pah! Hayden hatte ja soeben bewiesen, wie sehr man sich in einem Menschen täuschen konnte.

»Hör mal, ich will nur nicht, dass du verletzt wirst, okay?«

»Mach dir keine Sorgen.« Ford seufzte. »Ich bin dir dankbar, dass du immer an meiner Seite bist. Wirklich. Das bedeutet mir viel. Ich weiß selbst, dass ich nicht immer der einfachste Klient bin ...«

»Und hier hätten wir die Untertreibung des Jahrhunderts«, murmelte Turner mit einem Grinsen.

Ford verdrehte die Augen. »Ich weiß, ich habe das schon ungefähr einhundertmal gesagt, aber kannst du mich die Dinge regeln lassen? Ohne anwaltlich formulierte Drohbriefe, Unterlassungsklagen oder Gegenbeweise?«

»Und wie lange soll ich deiner Meinung nach dabei zusehen, wie er dir ans Bein pisst?«

»Es geht um Jonah. Er ist ein Kind und er kann nichts für das Verhalten seines Vaters.«

»Was ist das für eine Antwort? Ich weiß das.« Turner legte den Kopf schief, dann verzog er die Augen zu schmalen Schlitzen. »Moment mal ... du willst *gar nichts* tun?«

»Exakt.« Ford wich Turners stechendem Blick aus, doch der war nicht bereit, ihn so schnell von der Angel zu lassen. Damit hatte Ford auch nicht gerechnet.

»Du gibst ihm den Freipass, dich wie den letzten Arsch zu behandeln? Weil er Jonah großgezogen hat?«

»Weil er Jonah ein guter Vater ist. Deshalb.«

»Das ist bescheuert, Ford. Wirklich.«

»Es ist mein Geschenk an meinen Sohn«, erwiderte Ford. »Meine Mutter hat sich einfach aus dem Staub gemacht, mein Erzeuger hat sich erst für mich interessiert, als ich berühmt und reich war. Jonah hat verdammtes Glück, dass er Hayden hat. Ich würde ihm das niemals wegnehmen.

Wenn Hayden ein Arsch zu mir sein will, wenn er mir bis an mein Lebensende misstraut und ständig irgendwelche Steine zwischen die Füße wirft – bitte. Dann werde ich das akzeptieren, weil ich weiß, dass er nur das Beste für Jonah will.«

»Wir tun also nichts und lassen uns herumschubsen?«, hakte Turner nach.

»Das nun auch nicht.«

20. Kapitel

H A Y D E N

Jonah schlief heute Nacht bei Monroe und seiner Frau. Hin und wieder kam das vor und neben Abby war sein Bruder einer der Menschen, denen er zu einhundert Prozent im Umgang mit seinem Sohn vertraute.

Ford war noch nicht aus L.A. zurückgekehrt, obwohl er eigentlich schon vor ein paar Tagen hätte zurücksein wollen. Das löste ein komisches Gefühl in ihm aus. Eine Mischung aus *ich wusste immer, dass ich mich nicht auf ihn verlassen kann* und *sollte ich ihn anrufen und fragen, ob alles okay ist?*

Nein, er würde ihn nicht anrufen. Nachher würde ihm noch herausrutschen, wie sehr er ihn vermisste, und das wäre wohl der Worst Case. Vor allem nachdem Ford so eindrücklich beschrieben hatte, dass er an Hayden nur als Fickvorlage interessiert war.

Also lenkte sich Hayden ab. Er hatte den Hühnerstall gereinigt und verschloss gerade die Tür, als ein Geräusch, das von der Reifenschaukel her kam, ihn aufsehen ließ.

»Ist Peggy dort drin?«

Ford. Er war hier. Sein Schemen war in der Dunkelheit kaum auszumachen.

»Wie lange sitzt du denn schon dort?«

»Noch nicht sehr lange. Ich bin erst vor Kurzem angekommen.«

»Aha.«

Haydens Herz pochte wie verrückt, erinnerte sich an Fords Küsse und Berührungen und schlug Saltos. Verdammt.

»*Willkommen zurück, Ford. Jonah und ich haben dich vermisst. Du hast uns gefehlt. Gut, dass wir endlich wieder Unterstützung beim Zäune flicken haben.*«

»Ich schätze, das sind all die Dinge, die du gern von mir hören würdest?«

Ford erhob sich. Mitten in der Nacht kam er auf ihn zu. Jonah befand sich nur wenige Häuser weiter und hatte vermutlich den Spaß seines Lebens. Aber Hayden war hier, allein mit Ford, in der Nacht, die alle Geheimnisse verschlucken konnte.

Ford kam so nah, dass Hayden unwillkürlich vor ihm zurückwich. Es ging eine besondere Stimmung von ihm aus. Anders als sonst. Ihn umgab eine bedrohliche Aura, die Hayden nicht ganz zuordnen konnte. Sie irritierte ihn und machte ihn scharf.

»Könntest du. Ja. Aber ich habe noch andere Ideen, was du sagen könntest. Zum Beispiel: *Es tut mir leid, dass ich hinter deinem Rücken mit den Müttern deiner Kinder gesprochen habe. Es tut mir leid, dass ich es für nötig befunden habe, einen Privatdetektiv zu engagieren, um dich auszuspionieren. Es tut mir leid, dass du dich jetzt deshalb schlecht fühlst.*« Ford hob seine Hand und ließ die Fingerspitzen über Haydens Bartstoppeln gleiten. »Das wären Sätze, die ich gern von dir hören würde. Na, wie sieht es aus? Bist du dabei?«

Hayden schluckte. Er hatte den Auftrag, den er Beau schon vor einer ganzen Weile gegeben hatte, vollkommen vergessen. Im Grunde hatte er nicht mal damit gerechnet, dass Beau seinem Wunsch nachkam und diesen Privatdetektiv engagierte. Doch offensichtlich hatte er genau das getan.

»So schweigsam, Hayden? Ist das etwa das schlechte Gewissen, das dich zwickt?«

»Ich …«

»Nein. Nicht du«, unterbrach Ford ihn. »Ich will, dass dir ein für alle Mal klar wird, dass es hier nicht um dich geht. Auch nicht um mich und schon gar nicht um unsere Egos. Jonah. Er ist der einzige Mensch, der in dieser komischen Situation zählt.«

Hayden holte tief Luft. Er wollte nicken, vielleicht hätte er sich sogar entschuldigt, doch Ford unterbrach ihn erneut.

»Wenn du willst, dann kannst du die vierzehn beglaubigten

Schreiben sehen, in denen steht, dass ich nicht der Vater der Kinder bin.«

Hayden runzelte die Stirn. Er war sich sehr sicher, dass Ford der Vater der Kinder war. Genau so hatte er es im Internet gelesen. Er hatte Interviews mit Ford gesehen, in denen er die Vaterschaft bestätigte, genauso wie die Mütter der Kinder.

»Wie …?«

»Es hat mit einer Frau angefangen. Sie war in Geldnot und hat einfach versucht, ihren Kopf aus der Schlinge zu ziehen. Schlaf mit dem berühmten Musiker, verklag ihn und er wird zahlen, weil er keine schlechte Presse will.«

»Und da hast du mitgemacht?«

»Ja. Warum auch nicht?« Ford zuckte mit einer Leichtigkeit mit den Schultern, die nicht recht zu ihrem Gesprächsthema passen wollte. Schulterzucken war fehl am Platz, wenn man über Kinder sprach.

»Es hat sich rumgesprochen. Immer wieder tauchten Frauen auf, behaupteten, ich wäre der Vater ihrer Kinder und forderten Unterhalt.«

»Und anstatt auf die Wahrheit zu bestehen, hast du einfach immer gezahlt?«, fragte Hayden tonlos. Er konnte noch nicht richtig verknüpfen, worum es hier wirklich ging. Aber allein schon die Tatsache, dass Ford vierzehn Kinder, die nicht von ihm waren, finanziell unterstützte, war eine Riesensache.

»Warum auch nicht?«, fragte Ford wieder. »Ich habe Geld, sie haben keines. Sie haben Verschwiegenheitsvereinbarungen unterschrieben und ich zahle ihnen einen monatlichen Unterhalt, der mir nicht wehtut, jedoch garantiert, dass es den Kindern an nichts fehlt.«

»Für vierzehn Kinder?«, fragte Hayden und riss die Augen auf.

»Mach keine große Sache draus, Hayden. Es ist wirklich keine Heldentat, Geld von einem Konto auf ein anderes zu transferieren.«

»Es ist wohl eher die Botschaft, die dahintersteckt, oder?«, hakte Hayden nach.

Ford biss sich auf die Unterlippe, dann schob er die Hände in die Taschen seiner Jeans. »Mein Uber wartet vor dem Haus.«

Leise Enttäuschung wallte in Hayden auf. Verstörend, wie sehr er sich darüber gefreut hatte, allein mit Ford zu sein.

»Okay«, sagte er.

»Ich wollte dir nur sagen, dass ich ein guter Kerl bin. Ich führe nichts Schlimmes im Schilde. Ich will einfach nur eine Chance haben. Ich will meinen Sohn kennenlernen und sieben verlorene Jahre unvergessen machen. Wenn du im Gegenzug Geld willst oder ein Haus, ein Auto oder teure Reisen, dann gebe ich es dir, denn all das bedeutet mir nichts. Doch Jonah ist das einzige wirkliche Kind, das ich habe, und du kannst nicht von mir verlangen, ihn aufzugeben.«

Fords Stimme wackelte und das ließ Haydens Herz schmerzen. Er war versucht, einen Schritt nach vorn zu machen, Ford in den Arm zu nehmen, aber er konnte nicht. Wenn er das tat, dann würde er sich ihm schutzlos ausliefern.

»Das wollte ich nur sagen.« Ford räusperte sich, seine Stimme klang belegt. »Ich lasse den Fahrer jetzt nicht länger warten.«

»Ich ... Ford?«, rief Hayden hinter Ford her, als der um ihn herumging und das Grundstück verlassen wollte.

Ford drehte sich zu ihm um und wartete ab. Hayden sah ihn an und wusste nicht, was er sagen sollte. Es wäre so leicht, sich bei ihm zu entschuldigen, nach seiner Hand zu greifen, ihn darum zu bitten, nicht wegzugehen. In diesem Moment wäre es leicht und morgen wäre es wieder schwer und kompliziert.

Das Schweigen dehnte sich aus, dann nickte Ford. »Schlaf gut, Hayden«, sagte er, dann verschwand er.

»Ich bin zu betrunken für den Scheiß«, hörte Hayden Beau murmeln, als der ihm die Tür öffnete. Er hing tatsächlich etwas schräg, seine Haare waren vollkommen verstrubbelt und er trug nicht mehr als seine Boxershorts.

»Hayden?«, fragte Beau jetzt und rieb sich über das Gesicht. Eine Alkoholfahne breitete sich zwischen ihnen aus.

»Entschuldige, ich wollte nicht stören ...«

»Wer ist das?«, rief Asher aus dem Hintergrund. Sein Bruder Ash hörte sich ebenfalls ziemlich betrunken an.

»Was machst du denn hier?«, fragte Hayden, als Ash hinter Beau auftauchte. Hayden wusste, dass Ash und Beau eng befreundet waren. Trotzdem stellte er sich für einen Moment eintausend Fragen. Genau solange, bis er wieder an seine eigenen Probleme dachte.

»Beau, ich brauche deine Hilfe.«

Beau runzelte die Stirn und lehnte sich haltsuchend gegen den Türrahmen. »Jetzt? Wie spät ist es, verdammt?«

Hayden sah auf seine Uhr und stellte fest, dass er wohl länger darüber nachgedacht hatte, was er tun sollte, als es sich angefühlt hatte. Es war bereits nach Mitternacht und der denkbar schlechteste Zeitpunkt für einen spontanen Besuch.

»Du hast den Privatdetektiv engagiert, oder?«

»Was?«

Hayden seufzte auf und schob Beau und Asher zurück ins Haus. Er ging voraus in die Küche, wo er sich daran machte, den beiden einen Espresso zuzubereiten. »Der Privatdetektiv. Er hat mit den Frauen gesprochen, oder?«

»Himmel, wovon sprichst du, Hayden?«, fragte Asher und ließ sich auf einen der Designerstühle nieder, die um einen riesigen Tisch herumstanden.

»Ich erinnere mich«, murmelte Beau. »Dunkel. Gott, was war das für ein Zeug, das du mir gegeben hast?«, fragte er Ash und ließ sich neben ihn sinken. Er legte den Kopf auf die Arme und schloss stöhnend die Augen.

»Kräuterschnaps«, entgegnete Ash. Er grinste, verzog aber gleich darauf das Gesicht. »Miese Idee.«

»Beau, hast du Unterlagen von dem Detektiv bekommen? Protokolle? Bilder? Sprachaufzeichnungen? Was auch immer man sich so hin- und herschickt?«

»Sicher doch«, murmelte Beau schläfrig.

»Hey!« Hayden eilte zu Beau und rüttelte an seinem großen, breiten Körper. »Nicht einschlafen.«

»Das ist der Schnaps«, sagte Asher.

»Warum trinkt ihr Schnaps?«

Asher zuckte mit der Schulter. »Es war ein lustiger Abend. Natalie hat Beau den Laufpass gegeben.«

»Erinnere mich nicht«, brummte Beau, den Kopf auf die Arme gebettet.

Hayden sah zwischen den beiden hin und her und schüttelte den Kopf. Obwohl sie in derselben Stadt lebten, hatte er Ash die letzten Wochen nicht so häufig gesehen. Was auch immer gerade bei ihm los war, vielleicht brauchten sie mal wieder einen Abend für sich.

»Können wir das nicht morgen besprechen?«, fragte Asher jetzt. »Ich will nur noch schlafen.«

»Beau, sind die Unterlagen in deinem Büro?«

»Hmm.«

»Kann ich den Schlüssel haben?«

»Nein.«

»Komm schon, Beau. Bitte«, seufzte Hayden und rüttelte ihn wieder, um ihn am Einschlafen zu hindern. »Ich muss es mir ansehen. Nur ganz kurz. Niemand wird davon erfahren.«

Beau hob seinen Kopf und gähnte ausgiebig. »Nein, die Unterlagen sind hier. Im Büro hier im Haus. Bitte zwing mich nicht, Kaffee zu trinken, sonst muss ich kotzen.«

»Sie sind hier?«, fragte Hayden aufgeregt.

»Ja. Kann ich jetzt pennen gehen?«

»Sicher.« Hayden war noch nie in Beaus Haus gewesen, aber er würde das Büro mit Sicherheit auch allein finden.

Ash und Beau standen auf und zu seinem Erstaunen gingen sie beide ins Schlafzimmer. Die Tür schloss sich hinter ihnen und sperrte all die Fragen aus, die er in diesem Moment stellen wollte.

Aber dann besann er sich auf seine Mission und machte sich auf die Suche nach dem Büro.

Der Raum war schnell gefunden und Hayden musste nicht lange suchen, denn es lag ein Ordner mitten auf der Arbeitsplatte.

Hayden ließ sich auf Beaus Schreibtischstuhl nieder und schlug den Ordner auf. Fein säuberlich waren dort wirklich sehr, sehr viele Gesprächsprotokolle. Dazu gab es jeweils einen QR-Code. Hayden zückte sein Handy und scannte den Code auf der ersten Seite.

Im nächsten Moment wurde er zu einer Seite weitergeleitet, auf der diverse Sprachmemos abgespeichert waren. Er klickte die erste mit dem Namen *Sophie* an.

»Und wie oft sieht Ford die Kleine?«, fragte ein Mann.

»Nie. Das ist Teil der Vereinbarung. Ich habe ihr nie etwas davon erzählt.«

Hayden klickte ein anderes Memo mit dem Namen *Clara* an.

»Ford ist ein großartiger Mann. Ich kann mich glücklich schätzen, dass ihm Luc so wichtig ist.«

»Als Mia wegen einer Blinddarmoperation ins Krankenhaus musste, hat er mich aus Asien angerufen und gefragt, ob ich etwas brauche«, erzählte *Laurie*.

So ging es immer weiter. Memo für Memo hatten die Mütter nichts als lobende Worte für Ford übrig. Wenn ihn nicht alles täuschte, verstießen sie sogar gegen die Verschwiegenheitsvereinbarungen, doch irgendwie glaubte Hayden nicht, dass Ford sie zur Rechenschaft ziehen würde. Jede Nachricht wurde zu einem Puzzleteil, das sich perfekt zu einem Ganzen zusammenfügte. Das war Ford. Jede Frau beschrieb den Menschen, wie Hayden ihn kennengelernt hatte. Fröhlich. Zuverlässig. Unkompliziert. Auf das Wohl der Kinder bedacht. Er gab diesen Kindern eine heile Kindheit, in der ihre Mütter Zeit für sie hatten und sie alles bekamen, was sie brauchten, um glücklich aufzuwachsen.

Hayden schlug den Ordner zu und steckte das Handy wieder ein, ehe er aus Beaus Haus rannte, die dunklen Straßen entlang, bis er sein Haus erreichte. Er sprang in seinen Truck und fuhr los, denn jetzt wusste er genau, wo er hin musste.

―――

Hayden klopfte schweratmend an die Tür des Hauses, das Ford bewohnte. Ein einzelnes kleines Licht schien durch ein einzelnes kleines Fenster. Aber das musste nicht bedeuten, dass Ford noch wach war. Vielleicht ließ er ein Licht brennen, damit er in der Nacht die Toilette fand.

Die Tür wurde geöffnet und vor ihm stand Ford. Voll bekleidet und mit einem fragenden Ausdruck in den Augen.

»Ist etwas mit Jonah passiert?«, fragte er und sofort schlich sich Angst und Sorge in seinen Blick.

Hayden schüttelte den Kopf und stützte sich am Türrahmen ab. Er schnappte nach Luft, aber nachdem er über eine Meile einfach nur gerannt war, wusste er, dass er eindeutig zu wenig Ausdauertraining machte.

»Es geht ihm gut?«

Hayden nickte. Er bekam wieder Luft und die Sterne vor seinen

Augen begannen zu verblassen.

»Soll ich ein Sauerstoffzelt aufstellen oder so?«

»Ha … ha«, schnaufte Hayden. »Kann ich reinkommen?«

»Was machst du überhaupt hier? Wo ist Jonah?«

»Er schläft heute bei Monroe. Pyjamaparty mit Monroes Mädels.«

»Verstehe.«

Ford schloss die Tür hinter ihm und Hayden drehte sich zu ihm um. Einen Moment sahen sie einander nur an.

»Hast du schon geschlafen?«

»Nein.«

Hayden sah sich um, entdeckte die Gitarre, die am Sofa lehnte, einen Notizblock auf dem Tisch davor und jede Menge zerknüllter Zettel auf dem Boden. »Vielleicht solltest du so spät nicht texten«, sagte Hayden.

»Was willst du?«, fragte Ford. Der Humor, der sonst in jedem seiner Worte mitschwang, war verschwunden. Das hier war Ford, und Hayden hatte ihn verletzt.

Hayden hob die Hände und machte eine Gebärde. Ford legte den Kopf schief, dann verschränkte er die Arme vor der Brust.

»Du weißt genau, dass ich bisher nur einzelne Gebärden gelernt habe. Ich habe keine Ahnung, was du mir gerade gesagt hast.«

Hayden trat auf Ford zu und wiederholte die Geste, dann legte er die Hände an seine Wangen und sah ihm tief in die Augen. »Ich habe Entschuldigung gesagt. Es tut mir leid, was ich getan habe.«

Ford blinzelte, sagte aber nichts, weshalb Hayden einfach weitersprach. »Ich hätte den Privatdetektiv nicht beauftragen dürfen. Ich hätte die Frauen nicht befragen lassen dürfen. Ich … ich war so bescheuert. Ich dachte, dass jemand sagen würde, wie unzuverlässig, arrogant und desinteressiert du bist. Ich habe wirklich nach einem Beweis dafür gesucht, dass ich dich blöd finden darf.«

»Aber?«

»Niemand hat schlecht über dich gesprochen.«

»Sie dürfen nichts Negatives über mich sagen. Das steht in den Verschwiegenheitsvereinbarungen.«

Hayden lächelte. »Es gibt nichts Negatives, das sie über dich hätten sagen können, nicht wahr?«

»Keine Ahnung.« Ford zuckte nur mit den Schultern. »Ist ja eigentlich auch egal, oder?«

Hayden nickte. »Ja, ist es. Es tut mir leid«, sagte er wieder. »Ich hätte dein Vertrauen nicht so missbrauchen dürfen. Als ich Beau den Auftrag gab, war ich wütend und ich wollte dir wehtun. Ich hatte Angst. Ich war nicht ich selbst.«

»Ich bin nicht so jemand. Egal, was du denkst, was ich dir antun könnte, ich würde es nicht tun.«

»Ich weiß.«

»Ich will nur das Beste für Jonah. Und auch wenn ich gerade echt wütend auf dich bin, ich will auch nur das Beste für dich.«

»Ich weiß.«

»Dann tu so was nicht. Lern mich lieber kennen, als mit anderen Menschen über mich zu sprechen.«

Hayden nickte und leckte sich über die Lippen. »Okay. Ich will dich kennenlernen.«

Ford hob die Augenbrauen in die Höhe. »Ja?«

Hayden nickte. »Ja. Ich will alles von dir kennenlernen.« Er beugte sich vor und küsste Ford, weil es genau das war, was er tun wollte. Er trat einen Schritt vor und presste sich an ihn. Ford taumelte leicht zurück und kam erst bei der Tür zum Stehen. Er legte die Hände an Haydens Hüften und zog ihn an sich.

Ihr Kuss vertiefte sich, das Geräusch ihrer Lippen und ihr leises Stöhnen waren die einzigen Laute im Raum. Hayden war hart und er wollte Ford. Hier. Heute. Jetzt. In dieser Hütte. Er wollte sich nehmen, was sein Körper begehrte. Er wollte dem Mann nahe sein, der ihn in den letzten Wochen vollkommen durcheinandergebracht hatte.

»Bring mich in dein Bett, Ford«, flüsterte er und strich mit der Nasenspitze über seine Wange.

Ford griff nach seiner Hand und führte ihn wortlos durch den Wohnraum in einen kleinen Korridor bis in sein Schlafzimmer.

»Bist du sicher?«, fragte Ford und küsste Hayden wieder. Er schmeckte vertraut und seine Berührungen waren weich und sanft. Hayden war sich noch nie zuvor so sicher gewesen. Er kletterte auf Fords Bett, schob die Decke zur Seite, legte sich auf den Rücken und wartete, bis Ford zu ihm kam und sich langsam über ihn schob. Das Gewicht seines Körpers auf seinem zu spüren, war einfach nur gut. So gut, wie er es sich seit der Nacht auf seinem Sofa gewünscht hatte.

Ihre Lippen berührten sich wieder, der Kuss wurde intensiver, ihre Körper berührten sich auf ganzer Länge und Gefühle, für die er keinen Namen finden durfte, zogen sich durch Haydens Körper. Er hatte vor über acht Jahren das letzte Mal Sex gehabt und jetzt wäre Ford sein erster Mann. Jede Berührung, jeder Kuss war ein Feuerwerk für sich. Er lag in seinem Bett, unter ihm, er war hart, er war … perfekt.

Hayden seufzte leise, als Ford sich von ihm löste. Er schloss die Augen, als dessen Fingerspitzen die Konturen seines Gesichts nachfuhren. Er berührte seine Nase, die Stirn, die Schläfen und Ohren. Dann küsste er ihn wieder. Er war dabei so langsam und vorsichtig, dass Haydens Herz wie verrückt pochte. Warum hatte er so lange gewartet? Warum hatte er all die Zweifel zugelassen, wenn es sich so richtig anfühlte, unter Ford zu liegen?

Hayden stellte die Beine auf und hielt Fords Körper dazwischen gefangen, genauso wie seinen Blick. »Bist du sicher, Ford?«

»Ich bin schon so verdammt lange sicher«, gab Ford leise zurück.

»Wirst du mich ficken?«

»Nein. Nicht ficken.«

Hayden schluckte, sagte aber kein Wort. Er lag einfach nur da und sah ihn an. Was dann?

»Ich will dich nicht ficken. Ich werde mit dir schlafen. Und ich werde mir sehr viel Zeit dabei lassen.«

»Du wirst der erste sein, seit …« Haydens Stimme versiegte. Der Moment wurde schwer und bedeutungsvoll und das erste Mal, seit er Ford kannte, wollte er es zulassen. Er wollte, dass Ford wichtig wurde in seinem Leben. Für Jonah. Immer für Jonah. Aber auch für sich selbst.

»Ich weiß, Babe. Und ich werde es schön für dich machen.«

»Für uns«, gab Hayden zurück und zog Ford zu sich herunter.

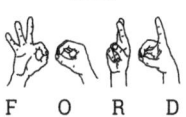

F O R D

Für uns.

Das hatte Hayden gesagt und Ford zweifelte nicht daran, dass er es auch genau so gemeint hatte. Hayden sagte nicht einfach solche Sachen, ohne sie so zu meinen. Er meinte es so, und das löste in Ford eine unbeschreibliche Zärtlichkeit aus. Noch nie hatte er sich auf einen Menschen auf diese Weise eingelassen.

One-Night-Stands waren leicht. Sie waren vergänglich und schnell vergessen. Bei One-Night-Stands musste er keine Gefühle investieren, er brauchte keine Angst davor haben, verletzt zu werden. Er war dann einfach nur Ford, der Sex wollte und ihn bekam.

Aber bei Hayden war er mehr. Er war Ford, und sie hatten sich geküsst. Er war Ford, wenn sie sich stritten und berührten, wenn sie Handjobs in Vorratskammern hatten und wenn sie ausritten. Er war Ford zusammen mit Jonah, wenn er ihn auf der Schaukel anschubste, und wenn er sich fast auf das Huhn setzte. Mit Hayden und Jonah – so hatte er bemerkt – war er die Version seiner selbst, die er am liebsten mochte.

Und jetzt lag Hayden unter ihm und wollte Sex mit ihm haben. Das erste Mal seit acht Jahren, weil er so eine lange Zeit sein Leben einfach auf das Abstellgleis geschoben hatte.

Ein warmes Rauschen glitt durch Fords Körper, als er Hayden betrachtete. Dieser Mann, dieser unglaubliche, starke, herzensgute Mann, hatte sich für Jonah aufgegeben. Er hatte Jonah und auch Millie weit über seine eigenen Bedürfnisse gestellt, und das sagte wirklich unglaublich viel über seinen Charakter aus.

»Es tut mir leid, was ich auf dem Parkplatz zu dir gesagt habe«, flüsterte er jetzt und liebkoste Haydens Wange mit seiner Nasenspitze. »Ich bin froh, dass du immer für Jonah da warst und …«

»Shh«, machte Hayden und fing Fords Lippen wieder ein. Sie küssten sich weiter und Stille breitete sich zwischen ihnen aus.

Er hätte in diesem Moment ohnehin nicht die passenden Worte für seine hereinstürzenden Gedanken gefunden. Dafür küsste er ihn tiefer und hoffte, dass er Hayden damit all das näherbrachte, was gerade in seinem Kopf vor sich ging. Dass er ihn fühlen ließ, was er gerade fühlte und … noch viel mehr.

Fuck, was passierte hier? In seinem Kopf … und in seinem Herzen. Er lag mit einem Mann im Bett, der ihm mehrheitlich die letzten Wochen einfach nur das Leben schwergemacht hatte. Er war dabei, *etwas zu fühlen*.

Er fühlte etwas für Hayden, was er noch nie zuvor gefühlt hatte. Eine Sehnsucht nach ihm, wenn sie nicht zusammen waren. Das Bedürfnis, ihn zu halten, ihn zu umarmen, ihn zu küssen. Das Verlangen danach, dass Hayden und er zusammengehörten.

Wie würde das enden?

Er war hierhergekommen, um seinen Sohn kennenzulernen,

und jetzt ... jetzt war da Hayden und all die komischen Dinge, die sein Herz zusammenzogen und ihn fühlen ließen, was er noch nie zuvor gefühlt hatte.

Gerade eben noch war er verletzt gewesen, hatte überlegt, was er tun sollte, wie zum Teufel er einen Platz in Jonahs Leben bekommen sollte, wenn Hayden so gegen ihn war. Und jetzt lagen sie gemeinsam in einem Bett und alle Probleme verblassten.

Ford streichelte Hayden weiter und zog ihm schließlich das T-Shirt über den Kopf. Er beugte sich zur Seite und schaltete das Nachttischlicht ein, weil er sich die Zeit nehmen wollte, Haydens Körper in aller Ruhe zu betrachten. Mit seinen Lippen und der Zunge zeichnete er eine unsichtbare Karte auf jeden Muskel, jeden Fleck Haut und jedes Härchen. Er leckte über einen von Haydens Nippeln und sah erstaunt auf, als der aufstöhnte.

»Hier ist wohl jemand empfindlich«, murmelte er und leckte gleich nochmal drüber, ehe er ihn zwischen die Zähne nahm und sanft darauf biss.

Hayden fluchte, reckte sich ihm aber gleichzeitig entgegen. Ford neckte ihn weiter, dehnte Minute um Minute seine Liebkosungen aus und verlor sich in Haydens Reaktionen auf seine Berührungen, genoss seine eigene Erregung, die immer weiter zunahm.

Der Raum wurde erfüllt von ihrem Atem und ihrem Stöhnen. Als Ford an Haydens Körper hinunterrutschte, quietschte das Bett. Ford öffnete Haydens Hose, und zog sie ihm dann über den Hintern, zusammen mit seinen Boxershorts.

Nackt und erregt lag Hayden unter ihm und Ford konnte es nicht erwarten, sich in ihm zu vergraben. Er hatte dieses existentielle, dringende Bedürfnis, ihm noch näher zu sein. Er wollte ihm körperlich genauso nahe sein, wie er sich ihm emotional nahe fühlte.

Ford wollte sich gerade zu Haydens Schwanz hinunterbeugen, als der sich aufrichtete und festhielt. »Erst du«, sagte er.

Ford runzelte die Stirn. »Wie bitte?«

»Ich will dich ausziehen.«

»Oh.«

Hayden lächelte, dann zupfte er am Saum von Fords Shirt und zog es ihm mit einer fließenden Bewegung über den Kopf. Sein Blick glitt langsam und bedächtig über Fords tätowierte Brust, zu seinem Bauch, dann streckte er die Hand aus und fuhr mit den Fingerspitzen darüber. Er beugte sich vor und gab einzelne Küsse auf Fords Brust.

Eine Weile genoss er Haydens Liebkosungen, aber irgendwann war seine Geduld aufgebraucht. Er schob Hayden nach hinten, bis der zurück auf die Matratze sank und wieder zu ihm aufsah. »Du lenkst mich ab. Ich habe fast vergessen, was ich vorhin tun wollte.«

»Soll ich deiner Erinnerung auf die Sprünge helfen?«, fragte Hayden. Er überraschte Ford, indem er ihn mit einer schnellen Bewegung auf den Rücken drehte und jetzt er derjenige war, der auf ihn heruntersah. »Soll ich?«

»Du bringst meine Pläne durcheinander. Seit ich nach Iron Creek gekommen bin, tust du das.«

»Pläne gehen eh nie auf«, erwiderte Hayden. Er lehnte sich vor und küsste Ford. Er war einnehmend und verlangend und Ford entspannte sich augenblicklich. »Und du hast noch immer zu viel an. Was ist das mit dir und deinen Klamotten, hm?«

Ford hob den Hintern an, als Hayden ihm die Hose auszog, wie er es vorhin bei ihm getan hatte. »So ist es doch viel besser. Mehr Haut. Mehr«, Hayden beugte sich vor und leckte einmal über seine Hüfte, »Hitze«, sagte er.

»Mach das nochmal«, verlangte Ford und seufzte, als Hayden es tat. »Das ist gut.«

Dieser Satz reichte aus, um Hayden dazu zu animieren, seinen gesamten Körper abzulecken, zu küssen und anzuknabbern. Es waren die köstlichsten Liebkosungen, die er seit einer langen Zeit erhalten hatte, und er wollte noch viel, viel mehr davon.

Hayden wanderte tiefer und erreichte nun seinen Schwanz, der nicht nur hart, sondern auch noch verlangend und heiß war. Ford konnte sich nicht erinnern, wann zuvor er jemals so sehr darauf gewartet hatte, Sex mit einem anderen Mann haben zu können.

Hayden und er hatten schon mehrmals bewiesen, dass sie sexuell zusammenpassten. Doch heute war es anders. Es fehlte die hitzige Leidenschaft, die sie mehrere Schritte überspringen ließ. Sie nahmen sich Zeit, sie hatten ein Bett und liefen nicht Gefahr, von Jonah erwischt zu werden.

Hayden umschloss mit seinen Lippen Fords Schwanz, er ließ ihn tief in seinen Mund gleiten, so tief, bis er hinten anstieß.

»Oh, heilige Mutter Gottes, das tust du nicht wirklich!«, keuchte Ford und legte den Unterarm über die Augen, weil er wirklich, wirklich Gefahr lief, im nächsten Moment zu explodieren.

Hayden sah zu ihm auf, die Spitze seines Schwanzes steckte noch immer zwischen seinen unfassbar geilen Lippen. Seine Augen funkelten.

»Wenn du weiter so guckst, dann ist diese Sache hier auf der Stelle vorbei.«

»Ich glaube an dich und deine Selbstbeherrschung, Mr. Benning.« Kurz hatte er sich zurückgezogen, aber jetzt nahm er Fords Schwanz wieder zwischen seine Lippen.

Ford stieß wilde Flüche hervor, als Hayden seine Bewegungen beschleunigte, ihn nicht nur tief in seinen Mund nahm, sondern auch noch saugte und die Zähne an seinem empfindlichen Fleisch entlanggleiten ließ. Gerade schmerzhaft genug, dass seine Lust noch mehr angefacht wurde.

Ford wand sich unter Hayden, er bettelte, dann forderte er ihn auf, sofort aufzuhören, nur um ihn im nächsten Moment darum zu bitten, für immer weiterzumachen.

Hayden lachte und stellte all die erstaunlichen Dinge mit seinem

Mund an, die Ford sekündlich schneller auf seinen Orgasmus zutrieben. Als er spürte, wie sich die Spannung unaufhaltbar in ihm aufbaute, hielt er Hayden an der Schulter fest und schob ihn zurück. »Nicht. Bitte, ich … ich will in dir sein.«

Haydens Augen verdunkelten sich, dann nickte er. »Wo hast du die Gummis und das Gleitgel?«

»Schublade«, wisperte Ford. Er sah dabei zu, wie Hayden sich zur Seite lehnte und die kleine Flasche, sowie ein in Folie verschweißtes Päckchen der Schublade entnahm, ehe er sich wieder zu ihm umdrehte.

Er riss das Kondom auf und rollte es im nächsten Moment über Fords Erektion. Ford brauchte seine gesamte Konzentration, um nicht schon allein durch diese Berührungen zu kommen.

Als Hayden aber damit anfing, das Gleitgel auf seinem Schwanz zu verteilen, war es vorbei. »Das reicht«, sagte Ford. Er schob Hayden von sich. »Auch wenn ich die Aussicht, dich auf mir sitzen zu haben, sehr begrüße … heute wird das nicht passieren. Stell die Beine auf.«

»Du bist so bestimmend«, sagte Hayden und lächelte schon wieder. Hatte er eigentlich eine Ahnung, was er mit diesem Lächeln in ihm anstellte? Es war unfassbar niedlich, wie er lächeln konnte.

»Du stehst darauf«, sagte Ford schlicht. Das hatte er von Anfang gespürt und vielleicht war es auch nur natürlich, dass ein Mann wie Hayden, der so viel Energie und Lebenszeit verbrauchte, um sich um das Wohl anderer Menschen zu sorgen, irgendwann auch einmal die Kontrolle abgeben musste.

Er ließ sich zwischen Haydens Beinen nieder und platzierte die Spitze seines Schwanzes an seinem Loch. »Leg deine Beine über meine Schultern«, sagte Ford leise.

Hayden tat, was er von ihm verlangt hatte, und die Schwere seiner Beine stachelte Fords Lust noch mehr an. Er verteilte das Gleitgel an Haydens Eingang, indem er seinen Schwanz langsam daran rieb.

Hayden hielt die Luft an und seine Augen schlossen sich flatternd. Ford zog sich zurück und wartete, bis Hayden seine Augen wieder öffnete, obwohl warten wirklich das Letzte war, was er in diesem Moment tun wollte.

»Worauf wartest du?«

»Lass die Augen offen. Ich will dich ansehen, wenn ich in dir bin.«

»Warum?«

»Weil ich es sehen will.«

»Was denn?«

»Alles«, erwiderte Ford, dann drang er vorsichtig in Hayden ein. Nur wenige Zentimeter, dann verharrte er und wartete ab. Hayden sah mit glasigen Augen zu ihm auf und biss sich auf die Unterlippe.

»Okay?«

»Okay«, bestätigte er.

Ford dehnte Hayden weiter langsam mit seinem Schwanz. Ihm brach der Schweiß aus und sein Puls schraubte sich in schwindelerregende Höhen, während er um seine Selbstbeherrschung rang. Himmel, das würde er nicht überleben. Er würde zusammenklappen, wenn er nicht bald endlich in Hayden steckte und das bekam, was er sich so sehnlichst wünschte.

»Es ist okay, Ford, wirklich. Ich schwöre dir, wenn du jetzt anfängst eine große Sache aus diesen acht Jahren zu machen, dann …«

Ford drang bis zum Anschlag in Hayden ein und hielt die Luft an. Er war so nahe. Er stand bereits jetzt an der Schwelle seines Höhepunktes. Die Sicht verschwamm vor seinen Augen, er sah kleine Sternchen flimmern und die Hitze in seinem Körper nahm immer weiter zu. Er beugte sich vor und stützte sich mit den Händen neben Haydens Kopf auf der Matratze ab. »Ich brauche nur kurz eine Pause …«, keuchte er und schloss die Augen.

Hayden legte die Hände an seine Wangen und brachte ihn dazu, wieder aufzusehen. »Ich will dich auch sehen, Ford«, sagte er leise.

»Okay«, sagte Ford. Er ließ sich auf seinen Ellenbogen nieder, sodass ihre Gesichter dicht voreinander waren. »Du fühlst dich noch immer so gut an, ich kriege nicht genug davon.« Er zog sich gemächlich aus Hayden zurück, ehe er ihn wieder ausfüllte.

Er war im Himmel gelandet. Eindeutig.

Sie küssten sich und ein Teil der Anspannung verließ Fords Körper. Es gelang ihm, seinen Fokus darauf zu richten, wie nahe er Hayden in diesem Moment war. Gott, es fühlte sich so gut an, so echt und so verdammt richtig.

Sie fanden einen gemeinsamen Rhythmus in ihren Bewegungen, ihr Atem vermischte sich, ihr Schweiß, ihre Lust, ihre Leidenschaft.

Hayden sah nicht ein einziges Mal weg, er hielt den Blick auf ihn gerichtet, er lächelte und er erwiderte Fords Küsse mit einer Leidenschaft, die sein Herz furchtbar heftig pochen ließ.

Das musste aufhören. Es durfte nicht passieren. Gefühle waren nichts für ihn. Das sagte er sich immer wieder im Stillen vor. Sein Orgasmus kam schnell und unerwartet. Er konnte ihn nicht länger zurückhalten, stattdessen ließ er zu, dass die Welle ihn überrollte und unter sich begrub.

Hayden verkrampfte sich unter ihm. Er hatte während des gesamten Aktes seinen Schwanz gewichst und kam nun mit einem Zucken und Keuchen. Er krümmte sich unter ihm zusammen und sein Sperma spritzte über seinen Bauch.

Ford schob Haydens Beine von seinen Schultern und sank dann halb auf ihm zusammen. Er wandte ganz leicht den Kopf, sodass seine Lippen Haydens Haut berührten. »Ich will nochmal«, sagte Ford leise.

Haydens Körper rumpelte, als er lachte und dann fuhr er mit einer Hand und gespreizten Fingern durch Fords Haare, die nicht mehr von einem Haargummi gebändigt waren. »Gönn dir eine

Pause, Tiger«, sagte Hayden schmunzelnd. Er drehte sich etwas zur Seite, sodass sie einander nun beinahe gegenüberlagen. Ford rutschte etwas nach oben, und ihre Nasenspitzen berührten sich, als sie voreinander lagen.

»Sollte sich das so gut anfühlen, was wir miteinander tun?«

F O R D

Wenn es an seiner Tür klopfte, dann waren es entweder Abby oder eines der Kinder, die etwas von ihm wollten. *Komm Ford, lass uns Lasso werfen üben. Komm Ford, du musst uns helfen, die Rinder zu treiben* und so weiter und so fort.

Aber es war noch früh und die Kinder schliefen um diese Zeit vermutlich noch, genauso wie Hayden, der in seinem Bett lag und noch tief schlummerte.

Beim Gedanken an den unglaublichen Mann, der die Nacht bei ihm verbracht hatte, wurde ihm warm. Gleichzeitig schaltete sich vermutlich sein Hirn aus, denn er öffnete einfach die Haustür – mit zwei dampfenden Tassen Kaffee in der Hand.

»Hi«, sagte er.

Abby starrte die beiden Tassen an, dann glitt ihr Blick zurück in seine Augen. »Hi«, erwiderte sie mit einem eisigen Unterton in der Stimme.

»Alles klar?«, fragte Ford. Abby war noch nie so früh morgens bei ihm aufgetaucht.

Abby murmelte etwas Unhörbares vor sich hin, dann räusperte sie sich. »Du hast nicht zufällig eine Idee, warum das Auto meines Bruders eine Meile von hier am Wegrand steht?«

Ford blinzelte. Er erinnerte sich an den schwer atmenden, beinahe sterbenden Hayden, der in der Nacht vor seiner Tür gestanden hatte. Er musste sein Auto weiter draußen geparkt haben, damit niemand von seinem Besuch erfuhr. Vermutlich hatte er nicht mal geplant, dass sein Besuch so lange andauern würde. Das Wissen bescherte ihm ein komisches Ziehen im Magen.

»Welcher Bruder denn? Du hast nämlich einige zur Auswahl.«

Dass es keine kluge Idee war, sich dumm zu stellen, wusste Ford, als Abby die Lippen aufeinanderpresste. »Spiel keine Spielchen mit mir, Ford«, sagte sie leise. »Und sag ihm, dass ich ihn nachher sehen will.«

Abby machte auf dem Absatz kehrt und ging mit festen Schritten über den Hof, dann verschwand sie in ihrem Haus. Ford seufzte und schloss die Tür wieder, ehe er zurück zu Hayden ins Schlafzimmer ging. Er stellte die Kaffeetassen auf den Nachttisch, dann schlüpfte er unter die Decke und schmiegte sich an Haydens warmen, schlafenden Körper.

Der regte sich und gähnte ausgiebig, bis er ein Auge öffnete. »Ich habe also nicht geträumt, dass wir miteinander Sex hatten?«

»Hast du auch geträumt, dass wir *dreimal* miteinander Sex hatten?«, fragte Ford und küsste Haydens Schulter.

»Nein, das verrät mir mein Arsch.«

Ford lachte und drängte sich noch näher an ihn. Er war schon wieder hart und er hätte nichts gegen eine Wiederholung gehabt, denn der Sex mit Hayden war verdammt gut.

Hayden drehte sich auf die Seite, sodass sie einander gegenüberlagen und sich ansehen konnten. Seine Hand fuhr ziellos über Fords Körper, bis er den Bund seiner Boxershorts erreichte. Enttäuschung machte sich auf seinem Gesicht breit. »Warum bist du angezogen?«

»Weil ich uns gerade Kaffee gemacht habe. Und weil Abby es mit Sicherheit gar nicht geschätzt hätte, wenn ich ihr nackt die Tür geöffnet hätte.«

Hayden hob den Kopf an. »Abby war hier?«

»Sie hat sich erkundigt, warum dein Wagen eine Meile von hier am Straßenrand steht. Ich konnte ihr das auch nicht erklären.«

»Ich wollte nicht, dass sie sieht, dass ich hier bin.«

Ford grinste. »Hat wohl nicht geklappt.« Er zog sich die Boxershorts aus und warf sie aus dem Bett, dann schmiegte er sich an Hayden und umfasste seine pochende Erektion.

»Fuck. Was hat sie … fuck, Ford!«

Ford hatte damit angefangen, Haydens Schwanz zu massieren. »Sie mag mich jetzt nicht mehr und will, dass du nachher zu ihr kommst.«

Hayden stöhnte auf und seine Augen schlossen sich flatternd. »Auf keinen Fall. Heute überstehe ich kein Abby-Verhör. Außerdem muss ich nachher Jonah abholen und ...«

»Hayden?«

»Hmm?«

»Hör auf zu denken und dreh dich um.«

Hayden war so was von bereit, nicht zu denken, denn er folgte seiner Aufforderung ohne Widerworte. Er drehte sich auf die andere Seite, sodass Ford noch etwas näher rücken konnte. Er griff nach dem Gleitgel, gab sich etwas davon auf die Hand und fuhr dann mit den Fingern in Haydens Spalte.

»Ich weiß, dass du vermutlich ein bisschen wund bist, aber das bedeutet nicht, dass wir nicht trotzdem Spaß haben können«, murmelte Ford und gab leichte Küsse auf Haydens Schulter.

Er schob seinen Schwanz in Haydens Spalte und bewegte seine Hüfte in einem langsamen Tempo vor und zurück. Seine Erektion wurde von Haydens Arschbacken umschlossen und übte einen leichten Reiz aus. Genau richtig für heißen Morgensex.

Ford umfasste Haydens Schwanz. Die Reste des Gleitgels verteilten sich darauf und Hayden stöhnte und schaukelte nun seinerseits mit den Hüften.

Es dauerte einen Augenblick, bis sie einen gemeinsamen Rhythmus gefunden hatten, aber dann fickte Ford Haydens Spalte und Hayden fickte Fords Hand. Ihr Atem ging immer schneller und sie stöhnten leise. Fords Erregung nahm zu und er drückte sich fest an Hayden, als der plötzlich mit seiner Hand nach hinten griff und Fords Schwanz an seinem Loch platzierte.

»Tu es, Ford«, keuchte er. »Ich will dich in mir.«

»Ich habe kein ...«

»Ich bin gesund.«

»Ich auch«, flüsterte Ford zurück. Seine Kehle wurde eng. Aus irgendeinem dummen Grund verschlossen auf einmal Tausende von Emotionen seinen Hals.

»Ich will das du in mir kommst«, sagte Hayden. Die Worte kamen abgehackt aus seinem Mund und er bewegte seine Hüfte schneller. Er presste sich gegen Fords Schwanz.

Ford dachte nicht weiter nach. Er verstärkte den Druck auf Haydens Loch und glitt langsam in ihn. Sofort wurde er von seiner Hitze umschlossen. Hayden wurde lauter und Ford verstärkte den Griff um seinen Schwanz. Er hielt seine Stöße leicht, während er sich voll und ganz darauf konzentrierte, Hayden den Handjob zu geben, nach dem der verlangte.

»Fester! Ja, genau so!«, stöhnte Hayden. »Fick mich, Ford. Ich bin so nahe davor.«

Ford bewegte sich schneller in Hayden, er bewegte seine Hand schneller. Er spürte, wie Haydens Erregung zunahm, wie sein Schwanz noch härter wurde und die einzelnen Adern hervortraten. Er war eng, er war heiß, er war kurz davor zu explodieren. Ford stieß schneller zu, wollte aufholen, wollte seinen Orgasmus mit Haydens teilen. Als Hayden sich zusammenkrümmte und in seiner Hand kam, beschleunigte Ford sein Tempo. Seine Eier krachten gegen Haydens Hintern und sein Herz raste. Die Spannung wurde immer größer, und dann kam er in Hayden. Er spritzte ab, er füllte ihn aus, dann sank er zurück ins Bett und schnappte nach Luft.

»Fuck. Fuck!«

Hayden lachte leise. Weil Ford noch immer in ihm steckte, konnte er sich nicht drehen. Ford nutzte ihre Position und schob sich von hinten über Hayden. »Was ist so witzig?«

»Wer wäscht die Bettwäsche?«

Ford brauchte einen Moment, bis sein leergeficktes Hirn den

Zusammenhang verstand. Er vergrub seine Nase in Haydens Halsbeuge und fiel in sein Lachen ein. »Sie hasst mich ohnehin schon«, murmelte er und küsste gleichzeitig Haydens verschwitzte Haut.

»Sie hasst dich nicht. Du bist nur nicht mehr ihr Lieblingsjunge.«

H A Y D E N

Nachdem sie ihren kalten Kaffee getrunken und eine gemeinsame Dusche genommen hatten, stand Hayden neben Ford vor dem Spiegel und sah ihm dabei zu, wie er sich die Haare zurückkämmte.

Aus einem spontanen Impuls heraus drehte er sich zu ihm, legte die Daumen beider Hände an den Mittelfinger, drückte sie vor seinem Oberkörper aneinander und hob dann nur den Zeigefinger der einen Hand an.

Ford betrachtete die Gebärde durch den Spiegel hindurch, dann runzelte er die Stirn. »Was heißt das?«

»Es bedeutet, dass ich noch einen Kuss von dir will«, sagte Hayden lächelnd. Er konnte nur hoffen, dass Ford ihn aufgrund des Kitsches in diesem Augenblick nicht auslachte, und war sehr erleichtert, als dessen Gesicht aufleuchtete. Er trat näher und dann gab er Hayden einen sanften Kuss auf die Lippen.

Keine Zunge, keine Leidenschaft. Nur ein einfacher Kuss, der intimer war, als Hayden jemals erwartet hatte. Sein Herz flatterte für einen Moment in seiner Brust und er ließ die Hände schnell sinken.

»Bringst du mir noch mehr bei? Du bist viel sexier, wenn du gebärdest, als der Lehrer im Kurs«, sagte Ford lächelnd und legte seine Hand an Haydens Wange.

»Ach ja?«

»Ja. Wie der in L.A. ist, weiß ich aber nicht. Ich werde dann berichten.«

Hayden machte einen kleinen Schritt zurück. »Dann wirst du weggehen?« Hörte Ford die Enttäuschung in seiner Stimme?

»Ich werde weggehen, aber ich werde wiederkommen«, versprach Ford.

»Ich frage das nur wegen Jonah«, sagte Hayden dann schnell. Er wollte wirklich nicht, dass Ford der Gedanke kam, er wäre ein klammernder Liebhaber. Nur weil sie Sex miteinander gehabt hatten – gnadenlos berauschenden Sex –, hieß das noch gar nichts. Ford war wegen Jonah hier und der Sex war quasi so etwas wie ein netter Nebeneffekt.

Rede dir das nur ein.

»Klar«, erwiderte Ford. »Dachte ich mir schon.«

Hayden folgte Ford in sein Schlafzimmer und suchte dort seine Klamotten zusammen. Er würde jetzt wieder zurückfahren nach Iron Creek. Zurück in ein Leben, in das Ford nicht so richtig passen wollte. Er würde Jonah bei Monroe abholen, den Tag mit ihm verbringen, alles wie immer.

Aber alles war anders.

»Wie geht die Gebärde, für *wann sehe ich dich wieder*?«, fragte Ford und riss ihn aus seinen Gedanken.

Hayden antwortete ihm in Gebärdensprache und Ford runzelte die Stirn. »Das war jetzt ein bisschen schnell.«

Hayden lächelte und gab einen letzten Kuss auf Fords Nasenspitze, ehe er zurücktrat, weil er sonst nie gehen würde. »Ich habe gesagt, dass wir heute Nachmittag vorbeikommen werden, um mit den Pferden auszureiten.«

Fords Gesicht leuchtete auf, dann nickte er. »Dann freue ich mich auf heute Nachmittag.«

»Jonah darf nichts erfahren, okay? Keine Küsse.«

»Gar keine?«

»Absolut gar keine«, bestätigte Hayden ernst.

»Du bist verdammt streng, Hayden. Und du bist nicht der Einzige, der auf dominante Männer steht.«

Hayden lächelte, dann winkte er kurz und verließ Fords Haus, bevor er sich nochmal auf ihn stürzen konnte.

22. Kapitel

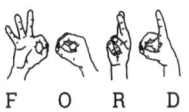

F O R D

Ford führte die Pferde von der Weide zu den Stallungen, als Hayden mit seinem Truck auf dem Hauptplatz vorfuhr. Jonah sprang aus dem Wagen und rannte ins Haupthaus, auf der Suche nach Michael und Scotty. Er würde dort nicht nur seine beiden Freunde finden, sondern auch einen frischgebackenen Aprikosenkuchen, der so gut roch, dass sich einem die Zehen einrollten. Leider hatte er heute kein Stück bekommen, weil Abby noch immer wütend vor sich hinbrütete, und Ford ihr lieber – wie der Feigling, der er war – aus dem Weg gegangen war.

Hayden sah Jonah hinterher, dann blickte er in Fords Richtung. Unentschlossen legte er die Hand auf der Motorhaube ab und sah nochmal in Richtung des Hauptgebäudes.

Ford lächelte, denn er ahnte, welche Gedanken Hayden gerade durch den Kopf gingen. Genau die gleichen, wie ihm auch.

Er kam zögerlich auf Ford zu geschlendert und hielt in viel zu großem Abstand inne.

»Hi«, sagte Ford und band die Pferde am Holzzaun fest. Er versuchte, seine Stimme ruhig zu halten. Gar nicht so leicht, wenn man bedachte, wie schnell sein Herz in seiner Brust schlug. »Hilfst du mir?«

»Sicher«, sagte Hayden und kam näher. Schweigend entfernten sie den Dreck aus dem Fell der Pferde, damit sie später losreiten konnten.

»Du kommst inzwischen gut mit den Pferden zurecht, oder?«

Ah. Hayden wollte Smalltalk. Sicher doch. Den konnte er haben.

»Ist gar nicht so schwer«, erwiderte Ford. »Ich bleibe trotzdem eher Katzen-Fan«, fügte er hinzu. Er linste über Neros Rist zu Hayden hinüber und erwischte ihn dabei, wie er kurz lächelte, ehe er wieder ernst wurde.

»Ich würde es gut finden, wenn wir nicht ansprechen, was … vergangene Nacht passiert ist«, sagte Hayden plötzlich in die neuentstandene Stille hinein. »Nichts davon.«

»Okay«, sagte Ford. »Eigentlich bist du ja der Einzige, der gerade darüber spricht. Ich gehe mal davon aus, dass du diesen Marathon aus unheimlich guten Ficks meinst, den wir hingelegt haben?«

Hayden verdrehte die Augen. »Gott, Ford. Denkst du auch nur einmal darüber nach, was du sagst, bevor du es ausspricht?«

»Da würde ich echt viel von meinem Profil verlieren«, erwiderte Ford grinsend. »Das wollen wir nicht. Die Leute lieben mich so vorlaut.«

»Rede dir das nur ein«, spottete Hayden. Er wandte sich ab und ging in die Sattelkammer. Ford folgte ihm.

Kaum hatten sie den hinteren Bereich der Sattelkammer erreicht, fuhr Hayden zu ihm herum. Ford versuchte hastig, sein Gleichgewicht zu finden, sonst wäre er definitiv über seine eigenen Füße gestolpert. Hayden erwischte ihn schnell und stürmisch, er küsste ihn ohne Wenn und Aber und die Berührung schoss ihm direkt in den Schwanz.

Hayden schob ihn nach hinten, bis er gegen die Wand stieß, er stützte seine Hände links und rechts seines Kopfes ab und gab ihm den tiefsten, heißesten, schärfsten Kuss, den Ford in den letzten zehn Jahren erhalten hatte.

Er umfasste Haydens Gürtel und klammerte sich daran fest, während dessen Zunge ihn so sexy liebkoste, dass er sich wünschte, Hayden wäre fünfzig Zentimeter tiefer mit seinem Mund. Als sie sich voneinander lösten, atmeten sie beide schwer.

»Fuck, Hayden, was war das? Gerade sagst du noch, du willst nicht …«

Hayden küsste ihn wieder. Kompromisslos und fest. Als er von ihm abließ, legte er die Stirn an Fords. »Nicht reden, habe ich gesagt.«

»Reden verboten, küssen erlaubt?«

»Genau.«

Ford lachte leise und zog Hayden an seinem Gürtel zu sich, sodass ihre Körper sich berührten. Er spürte genau, dass Hayden genauso erregt von ihrem heißen Kuss war wie er selbst. »Du bist unmöglich, aber gut. Von mir aus müssen wir kein einziges Wort mehr miteinander sprechen, wenn du mich dafür so küsst.«

Dieses Mal trat Ford vor. Er schob Hayden an die andere Wand, sodass er zwischen zwei Sätteln eingeklemmt wurde und Ford sich mit seinem ganzen Körper an ihn schmiegen konnte.

Haydens Hände legten sich auf seine Hüften und er neigte den Kopf, um Ford einen besseren Zugang zu seinem Mund zu gewähren. Dieser Mann wollte wirklich, wirklich geküsst werden. Er war wie ein Schwamm, der alles in sich aufsog, was Ford ihm gab.

Ford lehnte seinen Kopf so weit zurück, dass ihre Lippen sich voneinander lösten. »Du bist wie eine Kiste Feuerwerk, Hayden. Es ist kaum möglich, dich unter Kontrolle zu behalten. Ein Funke genügt und uns fliegt alles um den Kopf.«

»Es ist nur … schon eine Weile her«, wisperte Hayden, neigte den Kopf nach vorn und zog Fords Unterlippe zwischen seine Zähne.

»Du willst die vergangenen acht Jahre nachholen?«

»Fuck, ja«, stöhnte Hayden, als Ford sich an ihm rieb.

»Ich darf dich küssen, dir einen blasen, dir einen runterholen und dich sogar ficken, aber nicht darüber sprechen?«

»Genau.«

»Was für ein Blödsinn, Hayden.« Ford lehnte sich wieder vor und küsste ihn nochmal. Er ließ sich Zeit, ging langsamer vor und erkundete Hayden wirklich. Seinen Geschmack, die Weichheit seiner Zunge, den köstlichen Ton seines Stöhnens. Wie er leise die Luft einsog, als Ford sein Hemd aus der Hose zog und seine Hände darunter gleiten ließ, um über seine Seiten zu streichen. Wie seine

Haut duftete, als er seine Lippen verließ und seinen Hals weiterküsste. Hayden war Versuchung pur. Er war voller schwindendem Widerstand, weil Fords Lippen ihn nachgiebig und willig machten.

Obwohl er heute Nacht wirklich viel, viel Sex gehabt hatte, war er schon wieder unglaublich scharf. Ihre Unterkörper rieben aneinander und Ford brauchte seine ganze Selbstbeherrschung, um damit aufzuhören. »Schlechter Zeitpunkt«, sagte er bedauernd.

»Ich weiß.«

»Ich könnte dich heute Abend besuchen kommen«, murmelte Ford an Haydens Hals. Er rechnete mit einer Abfuhr. Hayden war stachelig wie ein Igel, wenn es um seine Rolle als Vater und die Wahrnehmung seiner Pflichten ging. Er würde ihn nicht ...

»Okay.«

Ford sah auf und runzelte die Stirn. Dann presste er seine Finger fester in Haydens Haut. »Ja?«

»Bring Gleitgel mit.«

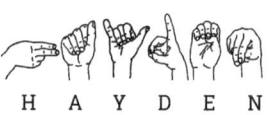

H A Y D E N

Reiten mit einem Ständer war ätzend. Er tat schon alles dafür, um sich auf etwas anderes zu konzentrieren, aber er konnte nur daran denken, dass Ford am Abend bei ihm vorbeikommen würde.

Es war wohl ziemlich offensichtlich, was er von Ford haben wollte, und er war sich auch ziemlich sicher, dass der Mann ihm genau das geben würde.

Es mochte unklug sein, aber Ford war in diesem Moment der einzige Mensch in seinem Leben, der ihm einen Teil des alten Haydens zurückgeben konnte. Irgendwie war es ihm gelungen, den versteckten Teil von Hayden zu finden, ihn auszugraben und wach zu ficken. Den Hayden, der Sex einmal unglaublich gern gemocht hatte.

Und dann war er Millie und Jonah begegnet und hatte sich selbst versprochen, dass er alles tun würde, um Millie ein guter Ehemann und Jonah ein noch besserer Vater zu sein.

Er fing Fords Blick auf, der ihn gedankenverloren musterte, und sah schnell weg. Keine geheimen Blicke, keine unaussprechlichen Gedanken.

Er wollte Sex. Mit Ford. Der Sex war fantastisch gewesen. Eine Offenbarung, eine Befreiung auf so vielen Ebenen. Er wollte es nochmal und nochmal und nochmal. Er musste nur aufpassen. Auf sein Herz, das in Fords Gegenwart immer ein bisschen zu schnell schlug. Das groß und weit wurde, wenn er an Ford dachte und hüpfte, wenn er seinen Blick auffing. Es war eine einfache Aufgabe.

Pass auf dein Herz auf.

———

Jonah lag schon längst im Bett, sein Bier war leer, die Nacht hereingebrochen und das vertraute Dröhnen von Fords Motorrad war nicht erklungen. Er würde nicht kommen. Er hatte ihn versetzt.

Wie deprimierend.

Hayden sah in die Dunkelheit seines Gartens und blickte zur Eiche, an der Jonahs Schaukel baumelte.

Sex mit einem Mann. Unfassbar guter, leidenschaftlicher, hemmungsloser Sex mit dem einzigen Mann in seinem Leben, mit dem er auf gar keinen Fall Sex haben sollte. Vielleicht war es sowieso eine schlechte Idee gewesen.

Hayden erhob sich, griff nach seiner Bierflasche und wollte gerade ins Haus zurückkehren, um sich bettfertig zu machen, als er das Knirschen von Kies hörte. Im nächsten Moment bog Ford um die Ecke seines Hauses. Er hatte die Hände in den Taschen vergraben und sah nun zu ihm auf.

»Hi«, sagte er. »Was tust du?«

»Ich gehe jetzt schlafen. Ich wurde nämlich versetzt.«

»Ach ja? Wie mies. Ich hasse unzuverlässige Menschen.«

»Ich auch«, erwiderte Hayden. Er konnte das aufgeregte Kribbeln, das sich durch seinen Körper zog, nicht unterdrücken. Sein hämmerndes Herz ignorierte er. Wer brauchte schon Herzen? Kein Mensch.

»Bis dann.« Hayden ging an Ford vorbei, der die Hand ausstreckte und sein Handgelenk umfasste.

»Warte. Weißt du, was ich auch hasse?«

»Unterhaltszahlungen?« Ein Tiefschlag von Hayden. Er konnte ein Arsch sein.

Ford stöhnte auf. »Es ist echt leicht, dich zu verärgern. Ich hasse es, wenn ich mit meinem Motorrad liegenbleibe und es stundenlang durch die Prärie schieben muss, um zu meinem Fickdate zu kommen. Und ich hasse es auch, Blasen an den Füßen zu haben. Und ich hasse widerspenstige, brummige Männer, die nie lächeln.«

»Eine ganz schön lange Liste.«

»Sie ist eigentlich noch länger.«

»Ja?«

»Oh, ja. Ich hasse es, dass ich den ganzen Tag an dich denken musste und kein Abendessen gegessen habe, weil ich nicht mit einem Dauerständer bei Abby in der Küche sitzen wollte, die mich sowieso hasst.«

»Dann bist du jetzt sicher ziemlich hungrig und schwach.« Hayden gefiel die Leichtigkeit ihrer Unterhaltung.

»Das würde ich so nicht sagen«, erwiderte Ford. Er drehte Hayden so herum, dass der mit dem Vorderkörper an die Wand gepresst wurde. Seine Hände glitten über Haydens Hintern und packten fest zu. »Dein Körper bringt mich auf Touren«, sagte er leise.

Hayden war schon längst hart. Das war nicht besonders schwierig. Seit Ford und er sich körperlich näher gekommen waren, reagierte er im Turbo auf jede Art von Berührungen. Er war die Wüste und Ford seine Oase.

Ford nahm ihm die Flasche aus der Hand und stellte sie irgendwo hin, dann war er wieder hinter ihm. Mit einer schnellen Bewegung zog er seine beiden Arme nach hinten und fixierte sie mit einer Hand auf seinem Rücken, während er die andere über Haydens Körper gleiten ließ.

»Wie willst du mich?«

Hayden blinzelte. Fords dominante Art machte ihn an. Gleichzeitig vermisste er den aufmerksamen, zärtlichen Mann, der ihm gestern Nacht einen Teil zurückgegeben hatte, der lange verschüttet gewesen war.

»Hayden?«

»Ich will dich dabei ansehen«, sagte er leise. Er hatte plötzlich die Befürchtung, Ford könnte bemerken, wie viel der Sex ihm bedeutete. Mist, verdammter aber auch, warum musste das alles so kompliziert sein?

Fords Griff lockerte sich und dann drehte er Hayden zu sich herum. Sein Blick glitt fragend über sein Gesicht, dann lächelte er. »Verdammt, und ich dachte, dass ich dich damit rumkriege.«

Hayden rieb sich mit einer Hand über den Arm und wich Fords Blick aus. »Das war heiß, ich weiß nur nicht …«

Ford legte ihm die Hände an die Wange. »Schon okay. Du hast recht. Es war gestern schön so, wie es war.«

Hayden spürte, wie er errötete. »Ich brauch nicht immer Vanilla, ich … Oh, man …«

»Hey, was auch immer du haben möchtest, ich bin an Bord, okay? Ich will, dass wir beide es genießen können. Die Dom-Nummer heb ich mir einfach für das nächste Mal auf, wenn du mich wieder wütend machst.«

Hayden warf Ford einen abschätzigen Blick zu. »Oder du mich.«

»Das ist bisher kaum vorgekommen«, erwiderte Ford grinsend. »Können wir überhaupt rein? Ich meine Jonah ist dort und ...«

Bevor Ford seinen Satz beenden konnte, griff Hayden nach seiner Hand und zog ihn mit sich in den Garten. Er lebte am Rand von Iron Creek und seine Nachbarn hatten ähnlich große Grundstücke wie er selbst. Dank der ganzen Tiere hatten Millie und er schon vor Jahren Büsche angepflanzt, die mit Zäunen verstärkt wurden, sodass kein Nagetier abhauen konnte.

Er führte ihn weiter in den Garten hinein bis zu einer kleinen Fläche, die Millie gern *ihre Oase* genannt hatte. Er hatte einen kleinen Teil des Gartens für sie mit Terrakotta-Fliesen gefliest, worauf sie dann all die exotischen Pflanzen, die sie gern um sich gehabt hatte, in riesige Töpfe gepflanzt hatte. Die Pflanzen standen noch immer da und vermutlich würden sie so lange dort stehen, bis sie eingingen, denn er brachte es einfach nicht übers Herz, sie wegzugeben, auch wenn er selbst nichts mit ihnen anfangen konnte. Hinter den Pflanzen verborgen, stand eine kleine hölzerne Bank, die er zusammen mit Jonah gebaut und angemalt hatte. Ein Geburtstagsgeschenk. Diese Bank würde er niemals weggeben. Aber es war eine gute Bank, um auf ihr neue Erinnerungen zu erschaffen.

»Setz dich dorthin«, sagte Hayden und schob Ford in die richtige Richtung. Er ging augenblicklich auf die Knie und schob Fords Beine auseinander. Mit bebenden Fingern öffnete er seinen Gürtel und dann die Hose.

Ford trug keine Boxershorts, sodass seine dicke, harte Erektion Hayden förmlich entgegensprang. »Fuck, ich will dich in meinem Mund.«

»Ich werde dich nicht daran hindern«, sagte Ford vergnügt.

Hayden wollte keinen Moment länger warten. Er legte die Hand um Fords Schaft, beugte sich vor und leckte mit der Zungenspitze über Fords Eichel. Er schmeckte süß und salzig und unwiderstehlich nach Ford. Sein Stöhnen war wie die Glasur auf dem leckersten, sündigsten Donut, den man sich nur vorstellen konnte.

Hayden ließ Fords Schwanz tiefer in seinen Mund gleiten. Er liebte die Dehnung, er liebte, dass er diesen Mann zum Stöhnen bringen konnte, dass seine Finger sich um die Holzlatten der Bank schlangen und er ihm seine Hüften entgegen drückte. Hayden beschleunigte sein Tempo, ließ Fords Schwanz aus seinem Mund gleiten, ehe er ihn wieder in sich aufnahm. Er leckte und saugte und inhalierte förmlich jedes Geräusch, das Ford von sich gab. Jeden Fluch, jedes Anfeuern, jedes Seufzen oder erstickte Luftholen.

»Hayden, stopp, ich kann gleich nicht mehr ...« Ford schob ihn an einer Schulter von sich, aber noch bevor Hayden wusste, wie ihm geschah, hatte er sich vorgebeugt und zu sich hochgezogen, sodass ihre Lippen aufeinanderlagen.

»Das war fantastisch und ich will, dass du das irgendwann wieder machst, aber ich brauche dich anders. Näher bei mir. Ich will dich küssen.«

»Okay«, sagte Hayden. Er zog die Hose runter. Erstaunlich, wie wenig Schamgefühl er in Fords Anwesenheit hatte. Aber da der Mann seinen Körper in der vergangenen Nacht sehr genau erkundet hatte, war es vielleicht doch nicht so verwunderlich.

»Scheiße, weißt du eigentlich, wie gut du aussiehst?«, fragte Ford und ließ die Hände über die Außenseiten seiner nackten Oberschenkel gleiten. Er wandte den Blick und sah sich nach allen Seiten um. »Was ist mit den Nachbarn?«

»Scheiß auf die Nachbarn. Sag mir bitte weiter, wie gut ich aussehe«, sagte Hayden grinsend und trat einen Schritt weiter auf Ford zu.

Der legte die Hand um seinen Schwanz und wichste ihn, während er nach oben in seine Augen blickte. »Irgendwann will ich diesen Schwanz in mir haben, okay?«

Hayden schluckte schwer. Er war bisher nur selten der aktive Part gewesen, aber Fords Frage ließ ihn noch härter werden.

»Okay. Bald, Ford.«

»Bald«, bestätigte er.

»Wo hast du das Gleitgel?«

Ford griff in seine hintere Hosentasche und reichte ihm mehrere Päckchen.

»Oh, da ist aber jemand optimistisch«, neckte Hayden ihn. Er riss eines der Päckchen auf, dann reichte er es Ford. »Reib deinen Schwanz damit ein.

Ford schluckte, nahm das Päckchen und tat, was Hayden ihm gesagt hatte. Als sein Schwanz schön feucht glänzte, kletterte Hayden auf seinen Schoss. Fuck, das war so heiß. Er hatte noch nie einen Mann in einem Garten auf einer Bank gefickt.

»Scheiße, Hayden, du willst doch nicht ...«

Hayden ließ sich auf Fords Erektion sinken. Er liebte das noch leicht wunde Gefühl, das einen leisen Schmerz durch seinen Körper schickte, er liebte, wie sein Loch sich für Ford öffnete und er liebte, wie Ford ihn ausfüllte.

Gott, wie er acht Jahre auf Sex hatte verzichten können, war ihm jetzt schleierhaft.

Er legte die Hände auf Fords Schultern ab und sah ihm in die Augen, während er damit anfing, sich auf ihm zu bewegen. Ford umklammerte mit den Händen seine Hüften, ansonsten bewegte er sich kein Stück. Er hatte die Zähne fest aufeinandergebissen, so als müsse er sich davon abhalten, sofort zu kommen, was wahrscheinlich auch der Fall war.

Hayden lehnte sich vor und küsste sanft Fords Mund. Unter seiner Berührung entspannte sich sein Kiefer und Ford erwiderte den Kuss.

»Entspann dich«, flüsterte Hayden.

»Das geht schlecht, weil dann ist es vorbei«, erwiderte Ford zwischen zwei Küssen, während er gleichzeitig den Griff an Haydens Seiten verstärkte. »Ich würde dich am liebsten ewig ficken.«

»Genau genommen ficke ich dich«, gab Hayden lächelnd zurück und stahl sich einen weiteren Kuss. Er beschleunigte seine Bewegungen, genoss es, wie Ford ihn dehnte und ausfüllte. »Lass los«, sagte Hayden leise. »Lass einfach los.«

Ford krallte sich an ihm fest, vermutlich würde er morgen an dieser Stelle blaue Flecken haben, aber das war ihm gleichgültig. Er wollte jedes Gefühl spüren, das Ford bereit war, ihm zu geben. Er ritt Ford schneller und schneller, wichste gleichzeitig seinen Schwanz und verlor sich in seinem Blick. Keinen Moment wandte Ford die Augen ab. Er zeigte alles von ihm, offen und verletzlich und was das mit seinem Herz anstellte, spürte Hayden in dem Moment, in dem er kam. Er sank auf Ford zusammen und umklammerte seinen Hals, während er spürte, wie Ford sich seinem Orgasmus hingab.

Und dann schwiegen sie beide. Keiner sagte ein Wort, Hayden hatte sein Gesicht in Fords Halsbeuge geschmiegt, weil er ihn nicht ansehen konnte. Er durfte nicht, denn Ford würde es sehen.

Dass er sich in ihn verliebt hatte. Dass es eben nicht nur heißer Sex war, ein Fick zwischen zwei Männern. Es war Liebe. Für Hayden war es Liebe.

Ford machte Anstalten, ihn von sich zu heben, doch er war noch nicht bereit, Ford loszulassen. Er umfasste seinen Nacken und hielt ihn fest.

»Warte noch«, sagte er. »Nur ... warte noch kurz.«

»Okay«, erwiderte Ford und blieb, wo er war.

Schließlich, beinahe widerwillig, löste Hayden die Umarmung, in die er Ford gezogen hatte und kletterte von seinem Schoß. Unentschlossen stand er vor ihm, sah auf ihn hinunter, erwiderte seinen Blick.

Er hatte Wünsche. Er wusste, was er jetzt gern tun würde, aber das durfte er nicht.

»Das war fantastisch«, sagte Hayden und bemühte sich um einen leichten Tonfall.

Ford blinzelte. »Ja. Total. Total fantastisch.«

»Um die Ecke ist eine Dusche. Das Wasser müsste noch warm sein.«

»Okay. Ich warte hier«, erwiderte Ford.

Hayden verdrehte ungeduldig die Augen. »Ich dachte, du willst mitkommen.«

»Du hast nicht gefragt. Schließt heißer Sex eine Dusche mit ein? Oder willst du noch mehr heißen Sex unter der Dusche?«

»Ich will mich einfach nur kurz abwaschen. Gott, Ford, du gehst mir auf die Nerven.«

»Dir wäre es langweilig, wenn ich es nicht tun würde.« Ford folgte Hayden um die Hausecke und beobachtete, wie er den Duschstrahl anstellte. Hayden spürte seine Blicke im Rücken, deshalb drehte er sich zu ihm um und zog auffordernd eine Augenbraue in die Höhe. »Worauf wartest du?«

»Vielleicht bin ich ja schüchtern«, sagte Ford und lächelte. Sein Lächeln war wirklich schön. Und verführerisch und ganz sicher auch herausfordernd. Dieser Mann!

Hayden verdrehte die Augen. »Bist du nicht. Zieh dich aus und komm.« Er zog sich selbst das T-Shirt aus, dann trat er unter den Duschstrahl und war der festen Überzeugung, dass Ford ihm folgen würde, doch der hatte sich noch nicht vom Fleck bewegt, als Hayden zu ihm zurücksah.

Hayden seufzte. »Wenn du nicht gleich kommst, gibt es kein warmes Wasser mehr für dich.«

Ford trat zu ihm unter die Dusche. Vollkommen bekleidet. Das Wasser lief ihm über den Kopf, seine Haare wurden nass, über sein Gesicht liefen wässrige Linien. Seine Wimpern klebten zusammen und sahen dadurch noch viel dunkler aus, als sie ohnehin schon waren.

Hayden lehnte sich vor und küsste Ford. Er dachte nicht darüber nach. Sobald er sich in einem dreißig Zentimeter-Radius von ihm befand, schaltete sein Gehirn von Vernunft auf Gefühl und er war nicht mehr in der Lage, einen rationalen Gedanken zu fassen.

Ob es klug war, mit Jonahs biologischem Vater zu schlafen?

Nein.

Ob es eine gute Idee war, ihm einen langsamen Kuss unter einem kälter werdenden Duschstrahl zu geben?

Auf. Gar. Keinen. Fall.

Das Problem war aber, dass sein Körper erkannt hatte, dass Ford dafür sorgen konnte, dass er sich verdammt gut fühlte. Und sein Herz tat ohnehin, was es wollte. Darüber hatte er schon längst die Kontrolle verloren. Er war Ford und seinem Charme hilflos ausgeliefert.

Ford erwiderte seinen Kuss, legte die Hände um seinen Kiefer und fixierte ihn auf eine dominante Weise, die Hayden unglaublich anturnte. Er seufzte und ließ sich fallen. In Fords Berührungen, in seinen Kuss und eine Dusche, die von Minute zu Minute kälter wurde.

Als Ford ihn losließ und wieder mit dem Daumen über seine Unterlippe strich, hämmerte Haydens Herz in einem rasanten Stakkato. »Deine Kleidung ist nass«, sagte er.

»Dann zieh sie mir doch aus. Du willst doch nicht, dass ich krank werde, oder?«

Hayden lächelte, dann zog er Ford aus. Lederjacke, T-Shirt, Hose, bis sie beide splitternackt voreinander standen. Das Wasser wurde eiskalt, doch Hayden fror nicht. Trotzdem langte er hinter sich und drehte das Wasser ab.

»Und jetzt?«

»Jetzt bringe ich dich rein und sorge dafür, dass dir wieder warm wird«, sagte Hayden. Er lächelte, beugte sich vor und küsste Ford wieder, während es sich die neue Erkenntnis in seinem Herzen gemütlich machte.

Er steckte in Schwierigkeiten. Aber sowas von.

23. Kapitel

H A Y D E N

Auf Zehenspitzen schlich er sich an dem Sofa vorbei, auf dem Ford lag. Nachdem sie gestern Abend nach drinnen gegangen waren, etwas ausgekühlt, aber immerhin sexuell befriedigt, hatten sie sich noch einen Film angesehen.

Es war irgendwie passiert, dass Ford seine Beine um Haydens schlang und seine Hände seinen Nacken liebkosten. Einfach so. Hayden hatte sich keine Minute auf den Film konzentriert. Als er später allein auf sein Zimmer gegangen war, da hatte in ihm nur noch Chaos geherrscht.

Er hatte sich auch mit Millie Filme angesehen, aber diese Abende waren immer rein platonisch geblieben. Er hatte kein Verlangen danach gehabt, sie zu berühren, wie er Ford berühren wollte.

Er schlitterte hier in eine ganz gefährliche Sache rein, denn es ging ihm nicht mehr nur um Sex. Da war mehr. Er wollte das ganze Paket, von dem er nie zu träumen gewagt hatte. Er wollte vor dem Fernseher kuscheln, Abende auf der Veranda, heißen, heimlichen Sex, wo auch immer er Sex haben wollte. Er wollte sanfte Küsse und versaute Leckereien. Nicht mit irgendjemandem. Mit Ford.

Mit dem Mann, der irgendwann zurück nach L.A. gehen würde. Der monatelang auf Tour wäre, unabhängig, frei. Hayden war gebunden. Seine Familie lebte in Iron Creek, und er lebte gern hier, mochte es, dass er die Menschen hier kannte und sie ihn. Er mochte seinen Job, die Ranch, sein Leben, das im Vergleich zu Fords so verdammt klein aussah.

Hayden nahm die beiden Tassen mit frischem Kaffee und schlich zu Ford. Er trug eines von Haydens T-Shirts und seine Unterwäsche.

Vor dem Sofa ging Hayden in die Knie, während im selben Moment Peggy um die Ecke getippelt kam, als wäre es ganz normal, dass sie in seinem Haus ein und aus ging. Na ja, irgendwie war es das auch. Sein Haus wäre ohne Peggy furchtbar leer.

»Heeey«, gurrte Hayden ganz leise und streckte einen Arm nach dem Huhn aus. Peggy kam näher und stupste mit ihrem Schnabel gegen seinen Zeigefinger.

»Flirtest du gerade mit dem Huhn, während ich hier versuche zu schlafen?«, fragte Ford. Seine Stimme war heiser und rau und er rieb sich verschlafen die Augen, bevor er Hayden ansah. »Es riecht nach Kaffee, und Huhn.«

Hayden grinste. »Beides hier.« Er reichte Ford eine Tasse, der sich aufsetzte und sie entgegennahm. Schweigend tranken sie ein paar Schlucke.

»Komm hoch zu mir«, bat Ford und streckte die freie Hand aus. »Lass das Huhn in Ruhe.«

Hayden lachte leise, als er sich neben Ford aufs Sofa setzte. Sofort legte Ford eine Hand auf seinen nackten Oberschenkel und streichelte ihn, als wäre es das Selbstverständlichste der Welt.

»Was hast du gestern noch gemacht? Dort oben, ohne mich?«

Hayden schnaubte. »Geschlafen?«

»Ich hätte dir schöne Träume bescheren können«, erwiderte Ford mit verführerischer Stimme.

»Vielleicht hatte ich die ja«, antwortete Hayden.

Er zuckte zusammen, als Ford sich plötzlich zu ihm neigte und ihn küsste. Nicht langsam, nicht vorsichtig, sondern fordernd und gierig.

»Ford ...«

»Nur kurz. Jonah schläft noch, oder?«

»Ja, aber ...« Hayden verstummte und schmolz unter Fords Lippen dahin. Der nahm ihm die Kaffeetasse aus der Hand und dann schob er sich halb über ihn.

»Was würdest du tun, wenn ich dir hier und jetzt einen blasen würde?«

»Kommen?«

Ford lachte auf. »Da kannst du dir sicher sein.«

Ein Geräusch, von der Treppe her kommend, ließ ihn innehalten. Hayden und Ford fuhren auseinander wie zwei Teenager, die knutschend von ihren Eltern erwischt worden waren.

Hayden sprang auf und eilte ums Sofa herum. Beinahe wäre er über Peggy gestolpert, die empört gackernd davonrannte.

»Guten Morgen«, sagte er und lächelte Jonah an. Wie immer standen seine Haare zu Berge. Er rieb sich über die Nase, während sein Blick zwischen Hayden und Ford hin und her wanderte.

Hast du Hunger?, fragte Hayden Jonah, der daraufhin nickte. Hayden lächelte. *Könntest du die Hühner füttern, während ich uns so lange Frühstück mache?*

Wieder sah Jonah zwischen ihnen hin und her und Hayden hatte die schreckliche Vorahnung, er hätte sie gesehen. Die Möglichkeit bestand, dass er sie dabei beobachtet hatte, wie sie wild miteinander rumgeknutscht hatten. Fuck. Mit heißen Wangen bemühte er sich darum, ganz ruhig zu bleiben. Wenn er so wenig Aufhebens wie möglich darum machte, dann würde Jonah keinen Verdacht schöpfen.

Jonah nickte, ehe er durch die Hintertür, nur mit seinem Pyjama bekleidet, nach draußen ging. Hayden seufzte erleichtert auf, gab aber einen erschreckten Laut von sich, als er plötzlich von Ford gegen die Wand geschoben wurde. Er küsste ihn wieder, als hätte Jonah sie nicht soeben unterbrochen.

»Du bist ganz schön erschrocken, was?«

»Wir waren uns doch einig, dass die Sache unter uns bleibt. Jonah bekommt nix davon mit.«

»Er ist draußen und ich will diesen Kuss noch beenden«, erwiderte Ford und gab viele kleine Küsse auf seinen Mundwinkel. »Diesen ausgesprochen phänomenalen Kuss«, wisperte er.

»Außerdem wollte ich dich etwas fragen. Ohne Jonah.«

Hayden runzelte die Stirn. Es war gar nicht so leicht, sich zu konzentrieren, wenn er die ganze Zeit von Ford geküsst wurde. Trotzdem musste er es versuchen.

»Und was?«

»Denk daran, dass ich dich die Sache auch in Jonahs Anwesenheit hätte fragen können. Aber ich tue es nicht, weil ich nicht will, dass du dich unter Druck gesetzt fühlst. Ich möchte, dass *du* entscheidest. Denk einfach daran, okay?«

»Ford, das klingt echt ominös.«

Ford lächelte. Er nahm sich die Zeit, ihn nochmal zu küssen, dann lehnte er sich zurück, ohne jedoch die Hände von Haydens Hüften zu nehmen.

»Ich hatte überlegt, ob ich heute vielleicht etwas mit Jonah unternehmen könnte. Nichts Wildes. Vielleicht ein Eis essen gehen, oder in den Zoo oder so.«

Hayden starrte Ford an. Sein erster Impuls war es, nein zu sagen. Weil er immer nein sagte. Nur ausgewählte Personen durften Jonah ohne seine Aufsicht betreuen. Ford war keiner von ihnen.

Aber er ist sein Dad.

Der Gedanke schimmerte in seinem Kopf, wurde immer klarer und fester. Ford war sein Dad. Er hatte das Recht dazu, Zeit mit ihm zu verbringen.

»Ich weiß, wir haben noch nicht viel über die epileptischen Anfälle gesprochen, aber ich habe ziemlich viel im Internet nachgelesen und wenn du willst kannst du mir nachher ein paar Fragen stellen. Ich weiß, dass ich im Moment des Anfalls nichts …«

»Okay.«

Ford verstummte und starrte Hayden an. »Okay?«, fragte er nach.

Hayden nickte. »Ich bin einverstanden.«

»Äh … das war jetzt leichter, als ich gedacht habe. Es ist auch ein bisschen unfair, denn ich habe heute Nacht ziemlich lange wachgelegen und mir Argumente überlegt, die dich überzeugen sollen. Möglicherweise habe ich sie sogar in mein Handy eingetippt. Kann ich sie dir trotzdem vortragen? Es sind richtig gute Argumente.« Ford grinste ihn an.

Wie. Sollte. Er. Sich. Nicht. In. Ford. Verlieben? Wenn er so süß und warmherzig war.

»Also gut. Trag mir deine Argumente vor.«

»Okay, Moment.« Ford hechtete über die Rückenlehne des Sofas und griff nach seinem Handy, das auf dem Tisch gelegen hatte. Er wischte einige Male über den Bildschirm, dann räusperte er sich.

»Erstes Argument: Ich bin sein Vater.«

Hayden tat, als würde er vor Langeweile gleich einschlafen.

Ford schnaubte. »Zweites Argument: Ich bin ein verantwortungsvoller erwachsener Mann, mit dem man Spaß haben kann.«

»Hey, Ford, wird das heute noch interessanter? Wenn ich mir deine Argumente so anhöre, dann habe ich große Lust, meine Entscheidung wieder rückgängig zu machen.«

Ford hielt einen Zeigefinger in die Höhe. »Du hast noch nicht Argument drei, vier und fünf gehört.«

Hayden seufzte. »Und wie lauten die?«

»Ich bin ziemlich gut im Bett.« Ford lachte auf und Hayden fiel in sein Lachen ein. Er konnte nichts dagegen tun. Ford taumelte gegen ihn und irgendwie passierte es, dass sie sich wieder küssten. Warum zum Teufel fühlte es sich so gut mit ihm an?

»Bevor ihr losgeht, würde ich dich gern trotzdem kurz aufklären, wie du dich bei einem Anfall verhalten musst. Und ich wäre ziemlich froh, wenn du nicht allzu weit mit ihm wegfährst.«

»Klar. Kein Problem«, sagte Ford ernsthaft. »Doch. Es gibt doch ein Problem. Ich habe kein Auto. Ich wollte eigentlich eins kaufen, aber so ein komischer Kerl wollte mir einen Gebrauchtwagen andrehen, der nicht mal die Probefahrt überstanden hat. Und dann musste ich mit ihm rummachen und bin in seinem Bett gelandet und hatte seither keine Zeit mehr, mich um ein Auto zu kümmern.«

»Dir passieren auch die komischsten Sachen«, neckte Hayden ihn. »Du kannst meinen Wagen nehmen.«

»Klasse.« Ford gab ihm einen Kuss mitten auf den Mund. »Hast du was dagegen, wenn ich kurz unter die Dusche hüpfe?«

»Überhaupt nicht«, erwiderte Hayden. Sie tauschten einen letzten, langsamen Kuss, ehe Ford die Treppen nach oben ging.

Einen Moment blieb Hayden wie angewachsen stehen, dann ging er leichten Schrittes in die Küche. Sein Herz blubberte und er konnte nicht aufhören zu grinsen.

―

Als Ford Jonah in Haydens Truck geholfen hatte, schloss er die Tür hinter ihm. Hayden klopfte an die Scheibe und winkte Jonah ein letztes Mal zu, dann drehte er sich um – und stand Ford gegenüber.

Dicht. Sehr dicht. Ihre Körper berührten sich beinahe. Unwillkürlich hob Hayden den Kopf und sah sich um, ob irgendeiner seiner Nachbarn auf der Straße war.

Ford schlang die Hand um seinen Gürtel und zog ihn mit einem Ruck näher. »Schämst du dich für mich?«

»Quatsch«, sagte Hayden.

»Und warum schaust du dich dann um, als würdest du jeden Moment Paparazzi erwarten, die aus dem Gebüsch springen?«

»Das könnte passieren, oder? Sie könnten längst hier sein und dich beobachten.«

»Sie sind nicht hier«, sagte Ford und lächelte. »Ich will dich küssen, aber Jonah beobachtet uns durch den Rückspiegel.« Ford ließ die Spitze seines Zeigefingers unter Haydens T-Shirt fahren und strich sanft über seine Haut. Eine unschuldige, trotzdem verboten schöne Berührung. Hayden holte Luft. »Du passt auf ihn auf, nicht wahr?«

»Werde ich, er ist nämlich mein Sohn und ich will nicht, dass ihm etwas geschieht.«

»Stimmt.«

Ford grinste. »Stimmt.«

»Und du rufst an, wenn du eine Frage hast. Egal welche?«

»Ich werde mich zwischendurch auch so melden. Vielleicht schicke ich dir ein Dick Pic, wenn ich auf der Toilette bin.«

Hayden schluckte und spürte, wie die Hitze in seine Wangen schoss. »Hör auf. Du darfst Jonah nicht allein lassen, wenn du auf die Toilette gehst«, sagte er mit heiserer Stimme. Die Vorstellung davon, ein Bild von Fords Schwanz geschickt zu bekommen, machte ihn total an.

»Hättest du denn gern ein Foto von meinem Schwanz?« Ford trat noch einen Schritt näher. Das ging, weil Hayden Jonah die Sicht auf Ford versperrte. Dafür zog ein Auto, das langsam die Straße entlangfuhr, seine Aufmerksamkeit auf sich. Ein dunkler Truck, in dem sein älterer Bruder Monroe saß.

Hayden räusperte sich und richtete sich etwas auf.

»Was ist?«, fragte Ford und sah sich um. Als er Monroes Wagen erblickte, ließ er ihn sofort los und Hayden vermisste ihn augenblicklich.

Monroe ließ die Scheibe hinunter und beugte sich etwas tiefer. »Hey, ihr beiden!«

»Hey.« Hayden winkte Monroe etwas unbeholfen zu und trat einen Schritt zur Seite. Eine effektive Methode, sich von Ford zu distanzieren.

»Sehen wir uns nachher auf der Ranch?«

»Heute nicht. Ich habe Abby vorhin schon Bescheid gegeben«, rief Hayden zurück. Nachdem er Ford die Erlaubnis gegeben hatte, den Tag mit Jonah zu verbringen, hatte er das sonntägliche

Mittagessen bei Abby abgesagt. Er wollte hier bleiben. Nur für alle Fälle.

»Fahrt ihr weg?« Monroes Blick heftete sich auf Ford, dort blieb er einen Moment liegen, dann kehrte er zurück zu Hayden.

»Jonah und Ford«, sagte Hayden.

»Dann nehme ich dich mit zur Ranch.«

»Nicht nötig.«

»Er denkt, dass ich es vermassle und er dann als der Held in goldener Rüstung anrauschen muss«, warf Ford ein.

Hayden warf ihm einen entnervten Blick zu. »Das stimmt nicht.«

Ford lächelte. »Tut es doch.«

»Du willst sicher nicht mitkommen?«, hakte Monroe nach. Seine Lippen waren kaum erkennbar, weil er sie so fest aufeinanderpresste.

»Nächste Woche wieder«, sagte Hayden. Himmel, das hier war wirklich unangenehm. Wer wusste schon, was Monroe gesehen hatte? Und nachher würde er alles brühwarm seinen Geschwistern erzählen, und dann würden sie über ihn sprechen und … Er liebte es, Zeit mit Ford zu verbringen, aber alles war so verworren und kompliziert und das liebte er überhaupt nicht.

»Okay. Dann bis bald«, sagte Monroe. Er winkte kurz, dann fuhr er an und war gleich darauf verschwunden.

»Wow. Monroe ist echt eine harte Nuss. Denkst du, er hat etwas gesehen?«

»Wir haben nichts getan«, erwiderte Hayden.

»Sagen wir mal so: Mein Angebot, dir ein Dick Pic zu schicken, hat dich nicht kalt gelassen«, erwiderte Ford grinsend. Er drehte sich um und streifte dabei mit dem Handrücken über Haydens Schwanz, der noch immer halbhart war.

»Du bist unmöglich«, sagte Hayden frustriert. Es war ungerecht, welche Macht Ford auf ihn ausüben konnte, wie er seinen Körper mit ein paar leichten Worten und versauten

Andeutungen steuern konnte.

»Wir sehen uns später.«

»Okay.« Hayden trat zur Seite und sah dabei zu, wie Ford seinen Truck aus der Ausfahrt lenkte. Er winkte ihnen hinterher, als sie die Mainstreet entlangfuhren. Es hatte ihn alle Kraft der Welt gekostet, Ford nicht zu löchern, was er plante, mit Jonah zu unternehmen. Er versuchte, cool zu sein und Ford nicht das Gefühl zu geben, dass er ihm die Betreuung ihres Sohnes nicht zutraute.

Er hatte die letzten Wochen mehr als ein Mal bewiesen, dass er nur das Beste für Jonah wollte und bereit war, sich auf seine Welt einzulassen. Hayden wollte ihm das Gefühl geben, dass er willkommen war, weil … ja, warum eigentlich?

Vielleicht, weil er sich ein klein wenig in ihn verknallt hatte? Ein klein wenig sehr? Obwohl er wusste, dass das nicht die beste Idee war?

Hayden seufzte und ging ins Haus zurück. Die unerwartete freie Zeit kam genau richtig, denn so konnte er die Übersetzung heute beenden. Er war knapp in seinem Zeitplan und das nächste Manuskript wartete bereits in seinem Postfach.

Das Piepen seines Handys riss ihn aus der Konzentration. Hayden stellte nach einem Blick auf die Uhr mit Erstaunen fest, dass es bereits fast sechs Uhr war. Seit Ford und Jonah das Haus verlassen hatten, waren die Stunden wie im Flug vergangen. Er war fast am Ende der Übersetzung angelangt und merkte erst jetzt, wie lange er in seiner Schreibtischposition gesessen hatte. Sein Rücken schmerzte und knackte, als er sich streckte.

»Mist«, murmelte er und griff nach seinem Handy. Eine Nachricht von Ford.

Einen kleinen Moment, wirklich nur einen winzigen Augenblick lang, erwartete er eine schlechte Nachricht. Dass es Jonah nicht gut ging, oder Ford seine Hilfe brauchte. Doch das Einzige, das er zu sehen bekam, war das absolut süßeste Selfie, dass ihm jemals jemand geschickt hatte.

Offenbar hatten Ford und Jonah einen Jahrmarkt gefunden. Jonah hielt blaue Zuckerwatte in der Hand. Sein Mund war vollkommen verschmiert, aber das war gleichgültig, denn er strahlte wie ein Honigkuchenpferd. Fast genauso breit grinste Ford in die Kamera. Es war kein Dick Pic. Es war eine Million Mal wertvoller.

Hayden las den Text, den Ford daruntergeschrieben hatte.

Ich wünschte, du wärst mit uns hier.

Hayden schluckte bei Fords Worten, denn ihm ging es genauso. Er wollte bei ihnen sein und mit ihnen Spaß haben.

Das wünschte ich auch, schrieb Hayden zurück und betrachtete das Foto eingehend. Es war die Wahrheit. Er wollte das, und er hatte keine Ahnung, ob er es bekommen konnte. Er hatte nur eine Affäre mit Ford, mit einem Mann, der nicht bekannt dafür war, besonders bindungsfreudig zu sein.

Du musst aufpassen.

Der Gedanke zerrte an seinen Nerven, denn er stritt sich mit den Gefühlen in seinem Herzen.

Ford hatte noch nie eine feste Beziehung gehabt, wenn man den Medien glauben wollte. Er lebte in einem anderen Bundesstaat und führte sowieso ein komplett anderes Leben.

Sein Handy klingelte schon wieder, dieses Mal war es jedoch ein Anruf, der einging. Sein Bruder Taylor.

Hayden nahm den Anruf entgegen und lehnte sich in seinem Stuhl zurück. »Was gibt es?«

»Ich schätze, ich habe ein Problem in der Bar. Denkst du, es wäre möglich, dass du mal kurz vorbeikommst?«

»Sicher, kein Problem.« Ein bisschen Bewegung würde ihm ganz guttun. »Wir sehen uns gleich.«

Während er sich die Schuhe anzog, schickte Ford eine weitere Nachricht. »Ich könnte nachher kochen und dann sehen wir uns gemeinsam einen Film an.«

Haydens Herz klopfte schnell und freudig und er wusste, dass er rettungslos verloren war. »Klingt nach einem großartigen Plan. Ich bin dabei.«

Sie mussten miteinander sprechen. Das war der letzte Gedanke, den Hayden hatte, bevor er sich auf den Weg in die Bar machte.

24. Kapitel

HAYDEN

Er wusste, dass er in die mieseste Falle aller Zeiten gelaufen war, als er die Bar betrat und seine Geschwister um einen Tisch herum sitzen sah.

Hayden trat an den Tisch, an dem Abby, Monroe, Colton und Asher saßen und ihm erwartungsvoll entgegensahen. Taylor stand hinter der Theke und bereitete Getränke zu.

»Hallo Hayden, schön, dass du kommen konntest«, sagte Abby. Ihrer Stimme fehlte die übliche Fröhlichkeit. Sie war ernst as fuck.

»Auf keinen Fall«, sagte Hayden und war im Begriff, umzudrehen.

Colton erhob sich und trat ihm in den Weg.

»Was machst *du* überhaupt hier? Solltest du nicht in den Bergen bei den Rindern sein?«

»Ich habe ein Wochenende frei bekommen«, erwiderte Colton gelassen. »Mach es nicht schlimmer, indem du wegläufst«, warnte er mit leiser Stimme, sodass nur Hayden ihn hören konnte.

Colton war schon immer der schweigsamste von ihnen allen gewesen. Er war gern für sich und machte alles mit sich selbst aus. Er konnte unheimlich gut mit Tieren umgehen, dafür weniger mit Menschen. Aber jetzt legte er seine große, schwielige Hand auf Haydens Schulter und drückte sie. »Wir lieben dich, Hayden.«

»Setz dich«, forderte Monroe ihn auf und zog den Stuhl neben sich zurück.

Hayden seufzte und ließ sich darauf nieder. Taylor stellte eine Karaffe mit Eistee in die Mitte des Tisches, dazu einige Gläser, sowie Bierflaschen, dann setzte er sich auf den letzten freien Stuhl.

Die Bar war noch relativ leer, nur wenige Besucher hatten sich am Sonntagabend hier eingefunden. Taylors Mitarbeiter bediente die anderen Gäste.

»Wir wollten uns mit dir unterhalten, weil wir uns Sorgen um dich machen.«

Hayden sagte nichts. Er lehnte sich vor, griff nach dem Eistee und schenkte sich ein Glas ein, dann trank er davon. Sie alle wussten, dass er auf Zeit spielte. Trotzdem zog er die Nummer durch.

»Warum?«, fragte er schließlich.

Monroe lachte leise neben ihm und Asher zog sein Handy hervor, steckte es aber wieder weg, als Abby ihm einen wütenden Blick zuwarf.

»Wegen Ford«, erklärte sie streng. »Das weißt du genau.«

»Ach ja? Ford? Du meinst den Mann, den du auf deine Ranch geholt hast? Gegen meinen Willen? Jetzt hast *du* auf einmal ein Problem mit ihm? Entschuldige, aber da komme ich nicht ganz mit.«

»Ich habe ihn auf die Ranch geholt, damit er eine Beziehung zu Jonah aufbauen kann, während du alles dafür getan hast, genau das zu verhindern. Dank mir steht ihr noch nicht vor Gericht.«

»Nein, tun sie nicht«, warf Ash grinsend ein.

Hayden verdrehte die Augen und verschränkte die Arme vor der Brust. »Wir verstehen uns jetzt gut. Er ist sogar gerade mit Jonah unterwegs, also was ist euer Problem?«

»Wir befürchten, dass ihr euch näherkommt, als es zu diesem Zeitpunkt vielleicht klug wäre«, sagte Abby und rang um jedes einzelne Wort. Sie fuhr die dunkle Maserung des Holztischs mit der Fingerspitze nach und mied Haydens Blick.

»Gott, sie will nicht, dass ihr rumvögelt«, warf Taylor ein.

Ash lachte auf und auch Monroes Körper erzitterte unter mühsam zurückgehaltenem Lachen.

»Sehr komisch«, fauchte Abby und warf Taylor einen todbringenden Blick zu.

Colton sagte nichts, er sah Hayden nur an.

Hayden erhob sich und ging hinter die Bar. Micky, Taylors

Angestellter, warf ihm einen schnellen Blick zu, dann konzentrierte er sich aber wieder darauf, die Theke sehr ordentlich zu putzen.

Hayden holte eine Flasche Tequila aus dem Regal und kehrte zu seinen Geschwistern zurück. »Ihr wollt über mein Sexleben sprechen?«, fragte er, griff nach seinem Glas, in dem sich zuvor noch Eistee befunden hatte, füllte einen Schluck Tequila hinein und exte ihn.

»Gib mir auch«, sagte Monroe und schob ihm ein leeres Glas zu. »So ein Gespräch überstehe ich nur mit Alkohol.«

»Bin dabei«, sagte Ash und reichte ihm ebenfalls ein Glas.

Hayden kniff die Augen zusammen. »Darüber sprechen wir noch.«

Ash verdrehte die Augen, erwiderte aber nichts darauf.

Hayden schenkte sich einen weiteren Tequila ein, dann schob er die Flasche über den Tisch zu Abby und Colton, die sie beide nicht anrührten.

»Seit ich damals aus der Army ausgetreten und nach Iron Creek zurückgekommen bin, hatte ich keinen Sex mehr.«

»Alter …«, sagte Ash und holte sich die Flasche zurück. »Das ist zu viel.«

»Wollt ihr es mir also wirklich zum Vorwurf machen, dass ich die einzige Gelegenheit, die sich mir seit einer kleinen Ewigkeit geboten hat, wahrnehme?«

»Auf keinen Fall.« Ash trank den zweiten Tequila aus einem viel zu großen Glas. »Ich gönne dir jeden Fick, den du kriegen kannst. Warum hast du nie was gesagt?«

»Weil es nicht zur Debatte stand«, antwortete Hayden ernst. »Ich hatte Millie.«

»Aber ihr hattet keinen Sex«, stellte Taylor fest.

»Weil ich schwul bin«, erwiderte Hayden. »Ich dachte eigentlich, das wäre jedem von uns klar.«

»War es«, warf Colton ein. »Doch als du plötzlich mit einer

schwangeren Ehefrau zurückgekommen bist, hatten wir doch leise Zweifel.«

»Großartig«, murmelte Hayden. Er warf Monroe, der nachdenklich vor sich hinstarrte, einen Seitenblick zu. »Was ist mit dir? Hast du keine Meinung dazu?«

»Ich finde, es geht uns nichts an«, sagte er knapp und erhob sich. »Warum müssen wir Hayden damit konfrontieren? Dann schläft er halt mit Ford.«

»Äh … entschuldige? Wir haben darüber gesprochen. Es geht nicht um den Sex an sich. Es geht darum, wer Ford ist und dass er weggehen wird.«

»Kann ein Mann nicht einfach eine lockere Affäre haben?«, fragte Hayden.

»Ist Ford denn eine lockere Affäre?«, hakte Abby nach. Ihr Blick wurde jetzt weich, ein Ausdruck, den Hayden nicht sehen wollte.

Er schenkte sich nochmal Tequila ein und leerte ihn, obwohl er selbst wusste, dass das keine gute Idee war. Ford und Jonah würden gleich nach Hause kommen. Sie wollten zusammen essen und sich einen Film ansehen. Hayden wollte hören, was sie heute alles erlebt hatten.

»Klar«, sagte Hayden. »So was von locker.«

»Blödsinn.« Das kam von Ash. »Er bedeutet dir etwas.«

»Möglicherweise ist er in den letzten Wochen ein Freund geworden«, gab Hayden zu. »Mehr nicht.«

Monroe legte die Hand auf seine Schulter. »Ich habe euch heute miteinander gesehen. Er ist kein Freund. So siehst du deine Freunde nicht an.«

Hayden schluckte. Er spürte die Wirkung des Tequilas. Er wärmte seinen Körper und ließ Monroes Worte weniger hart in seinen Verstand schlagen.

»Und wenn?«, fragte er. Warum war seine Stimme plötzlich so kratzig?

»Er ist kein Mann für eine längerfristige Beziehung, Hayden. Hast du Seb nicht gehört, als er bei uns war? Sie planen bereits die nächste Tournee. Möglicherweise kann Ford sich einige Tage Zeit für Jonah nehmen. Aber er könnte dir nie das geben, was du dir von einer Partnerschaft erwartest. Was du verdienst«, fügte Abby hinzu. Sie griff jetzt auch nach der Flasche und trank direkt einen Schluck daraus. »Die letzten acht Jahre hast du dich für Millie und Jonah aufgegeben. Ich habe dir dabei zugesehen und dich für die absolute Liebe und Loyalität, die du beiden hast zuteilwerden lassen, bewundert. Aber ich habe mich immer gefragt, was Hayden, der Mann, will. Was willst du von deinem Leben? Fake-Hochzeiten, Fake-Familien, einen Partner, der nie bei dir ist?«

Hayden schluckte. Sein Handy vibrierte und er wusste, dass das Ford war, der ihre Ankunft ankündigte. »Ich weiß es nicht«, gestand er leise. »Ich weiß nicht mehr, wer ich bin und was ich will. Ich habe es vergessen.«

»Oh, Hayden«, sagte Abby. Sie erhob sich, kam zu ihm und umarmte ihn. »Ich wollte dich nicht wütend machen oder vor ein Tribunal stellen, aber ich wusste nicht, wie ich sonst deine Aufmerksamkeit bekomme.«

Hayden erwiderte Abbys Umarmung und eine stille Hoffnungslosigkeit legte sich über ihn. »Ich weiß, dass er weggehen wird. Er wird Jonah das Herz brechen. Und mir auch. Ich weiß das alles. Aber ich kann nichts dagegen tun.«

»Weil du ihn liebst.« Asher nickte, als wäre das eine Wahrheit, die er nur allzu gut nachvollziehen konnte. »Die Argumente, die gegen ihn sprechen kommen nicht gegen dein Herz an, oder?«

Hayden sah seinen Bruder nachdenklich über den Tisch hinweg an. »Ja«, sagte er schlicht. »Es ist … er passt zu uns, versteht ihr? Er ist wie ein fehlendes Teil. Er ersetzt Millie nicht. Das wird er nie können. Er füllt ihren Platz einfach neu aus. Anders. Irgendwie richtig. Mit neuen Ideen, mit Lachen, mit Freude. Er ist ein guter Mann.«

Hayden trank einen weiteren Tequila. Seine Gedanken begannen sich zu verzerren, das Tribunal, das seine Geschwister gebildet hatten, fühlte sich plötzlich gar nicht mehr so feindselig an. Sie sorgten sich um ihn und wollten sich davon überzeugen, dass er wusste, was ihn vermutlich erwartete.

»Ich mag ihn. Er kann gut mit den Pferden umgehen«, sagte Colton schließlich. »Auch wenn seine Haltung beim Reiten echt scheiße ist.«

Hayden gluckste und lehnte sich zurück. Coltons Worte sorgten dafür, dass seine Augen plötzlich ein bisschen brannten. Mistkerl.

»Er hat den Kindern Gitarre spielen beigebracht. Und er lernt die Gebärdensprache«, erzählte Abby und seufzte.

»Ja«, sagte Hayden nur.

»Er hat im Tierheim vorbeigesehen, weil er wissen wollte, wo Millie früher gearbeitet hat. Ich schwöre dir, er war ganz knapp davor, einen der Hunde mitzunehmen«, sagte Monroe dann und seine Lippen zuckten dabei. Er sank wieder auf seinen Stuhl und lächelte Hayden an.

»Man kann sich ganz ordentlich mit ihm unterhalten«, meinte Taylor. »Er war ein paarmal hier«, fügte er hinzu, als Hayden ihm einen fragenden Blick zuwarf.

»Er hat keine Ahnung von Blumen«, sagte Asher in die Runde. Er prostete ihnen mit seinem Glas zu. »Aber das ist okay.«

Hayden lächelte, als ihm klar wurde, dass Ford nicht nur bei ihm einen Platz in seinem Herzen gefunden hatte. »Und? War diese Intervention wirklich nötig?«

»Ich finde schon, immerhin sieht es ja hart nach einem Happy End aus.« Abby grinste breit. Sie stach Colton den Ellenbogen in die Seite, sodass dieser sich zusammenkrümmte. »Ich habe getrunken, du musst mich nachher zur Ranch zurückfahren.«

Hayden hatte noch eine Weile mit seinen Geschwistern zusammengesessen. Am Ende waren nur noch Monroe, Taylor und er übriggeblieben, und Hayden stellte fest, dass es eine Ewigkeit her war, dass er Zeit mit ihnen verbracht hatte.

Monroe und er saßen an der Theke und nippten an ihrem Mineralwasser, das Taylor jedem von ihnen hingestellt hatte. Schon vor einer Weile hatte der nach Haydens Handy gegriffen und Ford eine Nachricht geschickt, dass er sich wegen eines wichtigen Termins etwas verspätete.

Hayden wäre vor Lachen fast vom Stuhl gefallen, als ihm der Gedanke gekommen war, dass Ford ihm ja eigentlich ein Dick Pic hatte schicken wollen. Er hätte gern gewusst, was Taylor dazu gesagt hätte.

Aber so hatten Monroe und er noch ein oder zwei Bier miteinander getrunken.

Hayden konnte sich nicht daran erinnern, wann er das letzte Mal so beschwipst gewesen war. Er schämte sich etwas, dass er Ford und Jonah einfach versetzt hatte. So etwas tat ein guter Vater nicht.

Das sagte er Monroe.

Der lachte auf und schüttelte den Kopf. »Nun, mir brauchst du das nicht zu sagen. Gemäß Evelyn bin ich ohnehin der schlimmste Vater, den ein Kind sich wünschen kann.«

Monroe steckte mitten in seiner Scheidung und Hayden wusste, dass er litt wie ein Hund, der Kinder zuliebe aber gute Miene zum bösen Spiel machte.

»Es tut mir leid, dass ich in letzter Zeit nicht für dich da war«, sagte Hayden, denn das tat es wirklich.

»Hör auf«, brummte Monroe.

»Ja, hör auf damit«, sagte auch Taylor, der gerade wieder zu ihnen getreten war und Haydens letzte Worte gehört hatte. »Millie war krank und du brauchtest deine ganze Energie dafür, dich um sie und Jonah zu kümmern. Ich habe immer darauf gewartet, dass du irgendwann zusammenklappst, aber du hast es durchgezogen. Ich bin stolz auf dich, Brüderchen.«

Hayden schluckte. »Wenn sie nicht gestorben wäre, wäre Ford nie nach Iron Creek gekommen.«

»So darfst du das nicht sehen«, sagte Monroe und starrte in sein Mineralwasser. »Es ist kein Tausch. Es ist eher ... der Weitergang einer Geschichte.«

»Eine sexy Geschichte«, fügte Taylor hinzu und zwinkerte.

Hayden warf einen Blick auf die Uhr. Morgen war wieder Schule und er hoffte, dass Jonah schon schlief. Er hatte vor einer Weile entschieden, dass er in seinem Zustand nicht zu Hause auftauchen wollte. Jonah sollte ihn so nicht sehen.

»Ich mach mich besser mal auf den Heimweg«, sagte er.

»Gute Idee, ich komme mit.« Monroe erhob sich ebenfalls.

Sie verabschiedeten sich von Taylor und schwankten dann gemeinsam aus der Bar. Sie hielten sich aneinander fest und die würzige Abendluft umschmeichelte Haydens Nase und klärte seinen berauschten Kopf.

»Ich will niemals woanders wohnen«, sagte Hayden und sprach damit den ersten Gedanken aus, der ihm in den Sinn kam.

»Warum nicht? Ist Iron Creek manchmal nicht furchtbar klein?«

Hayden warf Monroe einen fragenden Blick zu. Er hatte eigentlich immer gedacht, dass der vollkommen glücklich in ihrer Kleinstadt, mit seiner Tierarztpraxis war.

Monroe löste sich von ihm und zuckte mit den Schultern. »Manchmal ... ist es eng. Jeder kennt dich und erwartet etwas von dir. Was, wenn du die Erwartungen nicht erfüllen kannst?«

»Welche denn zum Beispiel?«

Monroe zuckte wieder mit den Schultern. »Egal. Ich werde

ohnehin hierbleiben. Die Kinder brauchen mich«, sagte er dann.

»Vielleicht sollten wir zu Justice in die Berge fahren. Wir nehmen die Kinder mit. Nur wir Männer.«

»Und Tequila?«

Hayden lächelte. »Den lassen wir vielleicht lieber zu Hause.«

F O R D

Ein beschwipster Hayden versuchte leise in sein Haus zu schleichen. Er brach sich beinahe das Genick im Versuch, über Peggy drüberzusteigen und Ford hinderte ihn nur an einem Sturz, indem er ihn schnell abfing.

»Hey, hey, hey«, sagte er und lachte leise. »Okay, komm mit.«

»Tut mir leid«, murmelte Hayden und stützte sich schwer auf ihn. »Ich bin ein schlechter Vater. Ich war in der Bar und habe dort mit den anderen getrunken, anstatt hier bei meinem Sohn zu sein.«

Hayden plumpste auf das Sofa und lehnte sich zurück.

»Du bist kein schlechter Vater«, sagte Ford und setzte sich neben ihn. Der Geruch von Alkohol umgab ihn wie eine Wolke und er hatte einen seltsamen Ausdruck im Gesicht. »Du bist sogar ein sehr guter Vater, denn du hast deine freie Zeit heute mal genutzt und nur etwas für dich selbst getan. Ich bin stolz auf dich.«

»Ich wäre lieber bei euch gewesen«, jammerte Hayden. »Sie haben mich verhört und mir gesagt, dass ich aufpassen soll.«

Ford runzelte die Stirn. »Wer denn?«

»Alle.« Hayden machte eine ausschweifende Armbewegung. »Alle Bancrofts haben sich auf mich gestürzt.« Er drückte seine Finger zusammen und ließ sie wie Vögel durch die Luft sausen, während er ein paar lustige Geräusche dazu machte. »Da da da da! Sie haben sich wie die Krähen auf mich gestürzt.«

»Oh je, armer Schatz.« Ford legte den Arm um Hayden und gab ihm einen Kuss auf die Schläfe.

»Ich musste trinken, sonst hätte ich es nicht ausgehalten«, sagte Hayden mutlos. »Sie wollten über mein Sexleben sprechen.« Wieder eine Armbewegung.

»Klingt nach einem harten Abend.« Ford lächelte und küsste Hayden wieder. »Hast du Hunger? Ich habe Tacos gemacht und dir einen aufgehoben.«

»Nein«, sagte Hayden seufzend. »Keinen Hunger. Willst du wissen, was ich ihnen gesagt habe?«

»Äh … keine Ahnung«, erwiderte Ford vorsichtig. »Du könntest es mir morgen erzählen, wenn du deinen Rausch ausgeschlafen hast und …«

»Sie wollten wissen, ob ich dich liebe.« Hayden setzte sich auf und drehte sich zu ihm. »Und ich habe ja gesagt. Und dann haben sie gesagt, dass du mir mein Herz brechen wirst, weil du weggehen wirst, und dann habe ich wieder ja gesagt.« Hayden starrte ihn an und Ford starrte zurück, während so langsam seine Worte in seinem Verstand ihren Platz fanden.

»Du liebst mich?«, fragte Ford beinahe flüsternd. Seine Stimme war verschwunden. Sie war einfach nicht mehr da.

In seinem Kopf leuchtete ein neonfarbenes Warnsignal auf. Es blinkte und machte richtig Radau, um ihm zu signalisieren: *Gefahr!*

Peggy kam auf das Sofa neben sie geflattert und machte es sich in ihrer bevorzugten Kuhle bequem.

»Japp«, bestätigte Hayden. »Ich hab mich in dich verliebt. Und? Haben sie recht?«

»Womit?«

»Damit, dass du mir das Herz brechen wirst.« Hayden sank

wieder zurück in die Polster. »Du wirst es mir brechen, und weißt du was? Es ist mir egal.«

»Babe …« Ford konnte sich nicht gegen die Zärtlichkeit wehren, die für Hayden in ihm aufwallte. »Ich werde dir nicht wehtun. Zumindest werde ich es versuchen.«

Hayden kuschelte sich tiefer in die Polster, während seine Augen langsam zufielen. »Ist schon okay. So ist das mit der Liebe, oder?«, fragte er, bevor er einschlief.

25. Kapitel

F   O   R   D

Seit Hayden mit schmerzverzerrtem Gesicht auf dem Sofa liegend aufgewacht war, tanzten sie förmlich umeinander herum. Sie sprachen nicht. Kein Wort. Sie beide konzentrierten sich einzig und allein auf Jonah. Ford bereitete ihm ein Lunchpaket zu, Hayden kontrollierte, ob er alles für die Schule eingepackt hatte.

Dann unterhielten sie sich kurz. Ford schlug vor, dass er Jonah in die Schule bringen konnte. Er konnte an Haydens Körpersprache erkennen, dass er nein sagen wollte. Aber dann zuckte er mit den Schultern und nickte.

Und so fuhr Ford Jonah in die Schule und danach mit Haydens Wagen auf die Ranch. Er wusste nicht, was er sonst tun sollte. Er hatte die gesamte Nacht in Haydens Bett wachgelegen und über seine Worte nachgedacht.

Hayden liebte ihn. Und er rechnete damit, dass Ford ihm das Herz brechen würde.

Hayden liebte ihn.

Hayden liebte ihn!

Der Gedanke erschreckte ihn. Er jagte ihm eine verdammte Angst ein. Er hatte schon vor langer Zeit festgestellt, dass Gefühle nichts für ihn waren. Wenn er sich auf einen anderen Menschen einließ, dann wurde er zwangsläufig enttäuscht. Und er wollte wirklich nicht, dass er von Hayden enttäuscht wurde. Er wollte, dass es leicht zwischen ihnen blieb, locker, entspannt.

Keine Verpflichtungen.

Er hatte jetzt Jonah und er würde alles tun, dass er sich geliebt und geborgen fühlte. Aber mit ihm war es etwas anderes. Hayden … Hayden könnte irgendwann entscheiden, dass er es nicht wert war. Und dann würde er sich umdrehen und weggehen und Ford würde zurückbleiben und an der Einsamkeit ersticken.

Sogar seine Eltern hatten ihn einfach aus ihrem Leben gestrichen, weil er es nicht wert gewesen war. Sie hatten sich umgedreht und waren weggegangen. Warum sollte ein fremder Mann, Hayden, anders handeln?

Nein. Dieses Risiko konnte er auf keinen Fall eingehen.

Er führte keine Beziehungen. Liebe, Ernsthaftigkeit und Intimität mochten für andere funktionieren, jedoch nicht für ihn. Er war mehr der Mann, der die Spaßseite von alledem ausfüllte, und genau das musste er Hayden begreiflich machen.

Hayden war in ihn verliebt. Oder er glaubte, verliebt in ihn zu sein. Es war nicht wirklich so. Das kam von seiner ewigen sexuellen Abstinenz und ihrer jetzigen Affäre. Hayden verwechselte Sex und Erotik mit Liebe.

Das war es.

Ford seufzte erleichtert auf, der Herzschlag, der durch seinen Körper jagte, beruhigte sich. Er würde mit Hayden darüber sprechen müssen, denn das Letzte, das er wollte, war die Beziehung zu Jonah zu gefährden, weil er Hayden zurückstoßen musste. Sie würden das miteinander klären und beide feststellen, dass Hayden Dinge gesagt hatte, die er gar nicht so meinte, weil er betrunken gewesen war.

Jawohl.

Der Alkohol hatte gestern aus ihm gesprochen, mehr nicht. Das war nur eine kleine Sache. Vielleicht erinnerte er sich nicht mal mehr daran, dann wäre es das Beste, wenn er das Thema nicht mehr anschneiden würde.

Ford beglückwünschte sich zu seinem Plan, als er sein Holzhaus betrat, das furchtbar einsam und bedrückend auf ihn wirkte, nachdem er jetzt fast das ganze Wochenende mit Hayden und Jonah verbracht hatte.

Er setzte sich aufs Sofa und griff nach seiner Gitarre. Er zupfte an den Seiten und lauschte den zarten Tönen, die er dem Instrument entlockte und fragte sich gleichzeitig, woher die Schwere in seiner Brust plötzlich kam.

H A Y D E N

Die Autofahrt war ätzend gewesen. Sie hatten zuerst Jonah abgeholt, anschließend noch Michael und Scotty und waren dann zur Ranch gefahren. Die gesamte Fahrt über hatte Ford nach hinten gesehen und sich mit den Kindern unterhalten.

Er hatte Hayden ignoriert. So wie er ihn auch am Morgen ignoriert hatte, kurz bevor er sein Auto entführt hatte. Ford hatte sich vor ihm zurückgezogen. Nicht nur, dass er ihn ignorierte, er ging ihm auch körperlich aus dem Weg.

Man musste kein Genie sein, um zu wissen, warum Ford sich so verhielt. Hayden wusste noch sehr genau, was er zu ihm gesagt hatte, als er etwas beschwipst nach Hause gekommen war. Und offenbar gefiel Ford sein Geständnis nicht.

Hayden parkte seinen Truck auf dem Hof der Ranch und die Kinder sprangen wie eine Mini-Heuschreckenplage aus dem Auto und rannten wie immer ins Haus, um bei Abby noch ein paar Leckereien abzustauben, bevor sie sich auf ihren Ausritt begaben.

Hayden und Ford holten gemeinsam (und schweigend) die Pferde vom Paddock und bürsteten sie ab. Es kam ihm wie ein Déjà-vu vor, nur dass dieses Mal er derjenige war, der Ford in die Sattelkammer folgte. Er warf die Holztür hinter sich ins Schloss und lehnte sich dagegen.

»Und?«, fragte er. Er konnte seinen Ärger nur schlecht zurückhalten, fühlte sich hilflos und ausgeschlossen von Ford, der sonst immer so offen und zugänglich war.

»Kannst du wieder aufmachen?«, fragte Ford schnaufend und hob einen der schweren Westernsättel von der Halterung.

»Nein, kann ich nicht«, sagte Hayden entschlossen.

Ford hielt inne und sah Hayden an, dann legte er den Sattel wieder ab. »Und warum nicht?«

»Weil wir erst miteinander sprechen.«

»Worüber?«

»Darüber, dass ich dich liebe.«

Ford biss mit den Zähnen auf seine Unterlippe und wich Haydens Blick aus. »Darüber müssen wir nicht reden.«

»Nein? Warum nicht? Hast du nichts dazu zu sagen?«

»Nein.«

Hayden blinzelte. »Nein?«

Ford sah ihn jetzt doch an. Ungehalten und verärgert. »Nein. Ich habe nichts dazu zu sagen. Dann bist du halt in mich verliebt. Das ist dein Problem und nicht meins, oder?«

Hätte Hayden nicht schon an der Tür gelehnt, dann wäre er jetzt zurückgetaumelt. Er hatte nicht mit der Kälte gerechnet, die in Fords Stimme herrschte. Nicht mit der Gleichgültigkeit in seinen Worten. Am wenigsten damit. Nicht nach dem, was sie die letzten Wochen miteinander erlebt und aufgebaut hatten.

»Warum sagst du das?«, fragte Hayden. Seine Zähne klapperten und er versuchte, es zu unterbinden. Noch nie zuvor hatte er sich so weit aus dem Fenster gelehnt. Er befand sich im fünfzigsten Stock eines Hochhauses und er lehnte so weit heraus, dass er ganz sicher fallen würde. Er würde fallen und unten hart aufschlagen. Auf dem Boden der Realität.

»Weil es so ist.« Ford gab ein freudloses Lachen von sich. »Hast du eine Ahnung, wie viele Menschen mir schon ihre Liebe gestanden haben? Du bist nicht der erste, weißt du?« Ford atmete tief durch, dann kam er einen Schritt auf Hayden zu. »Hör mal ... wir beide ... wir haben ein paar intensive Wochen hinter uns. Die Sache mit

Jonah und dann der Sex … das führt manchmal dazu, dass man Gefühle entwickelt, die eigentlich gar nicht angebracht sind.«

Hayden riss die Augen auf. »Es ist nicht angebracht, mich in dich zu verlieben?«

»Nein.«

»Und warum bitte nicht? Kannst du mir das sagen? Ich kenne mich nicht aus im Katalog der unmöglichen Verliebtheit.«

»Ich bin nicht für eine Beziehung gemacht. War ich noch nie. Und du weißt das eigentlich.«

»Ja. Das weiß ich. Aber das ändert nichts an meinen Gefühlen dir gegenüber.«

»Doch. Es ändert alles. Ich werde nie der Mann sein, der dich glücklich machen wird. Ich bin Sänger, ich singe in einer Band. Ich bin mehr als dreihundert Tage im Jahr unterwegs.«

»Du bist hier. Seit Wochen.«

»Ja. Wegen meines Sohnes.«

Hayden hörte die Worte, auch wenn Ford sie nicht aussprach. Er war ein hilfsbereiter Mensch, also übernahm er das für ihn. »Aber nicht wegen mir.«

Ford räusperte sich. »Nein. Nicht wegen dir. Hör mal, ich bin fair. Ich sage dir, dass ich dir nicht das geben kann, wonach du suchst. Ich kann für Jonah da sein, ihm ein Vater sein und dich unterstützen. Aber ich kann nicht dein Partner sein.«

»Weil du unterwegs bist?«

»Ja.«

»Bullshit«, sagte Hayden und verschränkte die Arme vor der Brust. »Das ist der größte Bullshit, den ich in meinem ganzen Leben gehört habe. *Jetzt* bist du ja auch hier.«

»Ja, aber …«

»Dann liegt es an mir. Du kannst mich nicht lieben.«

Ford schüttelte den Kopf. »Nein, du bist großartig. Es ist nur …«

Hayden hob eine Hand in die Höhe und brachte Ford damit

zum Schweigen. Er holte tief Luft und gab sich einen Atemzug lang Zeit, sich eine Antwort zu überlegen. »Okay«, sagte er schließlich. »Weißt du was? Du hattest vorhin recht. Meine Gefühle sind nicht dein Problem. Ich muss damit klarkommen und das werde ich auch.«

»Hayden …«

Hayden schüttelte wieder den Kopf. »Das kann ich jetzt nicht, Ford.«

»Ich wollte nicht …«

»Dir hat das alles nichts bedeutet? Die Küsse? Der Sex?« Hayden konnte es kaum glauben, wie verschieden ihre Empfindungen waren. Während es für ihn *alles* bedeutet hatte, sah das bei Ford wohl anders aus.

»Es war … doch. Es war schön. Aber …«

»Sag es nicht. Sprich es nicht aus. Du hast recht. Es war schön. Ich bin zu weit gegangen. Es war ein Fehler. Das alles.« Hayden holte wieder tief Luft, weil er irgendwie das Gefühl hatte, nicht atmen zu können. »Ich wusste das. Ich wusste es von Anfang an, dass es ein Fehler ist, mich auf dich einzulassen. Aber … es ist trotzdem passiert. Es tut mir leid.«

»Nein, bitte …«

Hayden drehte sich um und öffnete die Tür. »Ich muss kurz … keine Ahnung … ich muss kurz irgendwas machen, damit ich nachher wieder so tun kann, als ob alles okay ist.«

»Hayden …« mit jedem Mal, mit dem Ford seinen Namen mit diesem hilflosen Unterton aussprach, schmerzte sein Herz mehr.

Hayden schüttelte den Kopf. »Lass mich. Nur einen Moment. Es geht gleich wieder.«

Und dann eilte er davon. Er wusste nicht wohin, er rannte einfach nur weg, weil er hoffte, dass er wieder atmen können würde, wenn er nicht mehr bei Ford war. Oder zumindest, dass es dann nicht mehr so wehtat.

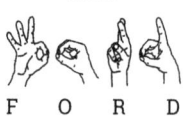

F O R D

Der Ausritt war schrecklich. Die Kinder und Abby bestritten die Unterhaltung, während Hayden und er nur antworteten, wenn sie etwas gefragt wurden. Abby musste ahnen, dass irgendetwas nicht stimmte, denn sie sah mehrmals zwischen ihnen hin und her, sagte aber nichts.

Ford war erleichtert, als sie irgendwann wieder auf die Ranch zurückkehrten. Er wollte sich in seinem Haus verkriechen und vielleicht irgendwas kaputtmachen, auch wenn Abby dann wieder wütend auf ihn wurde.

Hayden so hilflos und verletzt vor sich stehen zu sehen, hatte etwas in ihm zerbrochen. Von allen Menschen, die Ford jemals kennengelernt hatte, war Hayden derjenige, den er am wenigsten verletzen wollte. Er wollte ihn lachen sehen, er wollte weiterhin das Recht haben, ihn zu küssen und Zeit mit ihm zu verbringen. Aber jetzt hatte er keine Ahnung, wie es weitergehen sollte.

Ein Auto, das eine Staubwolke hinter sich aufwirbelte und direkt auf die Ranch zugefahren kam, erregte nicht nur seine, sondern auch die Aufmerksamkeit der anderen. Sie alle hoben die Köpfe und warteten ab, wer der unerwartete Besuch war.

Ford war mehr als erstaunt, als Turner und Sebastian aus dem Auto stiegen. Die Kinder rannten auf Sebastian zu und umarmten ihn stürmisch, während Turner sich im Hintergrund hielt.

Ford musste sich selbst daran erinnern, dass er zu ihnen gehen und sie begrüßen musste, auch wenn er keine Ahnung hatte, was sie hier taten. Sebastian hatte die Zeit auf der Ranch gefallen, ein Überraschungsbesuch war also gar nicht so abwegig. Aber nicht Turner. Turner flog nicht einfach so durchs Land, um ihn zu besuchen, und das machte ihm irgendwie Sorgen.

»Hey Leute, mit euch habe ich ja überhaupt nicht gerechnet«, sagte Ford. Er begrüßte Sebastian mit einer Umarmung und Turner mit einem freundschaftlichen Handschlag. »Habt ihr euch verfahren?«

Turner lächelte ihn an und alles in Ford wurde zu Eis. Turner lächelte ihn auf diese Weise nur an, wenn es wirklich schlechte Nachrichten gab. Distanziert und verhalten.

Oh, nein. Nach dem heutigen Tag hatte er wirklich keine Lust auf weitere schlechte Nachrichten.

»Können wir uns vielleicht irgendwo unterhalten?«, fragte Turner und warf einen Blick auf die Kinder. »Ungestört.«

»Äh … ja, sicher. In meiner Hütte«, sagte er und deutete in Richtung des Holzhauses.

»Kannst du auch mitkommen, Hayden?«, fragte Sebastian.

Auch er war angespannt, das spürte Ford. Er war nicht so locker und strahlend wie sonst. Fuck, was zur Hölle war passiert?

»Geht es den anderen gut?«

»Ja, sicher«, sagte Sebastian.

»Moment mal, was ist hier eigentlich los?«, fragte Abby, die bisher schweigend daneben gestanden hatte. Sie trat vor und ließ ihren ernstesten Blick zwischen Hayden, Ford, Turner und Sebastian hin- und herwandern.

»Abs«, sagte Hayden leise.

»Kinder, geht nach drinnen und seht euch Quatsch im Fernsehen an«, bestimmte Abby mit gebieterischer Stimme.

Michael und Scotty jubelten auf und rannten nach drinnen, Jonah folgte seinen Freunden, ohne auch nur einen Blick zurückzuwerfen.

Ford riskierte einen Seitenblick auf Hayden, der ihn jedoch geflissentlich ignorierte. »Es ist schätzungsweise kein gutes Zeichen, dass dein Anwalt hier ist, oder?«, sagte er, ohne Ford anzusehen.

»Ich habe keine Ahnung«, erwiderte Ford ehrlich. »Leute, ihr macht mir echt ein bisschen Angst.«

»Vielleicht sollten wir uns setzen und ...«

»Raus damit«, forderte Hayden. »Um was geht es? Habt ihr einen Weg gefunden, wie ihr mir Jonah wegnehmen könnt?«

Ford schnaubte. »Himmel, Hayden, du weißt, dass ich das niemals zulassen würde.«

Hayden ignorierte ihn weiter und das machte Ford wirklich rasend. Er wollte nicht ignoriert werden! Von jedem, aber nicht von ihm.

»Du weißt, dass du mein allerbester Freund bist, oder?«, fragte Sebastian jetzt.

»Ja. Und dass du mir das sagen musst, macht mich irgendwie unruhig.«

»Ich konnte echt nicht länger dabei zusehen, wie du immer und immer wieder verarscht wirst. Turner ging es genauso.« Seb warf einen unergründlichen Blick über das Autodach zu Turner, dann beugte er sich hinunter und holte einen Briefumschlag aus dem Inneren des Wagens. Er hielt ihn Ford hin, doch der nahm ihn nicht an.

Große, weiße Papierumschläge verhießen nichts Gutes.

Seb seufzte und ließ die Hand sinken. »Du bist nicht Jonahs Vater«, sagte er dann.

Ford starb. Er zerfiel in seine Einzelteile und wurde zu Staub. So fühlte es sich zumindest an, als Sebastians Worte in seinen Kopf eindrangen und nach und nach Sinn ergaben. *Er war nicht Jonahs Vater. Er war nicht ...*

Bevor Ford reagieren konnte, ergriff Hayden das Wort. »Und so fügt sich alles. Besser geht es doch nicht, oder? Wenn das mal nicht der perfekte Zeitpunkt ist, dann weiß ich auch nicht.« Seine Stimme war spöttisch und kalt und wollte absolut nicht zu ihm passen.

»Woher weißt du das?«, fragte Ford und sah Sebastian an.

»Vaterschaftstest. Haare von dir und von Jonah. War nicht so schwer wie ich dachte, die zu organisieren«, erklärte der schulterzuckend.

Ford sah zu Turner und biss die Zähne aufeinander. »Ich habe euch gesagt, dass ich alles im Griff habe. Ich wollte nicht, dass ihr …«

»Alle Probleme lösen sich in Luft auf«, unterbrach Hayden ihn. »Du hast keinerlei Verpflichtungen mehr Jonah gegenüber. Das ist großartig.«

»Kannst du bitte einfach mal deinen Mund halten?«

»Warum? Wir können das hier und jetzt regeln. Es wäre das Beste, wenn du gleich deine Sachen packst und einfach gehst. Ich werde es Jonah erklären.«

»Vergiss es!«, fauchte Ford. »Das letzte Wort ist noch nicht gesprochen!«

»Du bist nicht Jonahs Vater«, betonte Turner. »Du hast keinerlei Verpflichtungen dem Jungen gegenüber.«

»Der Test ist falsch«, beharrte Ford. Er wusste nicht, warum er das Ergebnis nicht annehmen konnte, er wusste nur, dass alles zu schnell ging. Gestern hatte er noch den Tag mit seinem Sohn verbracht, heute hatte er ihm Frühstück zubereitet und ihn in die Schule gefahren. Das konnte nicht einfach so vorbei sein. Es war zu früh. Er musste erst die Sache mit Hayden klären, denn der war wütend und verletzt. Sie mussten miteinander sprechen. Sie mussten sich küssen und vielleicht einen weiteren Film miteinander ansehen. Er musste weitere Ausflüge mit Jonah machen, weil er nochmal so viel Spaß haben wollte wie gestern. Es war zu früh!

»Ist er nicht«, sagte Seb. »Der Test ist zu einhundert Prozent richtig.«

»Millie irrt sich nicht.«

»Millie war keine Glaskugel«, erwiderte Hayden. Er trat einen

Schritt zur Seite. »Du solltest die Gelegenheit nutzen. Ich werde dir das Geld zurücküberweisen. Es ist nie etwas geschehen. Du kehrst zurück in dein Leben und siehst nicht zurück. Das ist doch genau dein Ding, oder?«

»Hayden …«

Hayden schüttelte den Kopf. »Nein, Ford. Ich muss jetzt da rein und mich um meinen Sohn kümmern und wenn wir nachher rauskommen, dann bist du besser weg. Ein einziger Schnitt. Es tut ein bisschen weh, aber er wird heilen. Wir schaffen das und du sowieso.«

Ohne auch nur noch einen Blick zurückzuwerfen ging Hayden ins Haupthaus und schloss die Tür hinter sich. Abby, Sebastian, Turner und er blieben zurück, während sich betretene Stille zwischen ihnen ausbreitete.

»Ihr hattet kein Recht dazu«, sagte Ford tonlos. Er fühlte sich einer ganzen Welt beraubt.

26. Kapitel

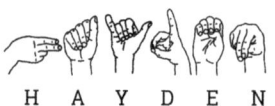

HAYDEN

Alles war wieder wie immer, er hatte sein Leben, das frei von jedem Störfaktor war, zurückbekommen. Leider fühlte es sich nicht mal halb so gut an, wie es sollte.

Er war leer. Er lächelte, machte Ausritte und half Abby auf der Ranch. Er versorgte die Tiere und stolperte über Peggy, aber sein Herz war leer. Ford hatte alles an sich genommen, was darin gewesen war, und war damit nach L.A. zurückgekehrt.

Jonah hatte auf die Nachricht, dass Ford weg war, mit einem Wutanfall reagiert. Er hatte erst Ruhe gegeben, als Abby Ford angerufen hatte, und er mit ihm gesprochen hatte.

Hayden wusste nicht, was sie miteinander besprochen hatten, aber danach hatte Jonah nichts mehr gesagt. Doch Hayden kannte seinen Sohn und der war gerade nicht glücklich.

Hayden verteilte Lasagne auf zwei Teller. Einen brachte er zu Jonah an den Tisch, der in den letzten Zügen seiner Projektarbeit steckte. *Mein Leben.*

Hayden schluckte, als er mehrere Fotografien erblickte, die Ford und ihn zeigten. Er war nur wenige Wochen Teil ihres Lebens gewesen, doch die Lücke, die er hinterließ, war größer, als sie sein sollte.

Hayden setzte sich auf seinen Platz und begann zu essen. Jonah tat es auch irgendwann. Sie kommunizierten nicht miteinander und Jonah arbeitete weiter an seinem Projekt, während Hayden später die Küche aufräumte.

In ihrem Haus war es viel zu still geworden und Hayden wünschte, er hätte die Kraft und Energie, Ford zu vergessen. Aber das war unmöglich. Es kam ihm vor, als wäre jeder Gegenstand in seinem Haus, jede Tätigkeit, die er im Laufe eines Tages verrichtete, mit einer Erinnerung an Ford verbunden. Es war schmerzhaft, und er konnte sich nicht davor verstecken.

Als Jonah irgendwann im Bett lag, ging Hayden in den Garten. Er kontrollierte die Tiergehege, dann lief er an jenen Ort, der ihn mit Ford verband. Er setzte sich auf die Bank inmitten von Millies Oase und wilde Trauer legte sich um ihn. Ford war weg. Vor einer Woche war er nach L.A. zurückgekehrt. Hayden hatte ihn förmlich vom Hof gejagt.

Man musste kein Genie sein, um zu wissen, dass er unter heftigem Liebeskummer litt. Er hatte das nicht nur so dahingesagt gehabt. Er liebte Ford. Er hatte sich in ihn verliebt, aber Ford sich nicht in ihn. Das war die harte Realität und damit musste er leben.

Ein Rascheln ließ ihn aufsehen, und im nächsten Moment kam Jonah um Millies Pflanzen herum.

Hey, alles okay?, fragte Hayden Jonah. Die Dämmerung war bereits hereingebrochen und es würde bald dunkel sein, weshalb es schwer werden würde, sich über die Gebärdensprache zu verständigen.

Jonah nickte und krabbelte auf Haydens Schoß. Er rollte sich darauf zusammen und erst jetzt bemerkte Hayden, dass er sein Handy dabeihatte.

Jonah öffnete die Notiz-App und tippte auf dem Bildschirm herum. Hayden vergrub die Nase in Jonahs weichen Locken und umarmte ihn fest. Er liebte diesen Jungen.

Dad, bist du traurig, weil Ford nicht mein Dad ist?

Hayden las Jonahs Worte und schluckte schwer, dann nahm er Jonah das Telefon ab und tippte eine Antwort.

Ich weiß es nicht, schrieb er zurück.

Ich bin es, sagte Jonah und kuschelte sich fester in seine Arme. *Es wäre cool gewesen, zwei Dads zu haben.*

Hayden lächelte, als er Jonahs Worte las, dann nahm er das Handy an sich. *Zwei Dads? Wäre das nicht etwas komisch gewesen?*

Jonah kicherte leise, als er eine Antwort tippte. *Tanner hat auch zwei Dads. Er sagt, dass es cool ist.*

Haydens Brust zog sich schmerzhaft zusammen. Tanner war ein Junge aus Jonahs Schule. Er zögerte einen Moment, als er darüber nachdachte, welche Worte er als nächstes eintippen sollte. Jonah nahm ihm die Entscheidung ab, indem er das Handy wieder an sich nahm und eine weitere Nachricht tippte.

Tanners Dads küssen sich auch. So wie Ford und du.

Hayden lachte auf, ungläubig und vielleicht auch etwas verlegen. Er hatte seine Sexualität nie infrage gestellt. Er war schwul, daran hatte er niemals gezweifelt, auch wenn dieser Teil seiner Persönlichkeit in den letzten Jahren eine eher untergeordnete Rolle gespielt hatte.

Aber jetzt saß Jonah auf seinem Schoß und konfrontierte ihn damit, und er war nicht vorbereitet. Ford würde ihn jetzt angrinsen, äußerst zufrieden darüber, dass Hayden ausnahmsweise mal nicht wusste, was er tun oder sagen sollte.

Du hast uns gesehen?

Jonah kicherte wieder. *Ja. Tanner sagt, dass seine Dads ständig rumknutschen und total ineinander verknallt sind.*

Hayden mochte Tanners Dads irgendwie. Er nahm sein Handy wieder an sich und schrieb: *Ich bin auch verliebt in Ford, Jonah.*

Das dachte ich mir schon, schrieb Jonah in seiner ganzen kindlichen Weisheit zurück. *Seit Ford weg ist, bist du traurig.*

Hayden schluckte und versuchte, gegen das Brennen in seinen Augen anzukämpfen. *Vielleicht ein bisschen.*

Kann Ford denn nicht zurückkommen? Er könnte ja trotzdem mein Dad sein, auch wenn er es nicht ist. Du bist ja auch mein Dad, obwohl du es eigentlich nicht bist.

Dass sein siebenjähriger Sohn so etwas schrieb, brachte Hayden zum Lachen und für einen Moment konnte er wieder atmen. *Ich fürchte, dass es nicht so leicht ist.*

Will er kein Dad sein?, fragte Jonah.

Hayden drückte einen Kuss auf Jonahs Haarschopf. *Ich glaube, dass Ford dich sogar sehr liebt und sehr traurig darüber ist, dass er nicht dein richtiger Dad ist.*

Das bin ich auch. Er ist lustig. Und nett. Und er kann dein Auto richtig schnell im Kreis drehen lassen.

Hayden schloss die Augen. Er würde Ford umbringen. Dann musste er aber lächeln. *Manchmal wünscht man sich eben etwas, und der Wunsch geht nicht in Erfüllung.*

Aber Ford müsste einfach zurückkommen und dann wären wir alle glücklich, schrieb Jonah zurück.

Du auch?

Jonah nickte. *Es ist mir egal, ob er mein Dad ist oder nicht. Mit ihm zusammen waren wir wieder eine Familie.*

Hayden streichelte Jonahs Arme und für einen Augenblick versank er in Gedanken, an Ford, an seine Berührungen, sein Lachen, seine dämlichen Sprüche. *Ich hätte auch gern wieder eine Familie*, schrieb er dann, obwohl er genau wusste, dass es dumm war, so etwas zu schreiben. Ford hatte ganz klar gemacht, dass er kein Interesse an einer Beziehung mit ihm hatte. Es war dumm, darüber nachzudenken und weiter zu hoffen, dass Ford seine Meinung ändern würde.

Aber hätte er ihn so geküsst, so berührt, *Liebe mit ihm gemacht*, wenn Hayden ihm nichts bedeutet hätte?

Dann gehen wir zu Ford?, fragte Jonah und setzte sich aufgeregt auf. Er grinste breit und sogar in der Dunkelheit konnte Hayden die Aufregung seines Sohnes wahrnehmen.

Wir gehen zu Ford, und dann?

Dann fragen wir ihn, ob er mein Dad und dein Freund sein will.

Hayden lachte erstickt auf. Dieser Junge. *Ich weiß nicht ...*

Als wir den Ausflug gemacht haben, hat er mir erzählt, dass er nie einen Dad gehabt hat. Seine Mom hat sich auch nicht um ihn gekümmert. Er hat gesagt, dass er mir das nie antun würde.

Mitgefühl für einen kleinen Ford, der nie erfahren hatte, was es hieß, in einer Familie aufzuwachsen, erfasste ihn. Es erklärte vieles. Seine Weigerung, ernsthafte Beziehungen einzugehen und Gefühle zuzulassen. Was, wenn Ford ihn nur zurückgewiesen hatte, weil er das Konzept Familie niemals erlebt hatte? Was, wenn er Angst davor hatte, dass Familie ja doch nur bedeutete, verlassen zu werden?

Wir sollen also nach L.A. fliegen? Zu Ford?

Jonah nickte eifrig, nachdem er seine Fragen gelesen hatte. *Können wir?*

Hayden ließ sich auf der Bank zurücksinken und sah in die Dunkelheit vor ihm. Dann nickte er. *Ja. Ich glaube, das können wir.*

———

Beau hatte ihn zu einem Treffen im Diner gebeten und deshalb war er jetzt hier und wartete auf ihn. Als der Anwalt eintrat, sich nach ihm umsah, ihn entdeckte und dann auf ihn zukam, konnte Hayden nicht umhin, etwas nervös zu werden.

Beau setzte sich zu ihm und lächelte ihn mit seinem professionellen Anwaltslächeln an. »Danke, dass du dir Zeit nehmen konntest.«

»Kein Problem«, sagte Hayden und umfasste seine Kaffeetasse. »Willst du auch etwas trinken?«

Beau griff in die Innentasche seines Sakkos und schüttelte den Kopf. »Ich wollte dir nur kurz das geben.« Er zog einen kleinen Briefumschlag hervor und hielt ihn für einen Moment nachdenklich zwischen den Händen, dann legte er ihn auf dem Tisch ab.

»Der ist für dich.«

»Von wem?«

»Von Millie.«

Hayden presste die Zähne aufeinander und starrte den kleinen, so unschuldig aussehenden Briefumschlag an. »Warum?«

Beau lächelte. »Das weiß ich nicht. Millie hat ihn vor ihrem Tod geschrieben und mir aufgetragen, ihn dir zu übergeben, wenn Komplikationen eintreten.«

Hayden sah auf. »Komplikationen?«

Beau lächelte wieder. »Ja. Komplikationen wie ungeplante Vaterschaftstests und …«

»Und?«

»Einen Hayden, der trauert.«

»Ich trauere nicht«, gab Hayden zurück.

Zu seiner Überraschung legte Beau die Hand auf seine und drückte sie kurz. »Lies den Brief. Millie wusste, was sie tat.«

Beau erhob sich und verließ das Diner, während Hayden nachdenklich an seinem Kaffee nippte. Er war sich nicht ganz sicher, ob Millie wirklich gewusst hatte, was sie tat. Sie hatte Ford in sein Leben geholt, mit der Aussage, er wäre Jonahs Vater, was nicht stimmte. Sie hatte unglaublich viel Unruhe in sein Leben gebracht. Er hatte sein Herz verloren. Und jetzt gab es auch noch einen Brief.

Hayden leerte den Kaffee, dann steckte er den Umschlag ein. Er würde ihn lesen. Irgendwann.

———

Erst als Jonah im Bett lag, dachte er wieder an Millies Brief. Er holte den Umschlag vom Küchentresen, auf den er ihn gelegt hatte, und nahm ihn mit ins Wohnzimmer.

Nachdenklich sah er ihn eine Weile an, dann holte er tief Luft und öffnete ihn. Millies Handschrift war zum Ende hin nicht mehr die gleiche gewesen. Ihre Finger hatten stets gezittert – eine Nebenwirkung der Chemotherapie.

Trotzdem konnte er ihre Worte entziffern.

Hayden, mein Liebling,

heute ist also der Tag gekommen, an dem Beau dir meinen Brief überreicht. Ich hoffe sehr, dass alles, was ich vor meinem Tod vorbereitet habe, auch so geklappt hat, wie ich es mir vorgestellt habe.

Wenn Beau dir diesen Brief gibt, dann denkt er, dass du ihn brauchst, weil du traurig bist, oder weil etwas schiefgelaufen ist. Beau kennt nicht den Inhalt des Briefes. Ich bin ihm immer noch so unglaublich dankbar dafür, dass er mich in meinem Vorhaben unterstützt hat, auch wenn er immer gewisse Vorbehalte hatte.

Als du mich damals an dieser Tankstelle mitten im Nirgendwo aufgelesen hast, da hast du mein Leben verändert, Hayden. Dank dir hatte ich auf einmal wieder eine Perspektive. Wie vollkommen selbstverständlich hast du mich nach Iron Creek mitgenommen, warst Jonah ein großartiger Vater und mir ein guter Ehemann. Ich war allein und verlassen, als wir uns getroffen haben. Wenn ich demnächst von dieser Erde gehe, dann ist mein Herz voll mit Liebe. Für Jonah. Für dich. Für deine großartige Familie, die auch zu meiner geworden ist. Scheinbar war es mein Schicksal, auf Männer zu treffen, die mich nicht als die Frau lieben konnten, die ich war. Männer, die andere Männer begehren.

Du.
Und Ford.
Auch wenn ich immer wusste, dass du nur mit mir zusammen bist, weil du Jonah und mich beschützen willst, so liebe ich dich trotzdem. Nicht auf die romantische Art, die ich mir mehr als

einmal gewünscht hätte. Nein, ich liebe dich so, wie man einen anderen Menschen nur lieben kann. Ich verehre dich und kann kaum in Worte fassen, wie viel du mir bedeutest.

Ford und ich hatten damals eine lockere Affäre, bis ich den Fehler begangen habe, mich in ihn zu verlieben. Ford konnte meine Gefühle nicht erwidern, und ich konnte so nicht an seiner Seite bleiben.

Hayden konnte Millies Beweggründe, Ford zu verlassen, sehr gut nachvollziehen. Es war unheimlich schwer, in der Nähe eines Menschen zu sein, der Gefühle nicht erwiderte, immerhin hatte er das gerade erst selbst erfahren.

Hayden las weiter.

Und dann begegne ich dir und mir passiert das gleiche wieder. Ich schätze, das Schicksal hatte Pläne mit mir. Vielleicht bin ich auch nur eine Schachfigur in einem Spiel, das sich Leben nennt. Und jetzt bist du hier und fragst dich, warum ich dir all das schreibe. Warum ich Ford in dein Leben geholt habe, warum ich behauptet habe, dass er der Vater ist.

Erstens: Ich weiß nicht sicher, ob er Jonahs Vater ist. Es gab auch andere Männer, deshalb ist die Wahrscheinlichkeit gegeben, dass Ford nicht Jonahs Vater ist. Aber von allen Männern, die ich kennengelernt habe, hätte ich mir Ford am meisten als Jonahs Vater gewünscht. (Wir denken jetzt einfach mal nicht darüber nach, dass meine letzten Sätze so klingen, als wäre ich die größte Schlampe gewesen. So war es nicht. Wirklich. ;))

Zweitens: Ford ist ein großartiger Mann. Wenn du Zeit mit ihm verbracht hast, dann wirst du das bestimmt auch bemerkt

*haben. Er ist lustig. Gott, was habe ich immer über seine Witze
gelacht. Manchmal ist er auch nervig, aber die meiste Zeit
wollte ich ihn einfach nur küssen.*

*Drittens: Du hast dein Leben für Jonah und mich aufgegeben.
Du hast dir selbst die Freiheit genommen, einen für dich
passenden Weg einzuschlagen. Du hast Verpflichtung für eine
vollkommen fremde Frau und ihr ungeborenes Kind gewählt,
anstatt die Freiheit, einen Partner an deiner Seite zu finden, der
dich glücklich machen kann.*

*Heute ist der Tag gekommen, an dem ich dir sage: Ich danke dir.
Und ich sage dir auch: Du hast die Wahl.*

*In ein paar Wochen werde ich tot sein. Du wirst weiter Jonahs
Dad sein. Aber du bist auch wieder ein alleinstehender Mann,
der tun und lassen kann, was er möchte. Und das ist der Grund,
warum ich Ford in deinem Leben haben wollte. Ford ist ein
Mann, den man lieben muss. Ich kenne euch beide, und ich bin
mir sicher, dass vom ersten Moment an Funken zwischen euch
fliegen werden.*

*Wenn ich mir einen Mann an deiner Seite und in Jonahs Leben
wünschen könnte, dann wäre es Ford. Nicht weil er reich ist
oder erfolgreich oder wirklich gut im Bett (zu viel Information?
;)). Nein. Weil er ein empfindsamer Mann ist, der so viel
Liebe in sich hat. Aber bisher hat er noch nicht den Menschen
gefunden, dem er all das geben kann. Ich würde mir wünschen,
dass du dieser Mensch sein wirst.*

*Ich weiß nicht, was geschehen wäre, wenn ich nicht krank
geworden wäre. Wenn wir gemeinsam Jonah großgezogen*

hätten. Hättest du mich irgendwann dafür gehasst, dass ich dir die Chance auf ein eigenständiges Leben genommen habe?
Mir gefällt der Gedanke, dass mein Tod auch für etwas gut ist. Dafür, Jonah und dir eine neue Richtung zu weisen und euch einen Menschen in euer Leben zu schicken, der euch glücklich machen wird. Der euch beschützen und lieben wird.

Ford.
Vielleicht, wenn ihr irgendwann heiratet und euch entschließt, weitere Kinder zu adoptieren, dann denkt ihr an mich. Daran, dass Familie ein Gefühl ist. Das beste überhaupt.

Ich werde dich immer lieben,
Deine Millie

F O R D

»Gott, können wir uns alle mal konzentrieren?«, fragte Trent und verdrehte die Augen.

»Sorry«, murmelte Ford und korrigierte den Sitz des Gurtes, an dem seine Gitarre befestigt war.

»Es ist nur eine Zeile. Wir haben die schon tausendmal gespielt.«

»Ich weiß!«, fauchte Ford. Dann seufzte er. »Ich brauch 'ne kurze Pause.« Er legte die Gitarre zur Seite, dann verließ er das Tonstudio und eilte durch die langen Gänge, bis er endlich den Ausgang erreichte.

Die Sonne in L.A. schien hell und warm auf ihn herunter. Es ging kein Lüftchen. Er atmete trotzdem tief durch und schloss die Augen. Hinter ihm öffnete sich die Tür.

»Alles okay?«, fragte Sebastian.

»Ja. Alles okay«, log Ford.

Seit vier Wochen, drei Tagen und zehn Stunden war gar nichts mehr okay. Da hatte er die Ranch verlassen und war sich vorgekommen wie ein Verbrecher.

Er hatte sich nicht von Jonah verabschiedet. Er hatte nichts mit Hayden geklärt. Er war einfach verschwunden, so wie Hayden es ihm von Anfang an immer prophezeit hatte.

Im Nachhinein fragte er sich, ob er hätte bleiben sollen. Kämpfen, worum auch immer. Aber er war gegangen und eigentlich war genügend Zeit vergangen, dass er mit Iron Creek hätte abschließen können.

»Willst du auch eine?«, fragte Seb und hielt ihm die offene Zigarettenschachtel entgegen.

Ford schüttelte den Kopf. Er kickte einen kleinen Stein über den Parkplatz und versenkte die Hände in den Hosentaschen.

»Ich dachte eigentlich, dass es dir schnell wieder besser gehen wird. Dass du froh bist, dein Leben hier wieder zu haben, und wieder der alte Ford zu sein«, sagte Seb.

»Ich bin der alte Ford«, erwiderte Ford nachdrücklich.

Seb lachte auf. »Du bist nicht mal eine billige Kopie deiner selbst. Du hast keinen Spaß an der Musik, du verkackst verdammt viele Töne und läufst mit einem miesepetrigen Gesicht durch die Gegend.«

»Ja, und?«, fragte Ford schnippisch, weil er nicht wusste, was er sonst darauf sagen sollte.

»Ich hätte den Test nicht machen sollen, oder?«

Ford fuhr zu Seb herum und musterte ihn durchdringend. »Wir hätten ihn sowieso gemacht, wenn die von Millie gewünschte Frist abgelaufen wäre.«

»Ja, aber …«

»Es war zu früh«, sagte Ford. »Wir waren gerade dabei, es hinzukriegen, weißt du?«

»Aber er ist nicht dein Sohn.«

Ford zuckte mit den Schultern. Die Tatsache, dass er nicht Jonahs Vater war, tat immer noch weh. »Es hat sich so angefühlt.«

»Was unterscheidet ihn von all den anderen Kindern? Du hast noch nie ein anderes Kind besucht und dich darum bemüht, Teil seines Lebens zu werden.«

Wieder zuckte Ford mit den Schultern. »Er ist Millies Sohn.«

»Und er hat einen ganz passablen Ziehvater, nicht wahr?«

Ford schluckte. Er ging ein paar Schritte über den Asphaltplatz und sah zu Boden, dann richtete er seinen Blick wieder auf Seb. »Hast du jemals gedacht, dass du so nicht mehr leben willst?«

Seb schnippte seine Zigarette weg und legte den Kopf schief. »Wie denn?«

»Immer auf Achse, eine Tour nach der anderen. Jeden Tag in einer anderen Stadt. Ich meine … wie lange machen wir das noch?«

»Ist das eine rhetorische Frage?«

»Es ist einfach eine Frage, über die ich nachdenke.«

»Und du denkst darüber nach, weil du eigentlich lieber in Montana in einer kleinen Stadt bei einem gewissen Mann und seinem Jungen wärst?«

Ford schluckte und holte zittrig Luft. »Ich vermisse sie.«

»Das merkt man.«

»Hayden hat mir kurz vor meiner Abreise gesagt, dass er mich liebt, und ich kann nicht aufhören, darüber nachzudenken.«

Seb riss die Augen auf. »Er liebt dich?«

Ford zuckte mit den Schultern. »Das hat er gesagt.«

»Und was hast du gesagt?«

»Dass ich kein Beziehungsmensch bin und mich seine Gefühle nichts angehen.«

Seb lachte auf und schüttelte gleichzeitig den Kopf. »Oh Mann, du Idiot.«

»Ich weiß«, sagte Ford leise. Er hatte vier Wochen Zeit gehabt, darüber nachzudenken, was für ein Hornochse er gewesen war.

Es stimmte, was er gesagt hatte: Es gab unheimlich viele Menschen, die unglaublich schnell Gefühle für ihn entwickelten. Es stimmte auch, dass er keine Beziehungen führte, weil das einfach nicht sein Ding war. Jeder, der in seinem Leben von Bedeutung gewesen war, hatte ihn irgendwann verlassen. Seine Mutter, sein Vater. Er war belogen und betrogen worden, gemolken wie eine Kuh, hatte er Dollar um Dollar gezahlt. Aber für ihn war nie jemand da gewesen.

Nur Hayden.

Hayden hatte ihm nicht seine Liebe gestanden, weil er sich dadurch einen finanziellen Vorteil verschaffen wollte. Auch nicht, weil er irgendwelche hinterlistigen Pläne hatte. Hayden liebte ihn einfach so, weil er der großartigste Mann aller Zeiten war. Weil es für ihn so leicht war zu lieben, mit seiner riesigen Familie im

Hintergrund.

Ford konnte gut verstehen, warum Millie bei ihm geblieben war. Er zweifelte nicht daran, dass die beiden sich geliebt hatten, wenn auch nur auf platonische Weise. Aber diese Liebe hatte ausgereicht, um ein gemeinsames Leben aufzubauen.

Was war möglich, wenn Hayden und er ...

»Und wenn du zu ihm fährst?«

»Er wird mir den Hals umdrehen und hätte auch noch recht damit.«

»Und wenn nicht?«

Ford zuckte mit den Schultern. Natürlich war ihm das auch schon mehr als ein Mal durch den Kopf gegangen. Buch einfach einen Flug, flieg nach Montana, entschuldige dich bei Hayden.

Und dann? Was passierte dann?

Die Angst davor, von Hayden zurückgewiesen zu werden, war unheimlich groß. Er hätte allen Grund dazu, denn Ford war nachweislich nicht Jonahs Vater. Außerdem hatte er ihn zuerst zurückgewiesen.

Ford seufzte.

»Alter, ich finde, du solltest es versuchen.«

»Und dann?«

»Dann siehst du, was passiert und triffst Entscheidungen.«

Seb klopfte ihm auf die Schulter, dann ging er wieder hinein und ließ Ford allein zurück.

Wenn es nur so einfach wäre.

28. Kapitel

HAYDEN

Hayden schaltete das Licht im Gang oben mehrmals ein und aus, um Jonah zu signalisieren, dass er sich endlich anziehen sollte. Asher würde jeden Moment hier sein.

Wie ein verrücktes Huhn rannte Hayden durch das Haus, kontrollierte, ob der Herd ausgeschaltet war, der Fernseher, die Mikrowelle. Er hatte Monroe genaue Anweisungen gegeben, wie die Tiere zu versorgen waren, obwohl das nicht nötig gewesen wäre. Er kontrollierte nochmals, ob der Herd ausgeschaltet war.

Himmel, er war nervös.

Es war alles vorbereitet und ihm war schlecht vor Aufregung. Es klopfte an der Tür und Hayden betätigte auf dem Weg dorthin nochmals den Lichtschalter. Jonah war schon vor einer Ewigkeit nach oben verschwunden, was tat er nur?

Hayden ging an die Tür und riss sie auf. »Wir kommen gleich, ich muss nur kurz nach Jonah …« Er war schon beinahe an der Treppe angelangt, als eine Stimme ihn innehalten ließ.

»Hallo, Hayden.«

Hayden fuhr herum und starrte Ford an, der dort im Türrahmen stand. Er konnte nichts anderes tun, nur diesem Mann gegenüberstehen und ihn anglotzen, als hätte er ihn noch nie zuvor gesehen.

»Darf ich reinkommen?«, fragte Ford und ein flüchtiges Lächeln strich über sein Gesicht.

»Äh …« Hayden blinzelte, dann nickte er. Sein Herz raste so schnell wie noch niemals zuvor in seinem Leben, das Blut jagte durch seine Adern, der Schweiß brach ihm aus.

Ford trat ein und schloss die Haustür hinter sich. Sein Blick fiel auf die gepackten Taschen und Koffer, die sich neben der Tür stapelten. »Zieht ihr um?«

Hayden hatte Ford weiterhin angestarrt. Er sah gut aus, sogar sehr, trug seine übliche Lederjacke und ausgewaschene Jeans, Haare nach hinten, ein Lächeln auf den Lippen.

Hayden schluckte. »Nein. Wir wollten verreisen.«

»Oh.«

Jonah kam die Treppen heruntergerannt. Er blieb abrupt stehen, als er Ford entdeckte, dann flog er die letzten Stufen regelrecht herunter und direkt in Fords Arme. Er klammerte sich an ihn, als läge das letzte Treffen Jahre zurück.

Fords und Haydens Blick begegnete sich über Jonahs Schulter hinweg. Was tat er hier? Warum war Ford hier? Er müsste in L.A. sein, oder?

Es klopfte wieder und gleich darauf steckte Ash den Kopf durch die Tür. »Hey, seid ihr so weit?«, fragte er, ehe sein Blick auf Ford fiel. Er riss die Augen auf und sah fragend zu Hayden.

»Äh …«, sagte Hayden wieder. Die ganze Situation überrumpelte ihn.

Ford ließ Jonah in diesem Moment hinunter und ging in die Knie. Als hätte er nie etwas anderes getan, gebärdete er: *Ich habe dich so vermisst, Buddy.*

Jonah strahlte und sah zurück zu Hayden, ehe er Ford antwortete. Er gebärdete so schnell, dass Ford fragend zu ihm zurück blickte. »Das habe ich nicht alles verstanden.«

»Er freut sich auch, dich zu sehen. Und er fragt, was du hier machst.«

»Oh.« Fords Wangen röteten sich und dann zog er Jonah einfach an sich und umarmte ihn nochmals. Die beiden blieben eine ganze Weile beieinander stehen und hielten sich fest, und Haydens Kehle wurde trocken und eng.

»Irgendwie komm ich nicht ganz mit«, sagte Asher.

»Glaub mir, ich auch nicht«, erwiderte Hayden. Er betrachtete Ford und Jonah und beobachtete, wie Ford nochmal etwas gebärdete. *Was hältst du davon, wenn du mit deinem Onkel Ash kurz in seinen Laden gehst und dort einen Blumenstrauß aussuchst?*

Hayden runzelte die Stirn. »Das geht nicht, wir müssen gleich los, sonst verpassen wir unseren Flug.«

»Hayden«, sagte Ash mahnend und nickte überflüssigerweise zu Ford.

Ach ja. Er musste nicht mehr in ein Flugzeug steigen, um zu Ford nach Los Angeles zu fliegen. Ford war jetzt hier.

Es brauchte Ashs ganze Überredungskunst und Fords Versprechen, dass er noch hier sein würde, wenn Jonah zurückkam, um ihn dazu zu überreden, sie für einen Moment allein zu lassen.

Als sich die Tür hinter Ash und Jonah verschloss, sahen sie sich beide an.

»Tut mir leid, dass ich nicht vorher angerufen habe, oder so. Ich wollte heute Morgen eigentlich nur ein wenig mit meinem Motorrad rumfahren, aber dann war ich auf einmal am Flughafen und habe mir ein Ticket gebucht und bin hergeflogen.«

»Einfach so?«

»Einfach so«, sagte Ford und nickte. »Sieht so aus, als hätte ich euch beinahe verpasst.«

Hayden sah zu ihren Koffern. »Ja. Beinahe.«

»Wolltet ihr in den Urlaub fliegen?«

»Ja. Wir wollten einen Freund besuchen.«

»Oh.« Ford leckte sich über die Lippen.

»Er wohnt in L.A.«

Jetzt starrte Ford ihn mit großen Augen an, Tausende ungestellter Fragen glitzerten darin.

»Jonah war noch nie im Urlaub und dementsprechend aufgeregt. Außerdem hat er sich unheimlich darauf gefreut, den Freund wiederzusehen.«

»Ihr wolltet nach L.A. kommen? Zu mir?« Ford räusperte sich. »Ich meine ... bin ich der Freund?«

Hayden konnte sich eines Lächelns nicht erwehren. »Du bist der

Freund«, bestätigte er.

»Aber ... wie ... warum?«

Hayden schluckte schwer. »Es wurde nicht besser.«

»Was denn?«

»Die Sehnsucht nach dir. Seit fünf Wochen, vier Tagen und dreiundzwanzig Stunden warte ich darauf, dass ich mich endlich von dir entliebt habe. Ich habe es mit Tequila probiert. Und mit Camping. Mit Angeln. Mit Arbeiten. Nichts hilft.«

»Das tut mir leid.«

»Jonah vermisst dich auch.«

Ford strich mit der Hand über seinen Nacken und räusperte sich. »Ich ... ich habe keine Ahnung, was ich sagen soll. Was sagt man in so einem Moment?«

Hayden legte den Kopf schief. Seine Handflächen waren feucht und einen Moment zögerte er, ob er weitersprechen sollte, aber dann zwang er sich dazu. Genau deshalb wäre er doch auch nach L.A. geflogen, oder?

»Ich weiß, dass du gesagt hast, dass du mich nicht liebst. Ich habe das verstanden. Wirklich. Und ich wollte auch nicht nach L.A. kommen, um dich um deine Liebe anzubetteln. Na ja, gut, doch, vielleicht hätte ich ein bisschen gebettelt.

Aber ... ich wollte einfach sicher sein, dass du verstanden hast, was ich dir damals in der Sattelkammer versucht habe zu sagen.«

»Und das wäre?«

»Dass ich dich liebe.« Hayden schluckte wieder. »Ich habe mich in dich verliebt. Nicht vom ersten Moment an. Aber jeden Tag ein bisschen mehr. Du hast mir gezeigt, wie es ist, Hayden zu sein. Ich selbst. Du hast mir gezeigt, was ich mir wünsche, wenn ich die freie Wahl habe.«

»Und du willst mich?«, fragte Ford jetzt leise.

»Ich will dich«, bestätigte Hayden. »Alles von dir. Küsse, Umarmungen, Streits, Versöhnungssex, Familie, Verständnis und vor allem Liebe.«

Ford räusperte sich. »Das hast du schön gesagt.«

Ein wenig Hoffnung verschwand aus Haydens Herz, als er Fords Antwort vernahm. Es war gut möglich, dass sich nach wie vor nichts an seinen Gefühlen für ihn geändert hatte, und dann musste er es hinnehmen.

»Ich weiß nicht, was ich noch sagen soll«, gestand Hayden leise. »Ich vermisse dich. Wir vermissen dich. Ohne dich ist es nicht mehr dasselbe.«

»*Acheron* geht nächstes Jahr wieder auf Tour.«

»Oh.« Hayden schluckte. Natürlich taten sie das. Ford war Mitglied von *Acheron*. Er würde mitgehen. Monatelang würde er um die Erde reisen und ein Konzert nach dem anderen geben.

»Ich werde nicht dabei sein. Ich werde die Band verlassen«, fuhr Ford fort und räusperte sich. »Das ist noch inoffiziell.«

Hayden riss die Augen auf. »Du … warum?«

»Weil ich lange genug auf der Flucht war«, erwiderte Ford. »Es ist leicht, sich vor richtigen Beziehungen zu verstecken, wenn man das ganze Jahr über auf Tour ist. Neue Städte, neue Menschen. Jeden Tag. Ich will das nicht mehr. Vielleicht kann ich es auch nicht mehr. Nicht, nachdem ich gesehen habe, was Familie wirklich bedeutet.«

Hayden schluckte und wartete atemlos auf Fords weitere Worte.

»Familie ist nicht Blutsverwandtschaft oder gleiche DNA. Familie ist ein Gefühl. Wenn ich mit dir zusammen bin, dann fühlt es sich so an, als hätte ich eine Familie gefunden. Ich … es ist nur ganz schön beängstigend, weil ich eigentlich keine Ahnung habe, was ich tun muss.«

Unfassbar große Liebe durchspülte Haydens Innerstes, als er Ford musterte, der nervös vor ihm stand und die Hände rang. Er konnte nicht länger an seinem Platz stehen bleiben. Stattdessen ging er auf Ford zu, umfasste sein Gesicht mit den Händen und küsste ihn sanft und zärtlich auf den Mund. »Sie hatte recht. Millie hatte mit allem recht.«

»Millie?«

»Sie hatte große Dinge mit uns vor. Sie wollte, dass du herkommst. Für Jonah. Und für mich.«

»Aber …« Ford hakte die Finger in Haydens Gürtelschlaufen, wie er es schon so oft getan hatte, und sorgte dafür, dass sie noch etwas näher aufeinander zu traten. »Ich verstehe gar nichts mehr.«

»Ich werde es dir zeigen, Ford«, flüsterte Hayden. »Ich werde dir zeigen, wie gut sich Familie anfühlen kann.«

»Das habe ich gehofft«, flüsterte Ford zurück, ehe er ihn richtig küsste.

Hayden zog sich nach einer Weile zurück und lächelte Ford an. Er konnte noch immer nicht glauben, dass er wirklich hier war. In seinem Haus, in seiner Stadt.

»Das heißt, du wirst bleiben?«

»Ich werde noch einige Male zurück nach L.A. müssen, um alles zu erledigen, aber ja, ich habe vor, hierherzuziehen. Wenn du mich willst.«

»Ich will dich«, sagte Hayden, ohne zu zögern. »Ich will dich hier haben und ich liebe dich.«

»Das trifft sich gut, denn ich liebe dich auch.«

Ein Jahr später

J O N A H

Jonah wusste, dass sein Dad vermutlich einen Herzinfarkt bekommen würde, wenn er mitbekommen würde, dass er ins Baumhaus geklettert war, aber er musste es ja nicht erfahren.

Jonah hatte es sich auf den Decken und Kissen bequem gemacht, die Scotty und Michael in den letzten Wochen hier hochgetragen hatten. Onkel Justice hatte heute Geburtstag, und wie immer versammelte sich dann Jonahs ganze Familie auf der Ranch für ein Barbecue.

Jonah linste aus einem der Fenster heraus und entdeckte Ford. Er stand so, dass Jonah seine Lippen sehen konnte. Lippenlesen war gar nicht so einfach, aber er war ziemlich gut darin. Gerade sagte Ford zu Tante Abby, dass ihr das neue Kleid gut stand, und sie die schönste Ehefrau war, die er jemals gehabt hatte.

Jonah grinste in sich hinein, als Tante Abby ihm mit der Hand einen Klaps auf die Schulter gab, dann ging sie an ihm vorbei zu Onkel Justice, der sie an sich zog und ihr irgendetwas ins Ohr flüsterte. Tante Abby lachte und legte die Wange auf die Schulter von Onkel Justice.

In dem Moment tauchte sein Dad aus dem Haus auf. Er trug eine Platte voller Fleisch in der Hand, stellte sie aber auf den Tisch, als er Ford erblickte.

Das machte er oft. Wann immer er Ford sah, ließ er Dinge stehen und liegen und dann sah er nur noch ihn. Das war irgendwie schön, denn dann lächelte er und sah dabei wirklich glücklich aus.

Jonah sah zu, wie sein Dad auf Ford zuging. Der grinste breit, streckte die Hand aus und dann standen sie ganz dicht voreinander.

Ihr Leben hatte sich ganz schön verändert, seit er zu ihnen gezogen war. Eine Zeit lang waren ständig irgendwelche Reporter in Iron Creek gewesen. Sie hatten Jonah und seine Dads verfolgt und Fotos von ihnen gemacht, bis Turner gekommen war und sie verjagt hatte.

Turner war cool.

Jetzt waren keine Reporter mehr hier und sein Dad sagte oft, dass sie jetzt endlich damit beginnen konnten, ihr Leben zu genießen. Und dann küsste er Ford, und der küsste ihn zurück und dann musste Jonah wegsehen. Er fand es zwar cool, dass seine beiden Dads so glücklich miteinander waren, aber er musste ja nicht die ganze Zeit dabei zusehen, wie sie sich ableckten.

Ich liebe dich, sagte Ford zu Dad. Das war leicht zu lesen. Er sagte es ständig. Und dann lächelte er, und manchmal wurden seine Wangen rot. Und dann sagte Dad, dass er ihn auch liebte. Das war kitschig, aber vielleicht war das so, wenn man verliebt war.

Sein Dad und auch Ford sagten ihm ja auch oft, dass sie ihn liebten.

Jonah war froh, dass Dad und Ford sich auch manchmal stritten, denn sonst wäre es echt etwas peinlich, sie immer beim Rumzuschmusen zu beobachten. Sein Freund Tanner sagte immer, dass seine Dads nur stritten, damit sie sich danach miteinander versöhnen konnten.

Jonah verstand das nicht richtig. Vielleicht musste er seine Dads noch eine Weile beobachten.

Erst letztens hatten sie sich gestritten. Nur weil Ford mit ihm Kartfahren gegangen war. Dad hatte ihn angeschnauzt, dass das nicht ging, wegen seiner Epilepsie. Dann hatte Ford mit den Schultern gezuckt und ihm in Gebärdensprache geantwortet.

Jonah grinste noch mehr. Ford war *sehr* langsam, wenn er sich in Gebärdensprache unterhalten wollte. Daraufhin war Dad noch mehr sauer geworden. Und auf einmal hatten sie sich geküsst.

Anscheinend stritt man so, wenn man erwachsen war.

Trotzdem war es cool, dass Ford jetzt richtig bei ihnen lebte. Sie sahen sich manchmal im Fernsehen Konzerte seiner Band an. *Acheron* war gerade in Europa auf Tournee. Jonah hatte Ford gefragt, ob er die Band vermisste. Der hatte daraufhin den Kopf geschüttelt, ihn angelächelt und ihm über die Haare gestreichelt. Er hatte gesagt, dass er jetzt ein viel besseres Leben hatte, weil er Jonah und Dad gefunden hatte und sie eine Familie waren.

Das war schön.

Jonah fand sein Leben jetzt auch besser. Sie unternahmen viele Sachen miteinander, auch wenn Dad oft sagte, sie wären zu gefährlich. Und sie hatten einen Porsche. Einen richtig schnellen Porsche. Ford brachte ihn damit oft zur Schule und das war echt cool.

Sie waren auch oft auf der Ranch, weil Ford beschlossen hatte, Tante Abby zu unterstützen, während Onkel Justice mit den Rindern in den Bergen war.

Er war dann sowas wie ihr Ehemann, nur ohne ablecken. Aber das bedeutete auch, dass sie einige Wochen auf der Ranch wohnen würden, und das war *richtig* cool. Jonah liebte das Leben hier. Er war in der Nähe seines Pferdes, er konnte mit Michael und Scotty spielen und manchmal – so wie heute –, konnte er sich unbemerkt ins Baumhaus stehlen.

Jonah beobachtete, wie sein Dad Ford rückwärts schob, bis sie unter dem Baumhaus verschwanden. Na ja, er wollte ohnehin nicht dabei zusehen, wenn sie sich ableckten.

Manchmal vermisste er seine Mom. Er vermisste es, sich mit ihr zu unterhalten, und auch, mit ihr in die Sterne zu sehen. Ford hatte Bilder von ihr und sie ihm gezeigt. Jonah glaubte, dass Ford seine Mom auch geliebt hatte. So wie sein Dad. Und jetzt liebten sich Ford und Dad und sie liebten ihn und irgendwie fühlte sich das alles richtig an.

Jonah riskierte durch ein Guckloch einen Blick nach unten. Dad und Ford lehnten am Baumstamm und knutschten echt heftig miteinander rum. Jonah drehte sich auf den Rücken und sah an die Decke des Baumhauses, in dem er eigentlich nicht sein durfte. Vielleicht musste er noch eine Weile hier oben bleiben, aber das war okay.

Danksagung

Ich danke wie immer meinen tollsten, hübschesten, witzigsten und versautesten Unterstützern. Meine tolle Bloggercrew, die mir auch mal helfen ein Wort zu finden, das mir auf der Zunge liegt oder Bandnamen kreieren. *Acheron* stammt dieses Mal aus Ännis Kreativstube.

Ich danke meinen Testlesern für ihre zahlreichen Anmerkungen, für ihre Gedanken und ihre Augen. Meine Betaleser, die nochmal die letzten Schnitzer finden. Ihr seid unverzichtbar, ihr Lieben!

Danke an Matti für das tolle Korrektorat und danke an Catrin für ein wirklich wunderschönes Cover mit Bokeeeeehs *und* dieses Mal sogar den Buchsatz gleich dazu, um meine Nerven zu schonen ;)